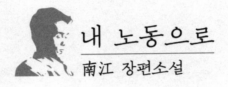

내 노동으로

南江 장편소설

내게 저항이라는 단어를 갖다 붙이지 마라. 나는 저항아가 아니다. 올곧게 바른말로 상대의 단점을 고쳐주려고 용기를 내고 안타까워하는 것이다. 사람이 양심을 지니고 있으면서 어떻게 잘못 굴러가는 상황을 보고도 뒷짐질 수 있는가. 내가 좀 다치는 한이 있어도 바로잡아주려고 애를 쓰는 것이 나의 본심이다.

그야말로 순수 애국정신으로 바른말하는 나를 '저항시인이네', '골통파네' 하고 있다. 아무리 깊이 생각해도 이해가 되지 않는다. 좀 행동하며 살라고 소리 지르고 싶다. 존재를 느끼려면 행동을 하라고.

– 신동문의 「행동하라」 중에서

안 되는 것을 되게 하려고 억지 쓰는 것은 어리석은 짓이다.

불합리한 행위를 아름답게 합리화하는 창작이 예술이지, 불가능을 가능케 하라는 뜻은 아니다. 무슨 뜻인지도 모르는 그림을 감상해야 하는 경우도, 무슨 소리인지 모를 글을 두고 감상해야 하는 독자도 괴로운 일이다. 재미없는 글을 읽는 것도…. 벗길 수 없는 이 진실을 알면서 한 인물을 이야기하려니 감히 선생님께 누가 될까 염려되어 망설이느라 노트북을 여는 데 1년이 걸렸다. 그냥 그분의 뜻을 전달하자. 고민 끝에 결심했다. 엉성함이 보인다.

덜 익은 글이지만 신동문 선생님의 뜻, 그분의 펼치고자 했던 꿈, 그 정신을 전달하고 싶은 마음으로 선생님의 글과 정신을 옮기려고 노력했다. 많이 부족하지만 「내 노동으로」, 「아 다비데 군들!」 등 청년들이여 제발 일어나라고 애태우시던 정신을 기려서 이 땅에 아직도 설익은 민주가 농익어서 자리매김하기를 나도 간절히 바란다.

지금도 신동문 선생님을 기리며 단양에서 정향나무(그때 그 라일락)에 정성을 쏟고 있는 김판수 님의 '신동문 평전'이 길을 터주었다. 『딩아돌하』 발행인이신 박영수 대표님, 아낌없는 조언과 자료들 고맙습니다.

기해년 여름
南江 오 계 자

차 · 례

제1장

파국탄 破國彈

_"어찌 수상쩍다 했습니다요. 한 십여 년 되
았지요? 저넘들이 들락날락 하는 지가요."

"십여 년이 뭔가 아주 내놓고 들락거린 게 그렇지 반세기 전부터 사부
작사부작 대신들의 약점을 잡아서 틀어쥐는 게 저들의 주특기 아닌가.
약점이 약하면 덫을 놓아 약점을 만들어 증인까지 조작하고, 그래도 안
넘어가면 상상을 넘는 재물에 넘어가기도 해서 조정 대신들의 정신을
묶어두는 게지. 이젠 아예 체신도 쪼끄만 잔나비들이 감히 궐에서 목에
힘주어 가드락거리잖아, 건방지기는 하늘을 찌르지만, 조정대신 중에는
저들을 반기는 영감들이 우후죽순 늘어나고 있네그려. 심지어는 주객이
전도되어 오히려 저넘들의 발샅에 때꼽재기라도 핥으려고 손바닥 비비
며 아첨하는 치룽구니 대감들이 자라목이 되어 있으니 싸대기 한 대 해
부치고 침이라도 뱉고 싶네그려."

"대감이라고도 할 것 없소, 조선 잔나비들이오. 아니 잔나비 밑씻개지요. 우리도 속에 천불 나는데 주상전하께서 얼마나 애간장을 태우시겠는가. 강제 태위 당하신 상왕전하보다 어린 주상전하가 더 안쓰럽네그려. 어이구 속에 천불 나, 저넘들 꼴 안 보려면 그냥 땅덩이가 확 뒤집혔으면 싶구려."

"쉿, 간이 배 밖으로 나왔구먼, 이넘들아 주상전하를 감히 네놈 주제에 안쓰럽다 했느냐! 감히, 감히!"

내시들끼리 하는 말을 지나다가 듣고 호통을 치는 김상선이다. 그러나 공감하는 속종은 내시들도 안다. 발 묶인 고종의 은밀한 지령을 배달하기 위해 속은 긴급사항이나 겉보기는 아주 한가한 듯이 몇 마디 더 훈계를 한다.

"너희들은 시키는 일이나 허구 심중의 말은 당최 입 밖으로 내뱉지 말거라. 요새는 낮에도 쥐새끼들이 어찌나 설치는지 눈에 띄지 않는다고 방심하지 말고, 명심 또 명심이다. 너희들끼리도 조심해야 하느니라. 곧 궁에서 쫓겨날 판이니 대책 마련이나 하거라."

목소리를 낮추어 단단히 주의를 주고 김상선의 발걸음은 태연한 척 바쁘다. 고개 돌려 살피지도 못하고 눈동자만 좌우로 바쁘게 번득이며 주변을 살피더니 궐 밖으로 나간다.

내시들은 걱정 반, 분노 반으로 백악산 바위만 뚫어진다. 남자 구실도 못하는 주제에 궐에서 나간들 무얼 하랴. 땅마지기나 지닌 내시들이야 한평생 의식주 걱정 없이 살 수 있지만, 미처 준비 못 한 젊은 내시들은 막막하다. 내시들은 직계 후손이 없기 때문에 노후준비가 땅 사는 것이다.

땅이 많을수록 조카들은 양자를 원하기도 하며 효도를 한다.

"난 아무리 생각해도 모르겠네요, 동학농민 전쟁에 전하께서 청나라에 도움을 요청했지요, 그런데 워째서 왜넘 군대까지 와서 난리랍니까?"

"텐진 조약 때문이라네."

"우리하고 맺은 거 아니잖수."

"그 조약 중에 청과 왜가 맺은거이 있는데, 양국이 다 조선에서 철군하되 다시 파병할 때는 서로 연락하기로 했고, 전하께서 청에 도움을 요청했으니 청은 조선에 파병한다는 것을 왜국에 연락한 게요."

이제 곧 궁내 관료뿐 아니라 각 부처 관리들과 궁녀들도 아주 일부만 남고 거의 다 퇴궐 당할 것이니 잔나비 밑씻개들에게 간, 쓸개 다 빼주는 짓거리 못 하는 자들은 죄다 추방일 게다.

대신들과 관리들도 친일을 거부하고 상통하는 대감들이 모여 대책 논의에 심란하다. 대책이 따로 있을 게 없다. 대부분은 귀향해서 농사나 짓겠단다. 그래도 와중에 일부는,

"우리 이대로 전하를 등지고 떠날 순 없잖소. 이대로 나라를 내줄 거요? 무언가 해야 하잖소! 우리끼리라도 뭉쳐서 세계만방에 저들의 만행을 알리고 위기상황에 대한 도움이라도 청하면 어떻겠소?"

그냥 떠나기엔 뒤가 켕기는 김 대감의 말이다.

"당연히 그래야지요. 허나 옳은 말 하다가 저놈들에게 찍혀서 아무 상관 없는 죄목 씌워 가산을 몰수하고 자식들까지 앞길 막히는 조 대감

이나 민 대감을 보세요, 방해가 되는 자에게 죄목 만들고 증인까지 조작해서 만신창이를 만드는 것쯤은 식은 죽 먹기 아닙니까요? 임금도 가두는 넘들이오, 기다립시다. 오르막이 있으면 내리막도 분명 있을 터, 그때를 기다립시다. 지금은 우리가 나서면 나설수록 저놈들은 보란 듯이 주상전하만 더 괴롭힙니다. 때를 기다립시다."

"거참 때를 기다리는 것이 아니라 때를 만들어야지요. 그러다 조선은 저 얍삽한 잔나비 놈들에게 완전히 먹히고 마는 게지요. 이미 절반은 먹혀있는 상태이거늘 더 이상 무슨 때를 기다립니까. 일단 넘어가면 끝장인걸요. 동참합시다."

"동참해야지요, 허나 우리가 할 수 있는 일이 무업니까? 잘못하면 일을 그르쳐요. 우선은 조용한 듯이 댁에 있으면서 상왕 전하의 지시에 따르는 게지요. 서양 신부님들께 서신 전달도 하고, 짐꾼이 필요하면 우리 일꾼 보내드리구요."

도저히 그냥 낙향하기엔 뒤가 켕긴다는 대감들은 어느 정도 경제적으로 여유가 있어서 가족들을 먼저 내려보내고 무언가 도모한다.

집도, 전지도 팔겠다고 내놓은 대감들이 많아서 안 팔릴 줄 알았지만, 의외로 사겠다는 사람이 많다. 매도보다 매수가 더 많은 상황이다. 그것도 현금이다. 알고 보니 사들이는 작자들이 거의 왜인의 밑씻개들이나 왜인들이다. 그래서 생각보다 거래가 쉽다.

"예전에 백제가 신라 되고, 신라가 고구려 되던 시절하고는 아무래도 다르겠지요?"

"그때는 나랏일 하는 사람들이야 수모를 겪지만, 백성들은 같은 언어와 같은 글을 쓰며 풍습도 비슷허니 그냥 살던 대로 살았재, 헌데 왜놈들이 나라를 점령하면 우리 백성은 전쟁터에서 화살받이 희생물이 되겠지요. 저 인면수심 밑씻개들이 하나만 알고 둘은 생각 못 한 게요. 왜 넘에게 손 비비고 더러운 밑씻개 노릇해서 처자식과 저만은 무사안일할 줄 아는데 잔나비 발샅의 떼나 핥아 먹어서 배만 부르면 다가 아니지요. 그 수모는 후대 자자손손 겪어야지요. 왜인들조차 저자들을 사람으로 보겠수? 이용하면서도 속으로는 버러지 취급할 테지요. 훗날 조선 잔나비들의 자식들도 부모의 비겁하고 수치스러운 행위 다 알게 된답니다. 부모로서 할 노릇은 아니지요."

"그렇지요, 매국하는 치욕은 천년만년 후에도 그 가문, 그 이름이 지워지겠소이까, 역사 기록에 영원히 남겠지요."

"지금 그런 토론 할 때가 아닙니다. 우리도 곧 관복을 벗어야 할 테니 문서들은 잘 처리하셨지요? 태우지는 말고 여러분들 집이 아닌 은밀한 곳에 보관해야 한다는 말 명심하고 또 명심하시오. 오늘 총리대신 대감이 찍는다니까 내일부터는 떠날 준비해야 할 것이오."

"찍다니요?"

"이보시게, 몰라서 묻는가?"

1910년 8월 22일 대궐 안의 모든 관료 대신들은 물론이요, 내시들부터 무수리까지 술렁인다.

반세기 전부터 일본은 계획하고 준비한 일이다. 준비된 조직은 무섭다. 매국노가 된다는 사실을 감추고 죽어도 영원히 영웅 대접해준다고 유혹하니 목숨을 내놓을 만큼 세뇌된 조직이다. 일부 백성은 어차피 가난에 찌들고 지기조차 펴지 못하는 신세, 세상 한번 바꿔보자고 넘어가기도 한다. 허지만 저들에게는 개죽음보다 하찮게 버려질 것이요, 조선에는 매국노가 될 것이다.

왜국은 오직 조선을 발판으로 해서 대륙으로 진출하는 것이 목표요, 조선인은 그 도구이며 화살받이일 뿐이다. 그동안 우리 조선의 조정대신들은 세상 정세에 관심 둘 겨를 없이 보복정치 파당싸움에만 여념이 없었다. 철새 떼처럼 세력에 몰려다니던 대신들은 이미 친일 포대기에 감싸여서 듣도 보도 못한다. 아니 들을 필요조차 없다. 자기네 살 궁리는 있으니까 상관없다는 우매한 청맹과니.

약해질 대로 약해진 고종의 세력은 조정의 철새들, 가르친 사위[1]들의 방해가 지나치게 심해서 아무것도 할 수가 없다. 그나마 제국익문사[2]를 거점으로 비밀리에 움직이는 애국 지식인들과 먼 타국에서 온 헐버트 같은 선교사들이 고종의 희망이요, 믿음이다.

일본이 러시아와 전쟁을 한다면 조선은 쑥대강이가 될 것임을 알고 있는 고종은 온갖 몸부림을 치는데, 이곳 챙기기 바쁜 조정의 조선 잔나비들은 방해만 한다. 이완용을 중심으로 얼마나 철저하게 세뇌되었으면 영혼 없는 철새 중에는 진심으로 자신들이 애국인 줄 아는 자들도

---

1 가르친 사위: 주체성 없이 가르치는 대로 하는 사람을 얕잡아 하는 말

2 제국익문사: 제국익문사(帝國益聞社)는 1902년 6월 대한제국의 초대 황제 고종이 황제 직속으로 설립한 비밀정보기관이다. 이 기관은 정부 고관과 서울 주재 외국 공관원의 동정, 국사범과 외국인의 간첩 행위를 탐지하는 것이 주요 임무였다. 형식으로는 신문사로서 『매일신보』를 발간했다.

많다. 뒤떨어진 조선을 개혁해서 세계와 맞서는 나라로 키워주겠다는 꼬임에 빠진 게다.

러일전쟁이 일어나자 일제는 대한을 일본의 식민지로 편성하기 위한 이런저런 대한정책을 결정하며 계속 조약이니, 협약이니 명분을 강제로 만든다. 한일협약(한일 외국인 고문 용빙에 관한 협정서)을 체결, 재정·외교의 실권을 박탈하여 우리의 국정 전반을 좌지우지하게 되었다.

그사이 러일전쟁이 일본에게 유리하게 전개되면서 아시아에서의 영향력이 커지자, 일본은 재바르게 국제관계를 살피며 한국을 손아귀에 넣으려는 정책에 더욱 서두른다. 그러자면 한국과 외교관계를 맺고 있는 열강국의 묵인이 필요하였으므로 열강의 승인을 받는 데 총력을 집중하였다.

먼저 미국과 일본의 밀약(쉽게 말하면 미국이 필리핀 점령하는 것 도우면 일본이 조선 점령하는 것 묵인하겠다. 참고: 이 밀약을 한 지 일주일 정도 후 이런 내용을 모르는 청년 이승만은 백악관을 찾아가 조선 독립의 도움을 요청했고, 백악관에서는 쾌히 그러겠다고 약속한 기록이 있음)을 체결하여 사전 묵인을 받았으며, 영국과 제2차 영일동맹을 체결하여 양해를 받았다. 이어서 러일전쟁을 승리로 이끈 뒤 9월 5일 미국과 포츠머스에서 맺은 러시아와의 강화조약에서 어떤 방법과 수단으로든 한국 정부의 동의만 얻으면 한국의 주권을 침해할 수 있다는 보장을 받게 되었다.

일본이 조선을 보호국으로 삼으려 하자 조선의 조야가 긴장과 경계를 하고 있는 가운데, 일본 외무대신인 고무라[小村壽太郎], 주한일본공사하야시[林權助], 총리대신 가쓰라[桂太郎] 등이 보호조약을 체결할 모의를 하고, 11월 추밀원장(樞密院長) 이토[伊藤博文]를 고종 위문 특파대사(特派大使) 자격으로 한국에 파견하여 한일협약안을 한국 정부에 제출하게 하였다.

서울에 도착한 이토는 다음 날 고종을 배알하고,

「짐이 동양평화를 유지하기 위하여 대사를 특파하오니 대사의 지휘를 따라 조처하소서.」

라는 내용의 일본 왕 친서를 올리며 일차 위협을 가하였다.

이어서 15일에 고종을 재차 배알하여 한일협약안을 올렸는데 매우 중대한 사안이라서 조정의 심각한 반대에 부딪혔다. 17일에는 일본공사가 한국 정부의 각부 대신들을 일본 공사관에 불러 한일협약의 승인을 꾀하였으나 오후 3시가 되도록 결론을 얻지 못하자, 궁중에 들어가 어전회의(御前會議)를 열게 되었다.

이날 궁궐 주위 및 시내의 요소요소에는 무장한 일본군이 삼엄하게 경계를 선 가운데 쉴 틈 없이 시내를 시위행진하고 본회의장인 궁궐 안에까지 무장한 헌병과 경찰이 거리낌 없이 드나들며 살기를 띠고 있었다. 그러나 이런 공포 분위기 속에서도 어전회의에서는 일본 측이 제안한 조약을 거부한다는 결론을 내렸다.

이에 이토가 주한일본군 사령관 하세가와[長谷川好道]와 함께 세 번이나 고종을 배알하고, 정부 대신들과 숙의하여 원만한 해결을 볼 것을 재촉하였다고 한다.

고종이 참석하지 않은 가운데 다시 열린 궁중의 어전회의에서도 의견의 일치를 보지 못하자 일본공사가 이토를 불러왔다. 하세가와를 대동하고 헌병의 호위를 받으며 들어온 이토는 다시 회의를 열고, 대신 한 사람 한 사람에 대하여 조약체결에 관한 찬부를 물었다.

회의에 참석한 대신은 참정대신 한규설(韓圭卨), 탁지부대신 민영기(閔泳綺), 법부대신 이하영(李夏榮), 학부대신 이완용(李完用), 군부대신 이근택(李根澤), 내부대신 이지용(李址鎔), 외부대신 박제순(朴齊純), 농상공부대신 권중현(權重顯) 등이었다.

이 가운데 한규설과 민영기는 조약체결에 적극 반대하였다. 이하영과 권중현은 소극적인 반대의견을 내다가 권중현은 나중에 찬의를 표하였다. 다른 대신들은 이토의 강압에 못 이겨 약간의 수정을 조건으로 찬성 의사를 밝혔다. 격분한 한규설은 고종에게 달려가 회의의 결정을 거부하게 하려다 중도에 쓰러졌다.

이날 밤 이토는 조약체결에 찬성하는 대신들과 다시 회의를 열고 자필로 약간의 수정을 가한 뒤 위협적인 분위기 속에서 조약을 승인받았다. 박제순·이지용·이근택·이완용·권중현 다섯 명이 조약체결에 찬성한 대신들이다. 이를 '을사오적(乙巳五賊)'이라 한다. 〈한국민족문화 대백과사전에서 발췌〉

청일전쟁에서 패한 청과 조선은 서구 열강국의 수탈 대상이 되는가 하면 승리한 일본은 서구 자본주의와 맞서 승승장구한다.

어린애처럼 약해진 조선이라도 세상의 이목이 있으니 명분은 있어야 하므로 저들은 그 명분이라는 것을 만든다. 협약이라지만 강제조약인

한일 의정서를 1차와 2차로 체결하면서 한일협약(한일 외국인 고문 용빙에 관한 협정서)으로 재정·외교의 실권을 박탈하여 우리의 국정 전반을 좌지우지하게 되었다. 다음 해도 또 다음 해도 계속 조약을 해서 세계만방에 내놓을 명분을 만들며 궁내 조정대신들을 야금야금 포섭한다.

예나 지금이나 정계의 철새 떼들은 그 조약이라는 것의 내용은 여벌이다. 나라보다 당이요, 당보다 자신을 앞세우는 자들의 눈에는 그 조약들이 나라 넘겨주는 조약으로 보이지 않는다. 외세에 어둡고 약한 조선을 일본이 보호하며 지켜준다는 꾐에 자존심이 무언지도 모르는 청맹과니 대감들은 자기네 잣대로 해석하고 넘어간다.

'땅을 좀 쓰겠다', 또는 '황무지 개간 권을 주면 황무지를 개간해 주겠다' 등 번지르르한 명분으로 땅을 점령했다. 그 황무지 개간이라는 것이 결국엔 조선인들의 노동으로 이루는 것을 말이다. 러일전쟁을 위해 조선 땅이 필요했던 저들의 눈에는 쉽게 먹혀들어가는 조선의 대신들이 얼마나 한심했을까. 얼마나 재미있었을까, 그 옛날 자기네 조상들이 굽실거리던 조선 선비들이 조센징이 되었다고 즐긴다.

필요할 때마다 세계 이목을 염두에 두고 이런저런 조약(강제조약이나 비밀조약 또는 돈으로 매수한 조약)을 한다. 땅을 점령했으니 이제 조선의 실권을 장악해야 한다. 이미 장악하고 있지만, 명분을 위해서 또 신협약을 한다. 낡은 시정을 개선해준다는 조약이다.

'대한제국의 시정개선을 위해 통감의 지도를 받는다.'(사실상 내정 간섭)로 시작된 신협약은 고등관리 채용도 일본인을, 모든 외교조차 통감의 동의를 받도록 했다. 그렇게 조선의 요직 자리는 일본인 또는 친일파로 장악했다. 대한제국 정부 관리 거의 반을 일본인에게 임명하는가 하면 통감부 소속 일본인 관료는 1908년 6월 현재 4,400명에 달했다. 탁지부(재무부)까지 장악했다.

더 무섭고 악랄한 것은 이미 신협약이 있기 전에 이루어진 이토와 이완용 사이의 비밀문서다. 한일 양국인으로 구성된 재판소 신설(법원 장악), 간수장 이하 반수를 일본인으로 하는 감옥 설치, 황궁수비는 육군 1개 대대만 두고 모두 해산한다는 약속은 바로 대한제국의 해체와 다름없다(발췌: 백과사전). 이로 인해 뜻있는 대감들은 이완용을 매국노라고 한탄을 할 뿐 대놓고 어찌하지를 못한다.

이제 일본은 조선을 병탄하는 일만 남았다. 아니 공식 인장만 찍고 세계만방에 조선은 이제 일본제국의 공식 식민지가 되었음을 공표하는 일만 남았다.

제국익문사를 출입하는 사람들의 눈빛에서 핏빛 광채가 소름 돋도록 날카롭다. 헐버트 선교사로부터 만국평화회의가 헤이그에서 열린다는 정보를 얻었기 때문이다.

고종황제는, 대한제국의 외교권을 박탈한 을사조약은 병기로 위협한 늑정勒定 조약임을 세계만방에 알리고, 저들의 만행을 호소하기 위해 헤이그에서 진행되는 만국평화회의에 이상설, 이준, 이위종을 파견한다. 동시에 러시아를 포함한 유럽 열강국에 조선의 사정을 알리고 도움을 받으려 했으나 쉽지 않다. 만국평화회의라는 명칭을 믿었지만, 저들도 평화라는 탈을 쓴 인간이며, 이것이 현실이다. 특사로 파견되었던 이준은 묵고 있던 호텔에서 주검으로 발견된다. 정확한 사인을 조사한 바 없지만, 이런저런 추측이 난무한 가운데 이를 계기로 결국 이완용 내각은 어전회의를 열어 고종에게 그 책임을 묻고 일제에 사죄하라는 협박을 한다. 천추에 恨이 된 ×이다.

이토 히로부미는 밀사사건을 근거로 고종에게 궁금宮禁령을 내려 감금 후 일본 군대의 포위 속에서 순종에게 양위함으로 사실상 강제 폐위가 된 것이다. 준비된 세력, 오랜 시간 준비한 세력은 지은 죄가 없어도 죄를 만들어 왕을 폐위시키는 행위도 가능하다. 죄목이야 입맛대로 만들면 된다. 이렇게 저들은 앓던 이를 뽑았으니 병탄은 이룬 것이나 다를 바 없다. 이미 조정의 요직은 친일 세력 끼리끼리 나눠 먹기로 짜였다.

조선의 의병들을 완전히 토벌한 다음 병탄을 마감 지을 계획이다. 그러나 사건이 발생한다. 1909년 하얼빈에서 의병장 안중근이 이토 히로부미를 저격해서 죽였다. 또한, 내각총리대신 이완용이 애국청년 이재명의 습격으로 중상을 입어 집무를 볼 수 없게 되었으니 저들은 내각 구성과 움직임에 큰 타격을 받았다.

하지만 제2, 제3의 이토는 있을 수 있는 현실, 그 사건으로 인해 저들은 더욱더 강화한다. 경찰권을 장악하고 언론을 장악하는 조약을 체결하고 맘대로 안 되는 것이 없다. 이 나라 왕도 끌어내리고 입맛대로 왕좌에 앉히는 상황인데 무슨 짓인들 못 하랴. 부상에서 회복한 이완용은 다시 총리대신이 되고, 박재순은 내부대신이 되어 한일 병탄 준비를 강행했다. 친일 인간쓰레기들은 나라를 잃고, 온 국민이 식민지 삶이 되건 말건 내 가족 배부르고 나 배부르게 살면 족한 자자손손 하등 동물들.

'쾅'

모든 궁인이 술렁이는 가운데 1910년 8월 22일 대한제국 내각총리대신 이완용과 데라우치 마사타케가 공식적 인장을 찍었다. 일주일 후 29일 발효된 소위 말하는 경술국치. 500년 이어 온 조선을 관통하는 파국탄破國彈 소리다. 이 손놀림 하나가 천년만년 두고두고 민족의 가슴에 울리고 또 울린다. 영원히 울릴 것이다. 소리 없는 소리가 지둥 치듯 한반도를 흔들었다. 아직도 흔들린다. 대대손손 민족의 가슴에 철천지한으로 박힌다. 영원히, 영원히 꺼지지 않는 다짐으로 남아다오. 내 자손들이여 잊지 말아다오. 자손들이여 힘을 키워다오. 자손들이여 나라가 있어야 나도 있음을 명심해다오.

저들은 날개를 달았다. 앞다투어 대한국새, 황제지보, 제고지보, 준명지보(2점), 대원수보, 등 상당수의 국새를 천황의 진상품으로 바쳐 일본 궁내청으로 들어갔다. 그뿐만 아니라 문화재와 중요한 고서들이 현해탄을 건너고, 힘없는 서민들은 징용이란 명분으로 동해 푸른 바다에 한을 뿌렸다. 그렇게 피를 토할 모욕은 민족의 가슴에 불씨가 되었다.

강제 식민국이 된 조선 천지가 울분을 삭이지 못하고 가슴과 가슴으로 전해지는 울림은 1919년 만세운동으로 터져서 세계의 이목을 끌어

왔다. 반면에 일본 제국의 만행도 점점 심해진다. 농민들조차 초조와 불안 속에서 내 땅에 내가 지은 곡식마저 빼앗기며 살아야 한다. 빨래 터는 소식통이다

"저 건너 남들에 외딴집 아들이 왜넘 앞재빈데 처자들 조심하랴, 붙잡혀 가면 왜넘 군대서 수발들어야 한뎌."

"아녀, 우리 큰집 부전이는 붙잡혀 간거이 아니구 공장에 일하고 봉급도 많이 준다고 해서 옷가지 보따리 싸 들고 갔어."

처자들은 이렇게 속아서 군용차에 실려 가기도 하고, 강제로 붙잡혀 가기도 해서 일본군인들 수발들게 한단다. 그래서 숨어 살던지 서둘러 혼인을 시키던지 하는가 하면 젊은 남자들은 유부남이든, 총각이든 가릴 것 없이 징용에 잡혀가지 않으려고 숨어야 한다. 나라 잃은 고통에 억압의 굴욕은 크고 작은 항일 단체들이 어떡해서든 세계만방에 사실을 알리기 위해 목숨 걸고 투쟁한다.

신교육을 받은 여성들도 독립을 주장하며 항일 단체를 결성했다. 보수, 진보, 좌우익 할 것 없이 오직 항일을 목표로 '신간회'가 결성되자 신여성들도 '근우회'라는 명칭으로 단체를 결성하고 나섰다.

제2장

신재한

_ 온 나라가 들썩이는 난리 통에도 저녁연기 아늑하게 산허리를 두르고 있는 충청도 산간벽지 산덕이 마을은 평화롭기만 하다. 산 넘어 바깥세상에 무슨 일이 벌어지고 있는지, 나라를 점령한 저들이 무슨 짓을 하고 있는지 알아도 모른다. 다만 젊은이는 장터 출입을 삼가고 장터뿐 아니라 동네 안에서도 바깥출입이 조심스럽다. 윗산덕이 젊은이가 부친 병환으로 장터 의원에 약 지으러 갔다가 징용에 붙들리어 갔는데 소식이 없단다. 주재소에서도, 면소에서도 모른단다. 몇 달 후에 징집 통보가 왔단다. 선 징집 후 통보다. 징집된 자들은 1년 내내 더운 나라, 또는 1년 내내 추운 시베리아 쪽으로 가기도 한다는 소문이다. 시베리아 벌목장으로 끌려가면 살아남아도 손발은 온통 동상으로 고통받다가 결국 썩어 문드러진다고 한다. 끔찍한 소문이, 뜬소문이 아니라 현실임에 더 가슴 칠 노릇이다. 어쩌다가 20리길 걸어

서 문의 장터에 가면 이러쿵저러쿵 소문들이 있지만 무얼 할 수 있겠나, 알아봐야 가슴만 아픈 소식에 귀를 닫고 사는 귀향 관료들이 방방곡곡 늘고 있다. 그들이라고 속이 편할 리는 없지만 조리복소니가 되어 한발 한발 타고난 명줄 위를 조심스레 걷는다. 전쟁에서 가족을 잃거나 불구가 되는 것도 말할 수 없는 슬픔이지만 정신적으로 가야 한다고 믿는 길을 가지 못하고 육신의 길을 찾아 귀향한 가슴 또한 그에 못지않다. 궁내의 대다수 관료는 빼앗긴 나라에서 할 일도 벗어야 했다.

이미 귀향해서 묻혀 사는 사람을 그동안 개인적으로 감정이 좋지 않았던 조선 잔나비들이 허위 신고해서 재산을 몰수당하는 비극도 있다. 그런 인면수심은 어쩌다가 직접 천벌을 면한다 해도 후손들이 벌을 받는다. 받아야 한다고 믿는 것이 전통 동양의 관습이다.

황실의 재정, 토지, 예식, 경조사, 친인척 관리까지 맡아보는 궁내부 주사직에 종사하던 신재한도 궁내부의 폐지와 동시 관복을 벗었다. 다행히 아들 건택이가 충북 청원 문의 면장 자리에 앉을 수 있게 되어 아버지 신재한보다 먼저 내려보냈다. 그래서 징용에 끌려갈 걱정은 없고, 며느리와 같이 살 집을 문의 장터에 마련해 주었다. 미리 한양의 집이며 전답을 팔아 아랫산덕에 집과 전답을 마련하고 있다. 아들이 면장이니 가족들이 산덕이로 와서 살 집과 전답 준비하는 과정이 한층 편리했다.

누군가 전답을 내놓으면 형편 닿는 데까지 사들이곤 했지만 소유하고 있는 전답이라 해야 식구들 먹고살기도 빠듯하니 총독부 산하 늑대들에게 지주라고 찍힐 염려는 없다. 아래위 산덕 마을 사람들은 비교적

드세지 않고 온순한 편이라서 설치는 왜인들에게 크게 반박하거나 야비하게 순종하거나 집성촌이라 서로 음해하는 일도 없다. 설령 독립운동에 힘을 보태는 사람이 있다 해도 비밀 유지가 잘 된다. 어느 정도 평화를 유지하고 있는 셈이다.

산덕이 마을은 광해군 시대 정3품 벼슬을 하신 신경양이 이곳에 자리 잡은 후 지금까지 영산靈山 신辛씨 집성촌이 되었다.

한길을 기준으로 위쪽은 윗산덕이, 아래쪽은 아랫산덕이다. 한길에서 내려다보이는 아랫산덕이는 용맹스럽거나 웅장하지도 않고, 야트막하거나 능선이 조화롭고 아름다운 야산도 아닌 누가 봐도 흔한 야산이고, 그 자드락에 위치한 소박하고 평화로운 산골 마을이다. 헌데 묘한 氣가 느껴진다. 병풍이라기엔 좀 어울리지 않고, 가리개처럼 산모롱이가 동네 일부를 살짝 가려주는 모양새가 귀할 貴를 풍긴다.

도시에서는 형편이 되는 사람들이 겉으로는 쉬쉬하면서도 항일 운동에 조금이라도 보탬이 되기 위해 물심양면으로 애쓰지만 산간벽촌에서는 알아도 모른 척, 몰라도 모른 척 겉보기엔 편하다. 식민지 파편이 덜하다는 것은 다행이라야 하는데 신재한은 비극의 무대에서 함께 맞아야 할 파편을 피해온 것 같은 자책으로 편치가 않다. 이웃이 모두 일가친척이지만 보고 듣고 겪는 모든 것이 설다. 남이 보기엔 평화로운 것 같아도 속종은 늘 편치 않다.

나라를 관통한 폭탄 파국탄의 파편은 백성들 한 사람, 한 사람 가슴에서 보이지 않는 상처가 되어 점점 더 깊게 파고들면서 깊은 애국심을 자아내고 오기를 생산하고 있다. 신간회, 근우회뿐만 아니라 지역마다 조직적으로 꿈틀거린다. 가시방석이다. 그러나 성치 않은 아내를 두고 어쩌겠는가.

내자가 결국 떠났다. 마치 왜놈들이 쏜 포탄이 내 심장을 명중시킨 것 같다. 아내의 자리가 이렇게 비중이 큰 줄 몰랐다. 막막하다. 선비로서의 체통 때문에 내색은 못 하지만 새벽을 알리는 닭의 외침이 달갑지 않을 정도다. 또 하루를 열어야 하는 것이 어찌나 무거운지 힘에 겹다. 해가 바뀌면서 무게는 더해진다.

이를 지켜보던 윗산덕이 종가 조카님으로부터 기별이 왔다. 조카뻘이지만 스무 살 정도 위인 백발의 노인이다. 종가를 향하는 내내 무슨 일로 보자는 걸까 궁금했다.

"조카님, 그간 별고 없는가?"

들어서면서 인사는 하지만 그리 밝고 맑지는 못하다.

"나야 뭔 별고가 있겠습니까만 아주머님 먼저 보내고 아재가 고생이지유. 그래서 말인데 재 넘어 내로라하는 김 씨 가문에 마땅한 사람을 알아봤어유. 오늘 좀 만나볼 테유? 듣기로는 온순하고 아녀자로는 손색이 없대유."

"택이도 관직에 몸담은 지 제법 되았응께 이제 자리가 잡혀서 별문제 없이 제 식구들이랑 잘 살고 있고, 나도 큰 불편 없응께 그냥저냥 살재. 넉넉지도 못한 살림에 식구 늘려 그 사람까지 고생시킬 일 없지. 관심은 고마운데, 없었던 일로 하세."

"아재 마음은 알겠는데, 딸애도 곧 출가시켜야 하고 혼자 남으면 택이 내외가 워찌 맘이 편하겠시유. 지켜보는 일가친척들도 마음이 불편하고 긍께 이 늙은 조카 말대로 하소. 지금 너도나도 다 어려운 세상에 그만하면 불편 없이 살만한데 얼마나 더 넉넉하길 바라겠시유."

한참 말이 오가는 중에 손님이 오셨다. 윗산덕이 7촌이든가, 9촌인가 질부라고 소개는 받았지만, 낯선 애기 엄마가 젊은 여자와 같이 들어온 게다. 갑자기 당한 맞선이 되고 말았다. 다소곳해보이지만 눈매에 날카로움이 보이고 입매가 선명하다. 함부로 대할 사람은 아닌 것 같다. 흘깃 훑어본 신재한의 표정이 어둡진 않다. 마주 앉아보지도 못하고 안채로 들어가 버렸지만, 양쪽의 표정을 살피던 조카님이,

"당숙, 그럼 성사된 걸로 알고 진행할게유."

대답이 없는 것으로 대답이 되어 친척들이 서둘러 손 없는 날로 잡겠단다. 잔치 같은 번거로움 없이 마을의 어른이 집안의 어른이시니 종가에 어른들 모셔 인사드리는 절차로 혼례를 대신하기로 했다. 얼떨결에 장가간다.

신재한은 밤새워 뒤척이다가 이른 아침 아내 산소를 찾아간다.

"임자, 미안하오. 우짜다가 일이 이 지경이 되었소. 당신 보낸 지 겨우 3년이지만 나로 인해 일가친척도, 우리 애들도 편치 못하면 안 되겠다 싶어서 따르는 것이니 마음 상하지 마소."

먼저 떠난 아내를 달래주고 내려오면서 황토를 캐다가 물에 걸쭉하게 풀어 갈대 빗자루로 적신 다음 부엌 벽을 쓸어내려 황토 칠을 하며 그

을음을 덮었다. 마침 한양서 올 때 가지고 온 한지가 있어서 안방 벽도 깨끗이 발랐다. 며칠 후 아랫산덕이 작은집 질부가 중의적삼과 버선을 가지고 와서 이불은 새 당숙모가 마련해올 거라고 한다. 쑥스러워 얼굴을 바라보지 못하고 인사도 제대로 못 했다. 다음 날은 종가의 종부인 장 질부께서 직접 농사지은 목화솜으로 만드셨다며 이불을 보냈다. 아들 면장 건택이가 뜻밖의 선물을 들고 왔다.

"이거 소문나면 안 되니께 조심하셔야 합니다."

언제 서로 연락이 되었는지 새어머니 될 사람의 손가락에 맞추었다며 이 난리 통에 귀하디귀한 금가락지를 가지고 온 게다. 구리 반지도 쉬쉬하는 판에 금가락지라니, 어리둥절하다가 얼떨결에 갖출 것 갖추며 새아내를 맞이했다.

초여름이라 깊은 산에 가면 아직 새지 않은 산나물이라도 있으려나, 하고 집을 나서자 더운데 땀띠 난다는 둥 뱀도 득실거린다며 말려서 신재한은 망태기를 벗어 걸어둔다. 뿌리를 쓰는 약초는 가을, 겨울에 채취하는 게 옳다.

올여름 내내 커다란 너래기에 물을 담아 햇볕 잘 드는 마당에 두는 것은 만삭인 안식구 저녁에 씻을 때 데우지 않아도 너무 차지 않게 하기 위함이다. 오늘도 여전히 물을 담아놓고 삽을 들고 논에 갔다 오겠다며 나가더니 해거름이 되도록 들어오지 않고 임산부는 진통을 겪기 시작한다. 낌새가 좀 이상타 싶어서 산에도 못 가게 말렸건만 논배미

물 보러 간다는 사람이 함흥차사다.

이웃집 사랑에서 이런저런 세상 이야기에 시간 가는 줄 모르다가 해거름이 되어서야 집으로 돌아온 신재한은 진통을 겪는 아내를 보자마자 바로 가위를 팔팔 끓여 소독하고 미리 준비해둔 실도 꺼내서 머리맡에 둔다. 미리 깨끗이 삶아 빨아 둔 무명천도 비벼서 부드럽게 해두었다. 아내가 준비해둔 배냇저고리며 아내의 기저귀까지 다 꺼내놓고 안절부절못하는데 당최 더디기만 하다. 배를 쓰다듬으며,

"녀석아 힘들이지 말고 어서 나와!"

저녁도 거르고 서성이는 애비 심정을 아는지 모르는지 저녁 뜸부터 진통이 격해지더니 첫닭이 울고서야 머리를 내민다.

"임자 아들이네, 아들이여."

한 손은 살살 태를 당기며 한 손은 배를 훑어주니 태반도 쉽게 나왔다. 신재한의 손놀림이 재바르다. 배꼽에 연결된 탯줄을 손가락 네 개를 편 너비만큼 띄우고 실로 묶는다. 묶은 자리부터 탯줄을 쫙쫙 훑어 올리더니 또 실로 챙챙 묶고는 그사이를 가위로 자른 후 태반을 뭉쳐 한쪽으로 두고 아기를 씻긴다. 혹여 주먹이라도 입에 넣으면 양수랑 분비물들이 입에 들어갈까 염려되지만, 아직 물에 담그지는 못하고 자신의 팔꿈치를 물에 담가 온도를 확인하고 아기를 옆구리에 끼듯 엎어지게 안고 발부터 물에 적신 후 젖은 손으로 등을 살살 쓰다듬는가 싶더니 손에 물을 적셔 먼저 얼굴부터 살살 닦아준다. 얼굴과 머리 순으로 씻기고 몸과 발까지 다른 대야에 준비한 물로 헹구기까지 한다. 날카롭게 소리를 짜내듯 울지만 흔들림 없이 아주 능란하게 잘해낸다. 살과 살이

닿는 목과 겨드랑이 부분을 톡톡 누르는 모양새로 물기를 닦더니 아직 배냇저고리를 입히지 못하고 준비해둔 무명 수건으로 싸서 눕힌다. 다시 더운물을 떠와서 아내의 아랫도리를 닦아주려는데 거부하고 일어나 본인이 직접 닦고 월경 때 쓰던 천으로 대고는 속옷을 입는다.

새 물을 떠 와서 새 천으로 적시더니 아내의 젖가슴도 아기가 빨 것이라며 닦으려 하자 저녁에 목욕하면서 수도 없이 닦았지만, 얼른 받아서 직접 닦는다.

우선 누룽지 삶은 것을 한 대접 가져와 먹게 한 후,

"수고했소. 미역국은 끓여놨는데 어제부터 먹질 못했으니 너무 빈속이라 이따가 좀 안정이 되면 먹도록 차려줄 거요. 난 장터에 좀 다녀오리다."

"다 있는데 장터는?"

묻는 아내를 바라보며,

"임자 고생하는 것 보니 그냥 미역국으로는 턱도 없겠소. 골 메우려면 쇠고기라도 한칼 있어야 되겠어서 그러지요."

말리는 아내를 설득시키고 나선다.

아랫산덕이 저 어른이 이제 겨우 동살이 뻗는 새벽부터 잰걸음으로 한길에 오르는 걸음새가 급한 듯도 하고, 어찌 보면 기분 좋아 발씨가 가벼운 듯도 하다. 댓바람에 큰 신작로로 올라 윗산덕이 어귀에 이르러서 만난 조카의 인사도 건성으로 그래그래 넘어간다. 조카는 어른의 얼굴에 볼웃음을 감추려 하지 않는 모습이나 걸음이 빠르신 걸 보고 무언가 짚이는 것이 있다.

"당숙어른, 집사람이 당숙모 산달이라고 어제 들기름을 짰시유. 이따가 장터 다녀오시는 길에 가져가시유. 지송해유 미리 갖다 드려야 하는 데유."

목청 높여 크게 외친다. 머리에 이고 장터 나가서 짜온 기름을 집사람이 어제 갖다 드리라고 할 때 말 들었으면 좋았을 걸 이젠 금줄이 쳐졌을 테니….

"그랴, 고맙다."

대답하며 손만 들었다 내리신다.

"아들이유, 딸이유?"

"달고 나왔구먼."

문의 장터까지 가는 내내 아기 울음소리가 귓전을 간질인다.

'아무래도 범상치는 않아. 헌데 사내의 울음소리는 그래도 좀 두껍거나 우렁찬 맛이 있어야 재, 워찌 그리도 날카로울꼬. 아주 쨍그렁 유리를 연상케 하는구먼. 장차 무엇이 되려고 저리도 카랑카랑할꼬. 혹여 부러지면 부러졌지 휠 줄은 모르는 대쪽 같은 선비가 되려나? 우유부단은 안 되지만 그래도 융통성은 있어야 재.'

다리는 부지런히 걷고 있으나 생각은 온통 아기에게 쏟아진다.

"아가야, 이 애비는 한없이 좋다. 헌데 어쩌겠냐, 나가 이렇게 늙어부렸구먼, 나가 오래 살아야 우리 아기 뒷바라지할 텐데 마냥 좋아만 할 게 아니구먼. 해도 뜨기 전부터 이렇게 더운겨 산모가 몸조리도 못 하게 생겼어."

옆에 누가 동행하는 것처럼 말을 한다.

금방 탯줄 자른 손, 마르기도 전에 출생신고하러 장터 면사무소로 향하는 나도 성질 느긋하진 않지, 나를 닮아 그리도 울음소리가 유리처럼 쨍그랑하는가, 아니면 어미의 성깔을 닮아 냉철하려나 싶기도 하다. 아직 공무가 시작될 시간은 아닌 것 같아 푸줏간부터 들러서 국거리 한 근을 샀다. 온 나라가 어려운 난세에 돌가루 부대종이에 싸서 짚으로 묶은 고기를 면사무소까지 들고 들어가기가 좀 난처해서 이따가 가지러 온다고 해놓고 건어물 전으로 가서 북어도 두 마리 샀다.

큰아들은 이미 번듯하게 면장실에 버티고 있는데 면사무소 들어가기가 좀 계면쩍다. 손자보다 두 살 어린 아들 출생신고다. 그래도 좋은 기분을 억지로 감추고 싶지는 않은가보다 볼웃음 가득한 표정은 어르신 체통에 어울리지 않게 장난끼가 서려있다. 그것은 계면쩍음을 감추기 위한 무의식중 수단이다.

"어르신 워쩐 일이시유?"

면사무소 창구 직원이 일어나서 인사를 하자 저 안쪽에 있는 여직원이 재바르게 면장실로 들어가더니 아들 면장이 나온다. 안부를 물어볼 겨를도 없이 아주 사무적인 표정과 말투로,

"순산하셨는지요?"

"그려, 아들이여. 내가 생각해둔 이름이 세울 建 큰 浩 해서 건호建浩여, 신건호."

"출생신고는 제가 해놓겠습니다. 도장 주시구 볼일 보고 오시지요."

"그랴, 장터에 미역 좀 사 올 팅게 해놔, 오늘 새벽 인시寅時 아님 묘시卯時 사이여. 인시로 하는 게 맞을겨."

"잠시만요, 아버님 잠시만요."

하면서 면장 건택은 자기 자리로 가더니 뭔가 제법 든 것 같은 누런 편지봉투를 들고 와서 어른에게 드린다. 서류는 아닐 터, 편지는 더욱 아닐 터이다.

"미역이라도 사시라고 미리 준비해뒀어요, 이걸로 식이 어멈이랑 장 봐서 같이 가세요. 연락해놓을게요. 첫 국은 끓여드려야지요."

봉투를 바라보는 표정이 묘하다. 손이 얼른 움직이지 않는다. 더 가까이로 봉투를 밀자 마지못해 받으며 어색한 웃음을 보이신다.

"고맙다. 같이 갈 것 없다. 밤에 국은 끓여뒀고, 내가 알아서 할껴. 식이는 잘 있재, 어멈도 탈 없고?"

"예, 탈 없이 잘 있응께 걱정하지 마세요. 댕겨오세요. 아참, 이따가 또 오실 거 없이 쬐끔 기다리시면 서류에 찍어놓고 도장도 가지구 가시는 게 편하시겠습니다."

잠시 기다리는 동안 신문을 뒤져본다.

제국익문사 명의로 발행된 매일신보다. 바깥세상은 난리구나, 나라 잃은 것도 서러운데 저놈들의 횡포가 나날이 더해가는구나. 땅도 사람도 재물까지 조선을 전쟁의 도구로 쓰고 있어, 분통 터지는 억울함을 세계만방에 알리고 투항하기 위해서 신간회를 결성했단다. 심지어 여인들까지 팔 걷고 나서는구나. 나는 나만 살겠다고 피해 와서 이 나이에 늦둥이도 얻는데 말이다. 심기가 편치 못할 때 장남 면장은 서류에 찍어놓았다며 도장을 신문지로 돌돌 말아 싸서 도장 주머니에 넣어드린다.

이 어른을 누가 궁내부 주사로 조정 일을 했다고 하겠나. 벼슬도 체통도 다 벗어놓고 흙 만지며 사는 것이 신간은 편하다. 식솔들 건사하는 게 결코 시답잖은 일이 아님을 조정 일 볼 때는 몰랐다. 그래도 나랏일 할 때보다 마음은 편안하다. 경제적인 문제가 따르긴 하지만 아직은 그럭저럭 꾸리고 있다. 다만 맘 한구석 늘 따라다니는 무게가 있으니 말 못할 업이다. 틈만 나면 혼자 중얼거린다.

'신간회가 출범하고 근우회가 탄생하는 이 시기에 우리 건호가 태어났구먼, 독립운동도, 항일 투쟁도 식솔들 의식주를 해결해놓고 해야 재, 가진 것 없는 내가 나서봐야 무얼 하겠어. 건호를 잘 키워서 나라 위해 바쳐야 재, 아범도 지금 나랏일 하잖어.'

그렇게 스스로 위로를 하며 변명을 한다. 마음을 무겁게 하는 게 또 있으니 혹여 내가 일찍 가면 갓난아기가 內子에게 짐이 될 건 불 보듯 하단 말이여, 허나 달리 생각하면 내자에게 건호가, 건호에겐 어미가 서로 의지할 버팀목이 될 법도 하지.'

하루에도 몇 번씩 나라 위해 투쟁하는 독립 운동가들과 갓난아기 건호에게 미안한 마음으로 무겁다. 이 난국에 너를 세상에 태어나게 했구나, 아가야. 내가 무능해서 못하는 사내 노릇을 너는 해다오. 내가 비굴하지? 자라서 우리 조선을 관통한 저 파국탄의 포탄으로 저놈들 심장도 찌르고, 눈도 못 보게 해서 왜국을 무너뜨려라.

옳거니, 그거였어, 너의 날카로운 울음소리의 의미를 알겠구나. 내 속 울음을 우리 건호가 대신 울었구나. 나라 빼앗긴 절박한 역사를 참다운 인간으로 살 수 있게 세상을 돌려다오. 건호야, 파국탄의 파편으로 곪을 대로 곪은 이 나라 민족의 속을 치유해다오.

그 도구가 칼이든 포탄이든 개의치 않겠다만 필이기를 희망한다. 필
이기를….

제3장

이를 어쩌누

_ "아재! 아재!"

바쁜 소리로 허겁지겁 달려오신 분은 촌수는 잘 모르겠지만, 아재라는 걸 보면 조카뻘인가보다. 순백의 깨끗한 머리카락을 휘날리며 오셨다. 몇 가닥 흰 머리카락이 땀에 젖어 이마에 붙어있다.

"무슨 이-?"

무슨 일이시냐고 물어볼 겨를도 없이 말을 자르고,

"싸게 좀 가보시유, 싸게유! 아들놈이 지금 핏기가 하나도 없이 해가꾸 픽 쓰러지네유. 장터 의원 부를 겨를이 없구먼유!"

신재한은 더 듣고 있을 여유도 없이 침통만 들고나와서 뛴다.

윗산덕이 중에서도 제일 꼭대기 집까지 쉬지 않고 뛰었다. 봉당에 누워있는 환자는 일어나는 시늉을 하다가 옆으로 기울어지자 부친께서 재바르게 부둥켜안아 준다. 그 상태로 인사를 하는 환자를 본 신재한은 인사절차 다 갖출 상황이 아님을 바로 알아차리고 맥을 짚으면서 얼굴을 살핀다. 맥은 점점 약해지고 얼굴은 창백하다. 입술까지 하얗게 질려있으며, 핏기없는 손톱을 보자 더 이상 살필 것 없다는 듯이 바로 침통을 꺼낸다. 먼저 환자의 소매를 올리더니 손목 안쪽으로 세 손가락을 가로로 대는 둥 마는 둥 하더니 수침을 시작한다. 울렁거리는 속과 울렁거리는 마음도 다스리며 오장육부를 관장하는 내관內關 혈이다. 다음으로 가슴을 풀어 젖히고 양쪽 유두 사이의 한가운데 부분에 또 수침을 한다. 쌓인 화를 풀어주는 전중 혈이다. 그리고는 엎드리게 하고 4번 흉추에서 양쪽으로 손가락 두 마디 정도 떨어진 부분에 수침한다. 모자람을 돕고 흐트러짐을 모아 보호해주며 멀미나 입덧이 심할 때에도 수침하는 궐음수厥陰輸다. 그대로 엎드린 채 양쪽 궐음수의 한 치 정도 아래에 또 수침을 한다. 심장이 응해줘서 막힌 심기를 풀어주는 심수다. 마지막으로 바로 눕히려는데 본인이 일어나서 앉는다. 무릎을 내주고 있던 부친이 안도의 숨을 내쉰다. 신재한은 환자가 앉은 상태에서 왼쪽 다리를 굽혀 무릎을 세우게 하더니 무릎의 좌측 아래로 움푹 들어간 부분에 또 수침을 한다. 두루두루 무병장수의 혈 자리라 할 수 있는 족삼리 혈 자리다. 스스로 일어나 앉으니 긴장이 조금은 풀리지만 지켜보던 부친의 표정이 심상찮다. 침을 찌를 때마다 잠시 멈추다가 또 찌르다가 멈추더니 세 번 만에 찌르는 모습을 보고 의심쩍은가보다. 긴장했는지 숨이 찬 듯 약간은 거친 숨소리가 섞인 말투로,

"와 그래유? 뭐 땜시 침을 그렇게 망설이며 꽂아유. 뭐가 잘못 되었는가유? 나가 보기에는 주춤주춤하는 모양새가 많이 망설이는 거 같

아서유."

일단은 말없이 시침을 한 후 궐음수와 족삼리 등 몇 군데 지압으로 만지고 나니 혈색이 돌아온다. 신재한은 그제야 크게 숨을 쉬고는 땀을 닦으며 설명을 한다.

"보통 사람들은 아주 경미한 움직임이라서 잘 모르는데 조카님은 알아챘네. 침은 단번에 찔러 나누어 빼는 사침이 있지만 아주 특별한 경우가 아니고는 잘 쓰지 않아요, 위험하거든. 대부분 보침이라 해서 지금처럼 세 번으로 나누어 자침하고 뺄 때는 단번에 빼는 것일세. 만일 오늘 같은 경우 단번에 주입해서 나누어 빼는 사침을 했다면 생명에 위험할 수도 있네. 왜냐면 그 방법은 기를 빼내는 방법이거든. 심장의 기운을 보태야 하는 사람에게 심장의 기운을 빼내면 어떻게 되겠는가? 더 설명이 필요 없지."

"그러면 야, 야가 지금 심장병인감유?"

"심허증心虛證으로 보이네요."

"그게 뭔 감유?"

"한마디로 심장이 너무 허하다는 거요. 심장은 사람의 몸과 마음의 중심인데 심장이 허하다는 것은 몸만 허한 것이 아니라 마음도 허하다고 보면 되네. 지금 이 사람의 경우는 마음이 더 허하다고 보네. 집안에 무슨 큰 걱정거리 있남? 마음 붙일 데가 없는 사람처럼 가을하늘 얇은 뜬구름 같네. 몸도 마음도 푹 쉬게 하는 것이 중요하지만, 이런 경우 무조건 쉬다 보면 사람이 아예 맥을 놓아버릴 수도 있다네. 친구나 스승이나 마음 의지하며 흉금을 털어 나눌 수 있는 대상이 필요하네. 지금은 보약보다 시급한 것이 마음 의지하고 정을 붙일 수 있는 사람이 필요하다는 거지. 잘 먹여서 일단 몸부터 추스르도록 하세."

듣고 있던 백발의 조카님이 푹 쓰러지듯 퍼질러 앉으며 푸념한다.

"야가 과거시험 볼라꼬 공부를 엄청 열심히 했는데 과거제도가 폐지되면서부터 여적지 먹는 것도, 자는 것도 다 션찮어유, 당최 의욕이 없구 죽지 못해 사능 겨. 허구헌 날 저렇게 허느적거리능 겨 어쩐디야. 보약이라도 한 재 먹여 봐야겠지유?"

듣고 있던 신재한은 감이 잡힌 모양이다. 어느 정도의 기운을 차리고 일어나 앉은 손자뻘 되는 환자의 어깨를 만지면서 진심을 담아 말한다.

"이보게, 과거 시험 안 본 게 큰 다행이구먼, 장원급제하면 무슨 소용인가? 그깟 벼슬 하겠다고 왜놈 앞에 굽실거리며 자자손손 오명을 쓸 거여? 그깟 왜놈들이 주는 것이나 다를 바 없는 벼슬 받아 가문에 먹칠할 순 없잖아. 그렇다고 벼슬 거부하면 어명을 거부하는 걸세. 부랴부랴 택이부터 먼저 문의로 내려보낸 것도 그 때문일세. 우리 가족이 부랴부랴 내려온 까닭도 나보다 우리 택이 때문이었어. 장원급제해놓고 주는 벼슬 안 받으면 엄청난 수난을 겪어야 하고, 받자니 저녀들 앞에 굽실거려야 하고 그래서 모든 것 다 내려놓고 왔다네."

아무도 말이 없다.

"요새 관청마다 일거리는 많고 직책 맡을 관리들이 모자라서 큰 어려움을 겪고 있다네. 어여 기운 차려 일어나서 우선 면서기나 군 서기부터 알아보게나. 관청에 관리라도 하면서 신학문 공부해도 된다네. 그래야 부모님 모시고 처자식 건사하지. 이러구 생을 다 보낼껴? 부모 앞에서 이게 무슨 불효인가? 어여 기운 차리게. 정부 관리보다 자네는 보통학교 교편 잡는 것이 좋겠네. 과거시험 보듯이 어려운 관문 통과할 겨를이 없이 급하게 채용한다네. 성격으로 봐도 교편 잡는 것이 옳을 듯 하이. 보통학교 교사가 많이 필요하다네. 경성은 아이들이 보통학교 입학하려고 하도 많이 몰려와서 입학시험도 친다네. 그래서 가르칠 선생도 모자라는 판국일세. 들어보니 청주는 아직 까다로운 절차 없이 소학교 교편잡을 길이 있는 모양일세. 늦기 전에 서두르게나."

저 사람 부모님 봐서 일어나리라 믿는다.

"내가 우리 식이 아범한테 돌아가는 사정을 잘 알아보고 연락 주겠네."

안쓰러운 마음 한 덩어리 안고 일어난다. 윗산덕이까지 헐떡거리며 뛰어갔으나 내려오는 길은 맥이 쭉 빠진다.

지난봄, 건택이 누이동생 덕이 혼인으로 아내가 아주 넋을 빼다시피 했다. 자신이 배 아파 낳은 자식이라면 아마 저렇게까지 혼을 다할 순 없으리라. 혼인 말이 오가는 날부터 신행길을 보내는 날까지 한 번도 편안하게 잠드는 아내의 모습을 보지 못한 신재한이다. 그건 그렇고 아내가 두 번째 아이를 가졌다.

'이를 어쩌누⋯⋯.'

자신의 몸이 전 같지 않아서 걱정이 태산이다. 윗대 어른들부터 혈관과 관련된 건강에 문제가 있는 것이 집안 내력이다. 아마 그래서 부모님도 한의학 공부를 하신 모양이다. 아버지도 뇌에 혈이 제대로 통하지 못해 뇌졸중으로 고생하셨는데, 나도 일전에 뒷목덜미가 스멀스멀 벌레 기어가는 것 같은 느낌이 혈압 상승을 감지하고 비상용 침통을 꺼내서 손가락 끝을 찔러 우선 혈을 텄다. 이 정도면 머지않았음을 느끼니까 걱정이 아닐 수 없다.

'내 탓이여, 순박한 내자에게 건호만으로 충분한 선물이 될 터, 저 사람에게 더는 감푼데 이미 생긴 아이, 이를 어쩌누. 신이시여, 하늘이시여, 내가 만일 풍으로 쓰러지더라도 곧장 목숨을 가져가시어 내자에게 병수발 받는 일만은 없게 하소서!'

호강은 못 시켜도 병수발을 시킬 순 없다는 생각에 소름이 돋도록 혼을 다해 하늘에 빌고 또 빈다.

열심히 산에 다니며 대계(엉겅퀴의 약명)라든지 혈을 맑게 한다는 산야초들을 꾸준하게 달여먹고 생즙으로도 먹고 있지만, 신재한은 자신의 영혼이 조금씩 아주 조금씩 기를 잃고 있는 느낌에 비례해서 실제로 몸도 따르고 있음을 감지한다. 적당히 산에 다니고, 산 약초에 빠지지만 졸릴 때 눈까풀이 무겁게 내려오듯, 느낌으로만 알 수 있는 기가 자신의 몸으로 스며들어 천천히 덮고 있는 어떤 무게를 느낀다.

오늘은 서둘러 아들과 며느리에게 하고 싶던 말을 해야겠다고 용기를 내본다. 장터까지 걸어가면서 마음의 무게만큼 발걸음도 쉽지 않다. 그래도 큰 결심을 했다. 많은 고민 끝에 결정은 했으나 길바닥에 아교풀을 풀어놓은 것처럼 걸음마다 달라붙는다. 어쩔 수 없잖아. 내가 무책임하게 그냥 가는 것보다는 어린 두 자식과 살아갈 막막한 내자의 앞날을 위해 내가 할 수 있는 물꼬를 터놓아야지.

아직 퇴근 시간은 좀 이르지만, 손자 준이의 군것질거리 좀 사 들고 아들네로 간다. 어멈이 저녁준비 할 동안 준이의 기분 맞춰주고 있으나 몸과 마음은 따로 논다.

저녁상은 물렸지만, 입이 떨어지지 않는다. 곧 이내가 양성산을 타고 내려올 것만 같다. 아버지께서 절대 예서 주무시지 않을 것을 알기에 혼자 밤길 가실 것이 걱정이 된 아들이 입을 연다.

"아버지 무슨 일이세요? 무언가 근심이 가득하신 것 같아요."

아범의 말끝에 어멈도 따라서,

"아버님, 모시고 살아야 하는데 늘 송구합니다."

"어멈아, 같이 살지 못하는 건 아범이 관의 일을 해야 하니까 그렇지, 그런 생각 말거라. 일전에도 장날 돼지고기하고 자반 한 손 사 들고 다녀간 거 내 안다. 실은 부탁이 있어 왔다만 그게 입이 떨어지지 않았던 게야. 나도 나이가 있으니 사람의 일이란 한 치 앞도 모르는 일이라 면목은 없으나 미리 이렇게 왔다. 급한 건 아니다만 사람의 일이란 모르는 것이니 미리 부탁해놓는 게야. 만일에 나에게 갑작스레 일이 생기더라도 건호 학비만은 너희가 좀 맡아주면 안 되겠니? 먹고 사는 거야 얼마 안 되지만 농사가 있으니 그럭저럭 어떻게 생계는 되리라 본다. 허나 건호도 신학문 공부는 해야겠기에 염치 불구하고 이렇게 왔다. 농사 얘기가 나왔으니 말인데 아범아, 논밭이래야 에너르지 못하고 손바닥만 하지만 장남인 너에게 더 떼어주는 것이 원칙이라는 걸 안다. 헌데 너는 이제 자리가 잡혀있고 사는 집도 마련해줬으니 저 어린 건호랑 또 태어날 아기를 데리고 살아갈 네 새어머니에게 맡기는 게 어떻겠니? 한없이 미안하다만 형편이 그렇구나. 준이 어멈이 너그러이 생각해주면 고맙겠다. 내가 지금 얼굴에 인두겁을 씌우고 용기를 내는 게야, 참으로 염치가 없다."

듣고 있던 아범은 눈을 커다랗게 뜨고 아내의 대답을 들을 틈도 없이 묻는다.

"아버님 어디 편찮으세요? 갑자기 왜 그러신지요."

"갑자기가 아니다. 내가 아프긴 어디가 아퍼, 언젠가는 해야 할 말이라서 미리 하는 게지. 나이 드니까 걱정도 앞당겨 하게 되는구나. 그리고 어멈도 아범도 잘 들어라. 우리 가문에 좋지 않은 내력이 있다. 윗대 어른들부터 혈관과 관계되는 문제가 있다. 중풍이라든가 갑자기 뇌에 혈이 터지면 꼼짝없이 가는 거구, 그러니 아범도 아주 조심 또 조심해야 한다. 내가 캐다주는 약초들이 모두 혈을 맑게 하는 것들이니 부지런히 먹어라. 어멈이 명심할 것은 관에서 정신적으로 많이 긴장해야 하는 사람이라 집에 오면 편히 쉬게 해주어야 한다. 혈이란 첫째가 맑아서 흐름이 원활해야 한다. 몸과 마음, 음식이 한결 같이 맑아야 한다. 마음도, 음식도 탁하면 독이 된다. 그렇다고 어멈 자신을 소홀히 하면 절대 안 된다. 남편과 자식을 위해서라도 본인이 건강해야 한다는 이치는 항상 잊지 말거라."

듣고 있던 아들이 조심스럽게 입을 연다.

"아버님, 걱정 안 하셔도 됩니다. 저희가 이렇게 안정된 생활을 하는 것도 아버님 은덕입니다. 편하게 살 수 있는 집과 울타리 밖에 채소라도 심어 먹을 수 있는 땅까지 아버님께서 장만해주셨잖습니까. 산덕이 전지는 안심하셔도 됩니다. 그리고 아버님이 캐다주시는 산야초들은 말씀대로 잘 실천하고 있습니다."

"고맙다. 그리고 준이 교육은 내가 말하지 않아도 알아서 잘할 테지만, 한 가지 부탁은 나라 잃은 백성일수록 더 배우고 더 똑똑해야 한다. 백성들이 알차고 당당해야 한다. 소홀하지 말거라. 조선이 이렇게 된 책임을 왕에게만 미루면 안 된다. 국민이 똑똑해서 바른길로 진언한다면 이런 참사는 없을 게야. 부디 아이들 교육에 정성을 다해다오. 참 인사가 늦었구나, 경성에 사돈께서는 강녕하신가? 멀리 오니 어멈도 친정 어른들 자주 찾아뵙지 못하겠구나. 서신으로라도 인사드리고 안부 전하거라."

"네 아버님, 얼마 전 고향 여주로 내려가셨다는 서신을 받았습니다."

"그럴 게야, 진작부터 내려가고 싶다고 하셨거든. 오래전부터 강 건너 전지 팔아서 고향에 사 두어야겠다고 하셨어. 언제 한번 다녀가시라고 전해라. 그동안 내가 안부도 전하지 못했다."

"시류 탓이지요, 여주 부모님도 같은 입장이실 겁니다."

"한번 다녀와야 재. 공일 날 둘이 다녀와."

길게 숨을 내쉬고는 일어난다.

밤길이라 따라나서는 아들을 기어코 물리고 산모롱이 돌 때마다 한숨 보따리 풀어놓는다. 기다리는 식구 생각하면 뛰어가고 싶지만, 밤이 되니 제법 쌀쌀해서 혈관이 조금은 수축된 상태일 텐데 지나치게 숨이 차면 무리가 온다는 이치를 알고 있으니 마음은 바쁘지만, 발걸음을 여유롭게 옮긴다.

아버님을 배웅하고 돌아서던 부부가 말없이 마주 바라보기만 한다.

"당신 산덕이 전답은 염려 마시라고 딱 부러지게 대답하면서 건호 학비에 대한 답은 없던데요?"

"건호 대학 들어갈 때 준이가 대학생이잖아. 미리 약속할 수가 없었어."

남편의 말을 듣고 보니 일리는 있지만, 아버님께서 속이 편치 못하시겠다.

밤길이지만 계속 말을 하면서 걸으시니 마치 일행이 있는 것 같다. 내가 인덕이 있어 며느리도 잘 들어왔고, 내자도 잘 만났는데 보답은커녕 문제는 바로 나로구먼 나여.

이런저런 속내를 알 턱이 없는 이웃들이 우리 집에 꿀 흐른다며 놀린다고 짓쩍어 하는 내자의 얼굴에 발거래 피어나는 수줍은 꽃잎, 어쩐지 두견화를 닮았다. 두견화. 나는 두견화의 슬픈 구전口傳이 아니더라도 두견화의 꽃잎이 분홍도 아니고, 붉음도 아닌 멍이든 분홍색으로 보인다. 내가 그런 생각을 해서일까? 아니다, 옛날에도 그렇게 보였다. 잔잔하고 품위 있게 예쁘지만, 슬픔이 스며든 것 같은 애잔한 아름다움. 쉬 떠나지 못하는 추위에 여리 디 여린 꽃잎이 시달려도 품위 잃지 않고 버틴다. 그것이 우리 건호 어멈이다. 우리 두견화를 위하는 방법은 어떡해서든 내가 오래 사는 게야. 큰아들네 식솔들, 산덕이의 식솔들을 위하는 길은 내가 건강하게 오래 사는 게야. 암, 오직 그것만이 내 의무여. 내가 낮잡아서 10년이라도 견딜 수 있으면 좋으련만 무슨 조화인지 자꾸만 자신이 없어진다.

혼자 이런저런 생각과 기도에 빠져 걷다가 무심코 뒤를 보았다. 뒤에서 개 한 마리가 저만치 간격을 두고 따라온다. 개의치 않고 걷다가 문득 동네도 아닌 산기슭에 개? 생각이 나서 돌아보니 저놈도 멈춘다. 내가 걸어가면 저놈도 같은 속도로 걷는다. 눈치를 채고 신재한은 양쪽 조끼 주머니에 돌멩이를 넣고 양손에는 조금 더 큰 돌멩이를 쥐었다. 뒤 돌아보지 않고 기침 소리만 높여서 기선제압을 하면서 조금 걷다가,

'선택을 해야 한다. 이대로 가다가 저놈이 먼저 공격하면 당할 수밖에 없을 것 같다. 그래 선제공격이여.'

갑자기 획 돌아서니 살짝 머뭇거리는 모양새가 당황하는 눈치다. 얼핏 보아도 좀 전보다 간격이 가까워졌다. 이때다, 기회를 놓칠 순 없지, 손에 쥐었던 돌을 던졌다. 빗나갔다. 멈춰 서서 눈치를 살피는 것 같다. 왼손에 있던 큰 돌을 오른손으로 옮기며 재바르게 주머니 돌을 꺼내자마자 연거푸 던졌다 그 돌 중 하나가 맞은 모양이다. 깨갱깨갱 비명을 들으며 신재한도 바쁘게 뒷걸음질이다. 돌아서서 뛰면 달려들 것 같아서 뛰지도 못했다. 잠시 후, 우우 우는 소리가 난다. 어딘가 중요한 부분을 다친 모양이다. 그 우는 소리가 마치 동료들을 부르는 소리 같아서 뛰기 시작했다.

뛰면서 제발 죽지는 마소서, 죽지는 마소서. 산신이시여, 내가 던진

돌에 맞은 늑대를 살려주소서, 죽이려고 던진 게 아닙니다. 내가 살기 위해 던졌습니다.

아내가 품고 있는 생명을 염두에 두고 자신의 손으로 살생하는 일은 없어야 하기에 진심으로 늑대가 죽지 않기를 빈다.

땀에 흠뻑 젖어 들어오는 남편의 모습을 보자 늑대를 만난 사람보다 더 놀라는 아내에게 뛰어서 그렇다며 안심을 시킨다. 단순히 뛰어서 흘린 땀이라면 창백한 남편의 얼굴은 진정 심각한 문제가 아닐 수 없다. 이렇게 땀이 흐르도록 뛴 사람은 얼굴이 상기 되어 붉어야 하는데 어찌 핏기가 없느냐는 아내의 질문에 말문이 막혀서 늑대 이야기를 했다.

"어찌 날이 저물어서 장터엘 가실까 했습니다."

"내가 생각해도 내 행동이 좀 그렇긴 하네."

슬쩍 넘어가려는데 묻는다.

"준이네 뭔 일 있는 거 아니지요?"

"일은 무슨 일, 없어. 준이도 잘 놀더구먼."

따박따박 말대꾸도 좀 그렇지만 옴니암니 캐묻는 것도 되바라진 행위 같아서 아내는 그만 입을 다문다. 대체 나한테 말 못할 일이 무얼까. 내가 낳은 아들이라면 저러실 리가 없지. 혹여 가족들에게 실수라도 했던가 싶어서 곰곰이 생각해보지만, 생각이 나지 않는다. 매달 봉급 받은 날은 이런저런 반찬거리 사 들고 오는 며느리다. 며칠 전에, 자반고등어를 들고 예까지 온 며느리에게 세상이 어지러운데 아무리 대낮이라도 혼자 먼 길 다니는 거 위험하다고 이제 오지 말라고 했더니 섭섭했나?

그 속내를 모를 리가 없는 신재한이지만 말해줄 수 없는 노릇이라 모른 척 잔기침만 한다.

불쌍한 사람, 미안한 마음을 어찌 다 표현하랴, 지나온 시간을 물리고 싶다. 이 사람을 만났던 그날까지만 물리고 싶다. 되돌아간다면 어떡하든 재혼은 하지 않을게다. 그때 왜 내 건강을 생각 못 했을까? 왜 우리 혈통의 내력을 생각 못 했을까? 한 치 앞을 모르는 것이 인생이지만 내가 과연 청맹과니였도다.

옆에서 새근새근 잠든 건호를 보면 또 가슴이 멘다. 범상치 않은 놈이라는 게 틀림이 없거늘 애비가 든든하게 받혀주지 못하고 홀어미 손에 자라야 할 것을 상상하면 몸을 돌던 혈이 멈추는 기분이다. 다행인 것은 지어미가 안찬 구석이 있어서 그리 퍼질러 주저앉아버리는 일은 없을 것 같긴 하다. 내가 없으면 분명 건호 데리고 대처로 나가려 할 것이니 대책을 세워야겠다.

날이 새기 바쁘게 안식구끼리도 소통이 잘 되는 것 같고, 말수는 적지만 의리를 중하게 여기는 손자뻘 되는 식이 아범을 찾아간다. 이웃에 살지만 정확한 촌수도 모르면서 그냥 손자뻘이라고만 알고 있다. 내가 여기 내려온 지가 벌써 수년이 되었지만, 아직 촌수 익히기는 설다. 안사람들끼리 잘 통한다는 이유로 내 생각만 하다가 식이네 집 앞까지 왔다. 허나 저쪽 입장에서는 다급한 일이 아니고서야 꼭두새벽에 무슨 일인가 놀랄 수도 있겠구나 싶은 생각이 퍼뜩 든다. 발길을 돌려 어슬렁어슬렁 살피며 지나는데 마침 마당을 쓸던 식이 아범과 눈이 마주쳤다. 일찍부터 무슨 일이시냐는 물음에 쉬 입이 떨어지지 않아 딴소리다.

"바람 쐬러 나왔다네."

"조심하시유, 할배가 탈이 없어야지유, 아직 태어나지 못한 아기도 있는데."

"그래야 재."

얼버무리고 가든 길로 가지 않고 돌아선다. 날이 갈수록 군 생각이 심해진다.

"조 의원이 어인 일입니까?"

"날 새기 바쁘게 산에 다니며 약초 캔다는 소문 듣고 혹시 내가 필요한 것은 없나 해서 왔시유, 뭐 말려 놓은 건 없으신지유?"

그러잖아도 산에나 가 볼까 하는 참에 장터 조 의원이 직접 왔다. 내가 산에 다니는 것은 약초들을 캐다가 팔기 위해서가 아니라 나와 내 가족들에게 필요한 것만 캐기 때문에 팔 것이 있을 리가 없다. 조 의원에게 설명했지만 그는 믿으려 않고 저벅저벅 헛간 쪽으로 간다. 헛간에서 한참을 살펴야 할 만큼 약초가 많은 것도 아닌데 오래 머무는 것을 보고 신재한이 헛간으로 간다.

"영감님 어찌 약초가 전수 혈과 관계되는 것입니까요. 혈압, 심장 등을 위한 약초들입니다."

조 의원이 영문을 몰라 입을 벌린 채 서있지만, 신재한은 표정만 어두울 뿐 말이 없다.

"영감님 혈맥이나 뇌와 혈관에 문제 있으십니까?"

"조용히 하쇼."

바깥의 동정을 살피며 조곤조곤 자신의 심정을 털어놓는 신재한의 얼굴에 근심이 가득하다. 자초지종 듣고 있던 조 의원도 점점 표정이 무거워지더니 신재한의 손을 당겨 맥을 짚어 본다. 한참을 진중하게 깊이 생각하더니,

"영감님, 지금 영감님은 없는 병을 재촉해서 불러들이고 있지 않습니까. 왜 걱정을 만들어서 심장을 거북하게 합니까? 지금 맥이 엄청나게 불안한 상태입니다. 영감님 말씀대로 선대부터의 내력이라면 더 심장을 편하게 해주고 뇌를 안정되게 해야지 않습니까요, 그렇게 주야로 마음이 무거우시면 심장이 얼마나 힘이 들까요. 정신 차리시유. 되레 뇌가 지치고 심장이 지치겠습니다. 빨리 벗어 던지셔야 합니다. 영감님 구석구석 온몸은 건강하신데 전체적으로 무겁게 가라앉는 것은 무거운 생각 때문입니다요."

듣고 보니 신재한도 알 것 같다. 솔깃하다.

"고맙소, 아주 중요한 것을 깨달았소. 진심으로 고맙소. 내 오늘부터는 눈에 띄는 약초는 다 캐다 놓지요. 다음에 필요한 것 골라가시오."

조 의원은 했던 말 또 하며 당부를 하고 돌아갔다. 조 의원이 나가자마자 아내는 팔을 잡아당겨 마루에 걸터앉히고 다잡기 시작한다.

"어디가 안 좋은 겁니까? 말씀하세요, 오늘은 그냥 넘어가지 않겠습니다. 일전에 큰아들네 다녀온 것도 미심쩍구요."

아내의 처음 보는 표정과 행동, 안찬 소리에 저어기 당황했다.

"자초지종 말하리다. 조 의원이 온 것은 필요한 약초를 구하러 온 것이오. 사고 싶은 약초가 있으려나 와본 것이지 절대 내가 부른 것은 아

니요. 생각해보시오. 문제가 있으면 내가 가서 진맥하지 무슨 자랑이라고 의원을 부르겠소. 그리고 지난번에 준이네 간 것은 아범에게 물어 긴히 청할 거이 있는데 사적 일로 관에 찾아가기도 그렇고, 아범 퇴청시간에 맞춰서 가려고 다 저물게 간 것이오. 내가 아범에게 부탁한 건 지난번에 윗말 조카님한테 다급하게 갔던 적 있잖소? 그때 내가 약조한 거이 있소. 그 댁 아들이 과거제도 폐지되면서 거의 폐인이 되어가고 있었소, 그래서 어디 마땅한 직장 좀 알아봐 달라는 거였소, 이런 문제는 입소문이 좋을 것 없다는 생각에 말하지 않았소, 다른 오해는 마시오."

듣고 있던 아내는 아무래도 미심쩍지만, 무어라 트집 잡을 만한 건더기를 찾지 못해서 그냥 넘어간다. 하지만 남편 건강과 일상 움직임을 예의銳意 주시하리라 속으로 다짐한다. 살짝 불안해지는 이 기분은 무엇일까.

가을걷이도 끝났고 월동준비를 위해 동네는 분주하다. 이집 저집 몰려다니며 남정네들은 김장독 묻기에 바쁘고, 짚으로 엮어서 김장독 움막 만들기에 여념이 없다. 아녀자들은 오늘 저 집 김장이고, 내일은 이집, 삼삼오오 품앗이 김장을 한다. 김 여인은 차분하면서도 다부진 성품이며 두름손이 좋다. 음식 솜씨가 뛰어나서 집집마다 양념 버무리는 선수로 뽑힌다. 이러다가 온 동네 김장이 한 맛이 될 것 같지만, 그래도 김치 맛은 집집마다 다르다. 그것은 아마 배추도, 고추도 나이가 있고, 숙성 조건이 있기 때문일 게다. 배추는 나이가 어릴수록 김치 보관 기간이 짧아진다. 말하자면 충북지역에서는 칠석과 입추 무렵에 배추씨를 뿌린다면 김치가 쉬 물러 못 먹게 되는 일은 없다. 적어도 나이가 80일을 채운 배추는 무르지 않는다. 산덕이는 산골이라 일찍 서리가 내리기 때문에 김장 채소 씨 뿌리기도 조금 더 이르다.

오늘은 건호네 김장하는 날이다.

장터에서 며느리가 돼지고기를 사 와서 고깃국 냄새가 아랫산덕이 이집저집 안개처럼 스민다. 어제 이미 김장독도 묻어놓고 움막도 다 쳐놓았지만, 또 그걸 모르는 바 아니지만, 남정네들은 한 사람 두 사람 고깃국 냄새에 이끌려 모여든다. 다 쳐놓은 움막에 모여 이러쿵저러쿵 평을 한다. 드디어 마당에 상이 차려지고,

"아버님, 어르신들, 우선 막걸리부터 하시지요."

기다리던 며느리의 기별에 누구는 미리 수염을 쓰다듬기도 하고, 누구는 잔기침으로 계면쩍음을 깨면서 차려진 상으로 모여 자리를 잡는다. 김장소와 양념으로 버무린 임시 먹을 겉절이와 감히 수육까지 등장해서 막걸리 사발이 오간다. 지금처럼 살얼음판 시대에 경성의 대감댁에서나 구경할 법한 김장하는 날의 제육은 정말 조심스럽기도 한 음식이다. 지금까지는 없던 일이다. 경제력도 문제지만 무엇보다 왜인들 귀에 들어가면 농사지은 것, 먹을 식량도 없이 다 빼앗기는 불상사가 생길까 눈치가 보여 사다 먹지 못하는 경우가 많은 시대이다. 잘못 소문이 나서 왜인이나 그 앞잡이들이 알면 관의 일을 하고 있는 택이에게 불똥이 떨어질지도 몰라서 조심스럽다.

"아들이 면장이라 다르긴 다르네 그려. 고기 구경을 다 하구."

동네 들머리 첫 집에 사는 구장의 말에 깜짝 놀란 신재한은,

"아녀, 아녀 그런 소리 말어, 우리 택이가 봉급 받아 이렇게 쓸 여유가 어딨어. 내가 약초 캐다 팔아 모은 겁니다. 며칠 전에도 장터 조 의원이 약초 사러 왔다 갔수. 이런 날 동네 분들 대접 하려구 짜지게 모았지."

재바르게 예방한다. 그래도 개운치는 않다. 그것을 감수하면서까지 굳이 이렇게 차리는 것은 아내와 건호를 위한 아버지의 속셈이다. 동네 사람들에게는 농담처럼,

"와이로蛙利鷺 쓰는 거여 와이로."

라고 말하자 모두 바라보기만 한다. 식이 아범이 대표로 나서서 묻는다.

"할배, 그거 일본 말인감유?"

그러자 신재한은 막걸리를 권하면서 와이로가 무슨 말인지 설명을 한다.

蛙利鷺 유래

고려 시대 임금인 의종이 하루는 혼자 야행을 나갔다가 깊은 산골에서 날이 저물었답니다. 요행히 산기슭 외딴 민가를 하나 발견하고 하루만 묵고 갈 수 있도록 청을 하였으나 거절당하고 부득불 발길을 돌리는데, 그 댁 삽짝에 붙어있는 글귀가 낯설고 이해를 할 수 없는 글귀였지요. '有我無蛙 人生之恨 유아무와 인생지한이라. 나는 있는데 개구리가 없어 인생에 한이 된다고?' 임금은 아무리 생각해도 알 수가 없어서 자리 잡고 있던 주막에서 다시 그 댁으로 갔답니다.

"도대체 삽짝에 붙은 글귀가 뭔지 궁금해서 잠을 청할 수 없어 내 이

렇게 돌아왔으니 설명 좀 해주시오."

외딴집 주인은 몇 번을 내쳤지만 끈질기게 재촉하는 나그네를 안으로 들여 말문을 열었지요.

"옛날 노래자이라 할 수 있는 꾀꼬리와 쉰 목소리의 까마귀가 노래시합을 하게 되었는데 심사는 백로가 맡았답니다. 꾀꼬리는 열심히 노래 연습을 할 동안 까마귀는 개구리만 잡아 모으더랍니다. 노래 시합 전날 까마귀는 백로가 좋아하는 먹이 개구리 한 자루를 백로에게 주고 시합 승리를 부탁했지요. 다음 날 모두의 상식을 깨고 까마귀가 승리하였다는 이야기가 전해지고 있지요. 내가 富도 없고 뒤를 봐주는 권력도 없다 보니 과거 시험을 보는 족족 낙방이라 한마디 해본 게지요. 개의치 마시오."

듣고 있던 임금이 퍼뜩 떠오른 생각이 있어 재치 있게 한마디 했답니다.

"실은 나도 낙방만 하니 부모님을 뵐 낯이 없는데 마침 며칠 후 임시 과거가 있다고 해서 한양으로 가는 중이오, 우리 같이 도전해봅시다."

꼭 오라고 약조를 하고는 궁으로 돌아온 임금은 임시 과거를 명했다. 물론 시제도 임금이 직접 내셨다.

과거 당일 일찌감치 나가 살펴보니 과거시험장에 그 시골집 선비가 눈에 띈다. 반가운 임금은 북을 치라 명하고 시제를 펼쳤다.

"有我無蛙 人生之恨"

시험장에 모인 대감들까지도 무슨 말인지 몰라 의아할 때 그 시골 선비는 자리에서 벌떡 일어나 임금님을 향해 큰절을 올린 다음 붓을 들고

답을 쓰기 시작했다.

물론 장원급제다.

그 선비가 바로 '동국이상국집' 등 여러 문집을 발행한 고려 중기 유명한 대문호 이규보 대감이다.

동네 분들이 재미있게 듣고 있다가 무쇠솥 뚜껑 여는 소리에 모두들 밥을 기다린다. 아랫집 질부가 밥숟가락에 얹어 먹을 겉절이 배추를 쭈욱쭉 찢어서 찢긴 부분에 다시 양념을 버무려 먹기 좋게 해놓는다. 떠들썩하든 마당이 조금 숙지막하다. 김장독 움막에서 아녀자들은 조곤조곤 수다를 곁들인 빠알간 배춧잎이 밥숟가락에 척척 걸터앉는다. 세상이 평화롭고 더없이 여유롭다. 누가 나라 빼앗긴 사람들이라 할까. 이럴 땐 장터에서 멀리 떨어진 산골 마을이 평화롭긴 하다. 이들에게는 미래가 따로 없고, 미래를 염려할 상황이 아니다. 젊은이들은 징용에 붙잡혀 가지 않으면 감지덕지다. 어린아이들은 서당이라고 따로 없이 윗산덕이는 종가에서, 아랫산덕이는 신재한 어른이 훈장 역을 맡았다. 맡았다기보다는 자연스레 그렇게 되었다. 나라도 없는데 내 자식들 과거시험을 볼 것도 아니고 그냥저냥 시대에 걸맞게 배워서 군청이나 면 서기라도 하는 게 꿈이다. 부닥친 일이나 하면서 하루하루 살아가는 현실이 곧 미래가 된다. 그래서 현재가 중요한 것이다. 오늘 위에 또 오늘이 올라앉고, 그 오늘 위에 또 새로운 오늘이 자리 잡고 앉다 보면 10년 전에 꿈꾸던 미래가 10년 후인 현재가 되어있다. 미래를 위해 현재를 희생하는 짓은 오히려 미래를 그르치는 격이다. 미래를 위해 현재를 더욱 곤고

하게 닦아야 한다. 현재 무엇을 심느냐에 따라 미래에 수확이 달라지니까. 나라를 찾았을 때 우리가 무엇을 해야 하는지 늘 준비를 해야 한다. 비록 나라를 잃어서 가슴에 꿈조차 품고 싶지 않을 만큼 허망하지만, 사랑하는 내 자식들이 살아갈 세상 아닌가? 어찌 포기하랴. 나라를 찾은 다음의 할 일을 위해 쉬지 않고 공부해야 한다.

김장이 끝나고 뒷마무리를 도우려고 아랫집 식이네 내외가 서성인다. 안주인의 야무진 살림을 알기에 재바르게 김장독이며 정지간이며 틈을 주지 않고 여럿이 후딱 해치웠으니 손길 갈 일을 찾지 못한다. 따뜻한 방으로 불러들여 흠집 없이 매끈한 홍시를 내놓고 아내가 나가자 신재한은 계획은 없었지만, 기회가 된 것 같아 아내가 들어오기 전에 소리를 낮춰 바쁜 입을 연다.

"자네들 내가 부탁이 있네, 다름 아니고 사람 일이란 게 한 치 앞을 모릉께 혹여 내가 잘못되거든 얼마 안 되지만 전답을 자네들이 도지로 농사 좀 지어주고 집에도 남정네 손길이 필요한 부분은 자네가 좀 살펴주게나. 이런 말 한 것은 아직 내 내자에겐 함구해주게."

말이 떨어지기도 전에 식이 아범은 눈이 휘둥그레져서

"와 그란데유? 어디 편찮으시유?"

"쉿, 아녀 아녀. 어차피 언젠가는 내가 먼저 갈 테니께 미리 하는 말이여. 절대 아녀. 장터 택이네도 말해뒀으니까 그렇게 알게."

대답도 듣기 전에 아내가 들어오는 바람에 잇지 못하고 얼른 말을 돌린다.

"앉은 김에 저녁 먹고 가세."

"아녀유. 식이도 있구…."

말끝을 흐리며 우물쭈물 일어나자 건호 어머니가 얼른 붙들어 앉히면서

"낮에 밥이 많이 남았응께 식이 오라구 해서 저녁 때우고 가세."

하면서 식이 남매 데려오라고 한다. 식이 어멈이 아이들 데리러 간 사이 아직 저녁 준비는 이르고 오늘 김치가 맛난다는 둥 이야기꽃이 피기 시작한다.

"늘 식구처럼 생각하고 믿으니까 어려워 말게, 촌에서 살다 보니 그 상부상조라는 말이 아주 제대로 맞는 말이구먼, 도와주고 도움받고, 정을 주고 정을 받는 우리 동네 살기가 좋아, 이제 궐에서 오라 해도 안 가고 싶으이, 우리 그렇게 주거니 받거니 살아가세."

할아버지뻘에 대궐에서는 주요 업무를 수행하시던 분이라 처음에는 아주 어려웠고 불러주시는 것 자체만으로도 감지덕지했건만, 이렇게 편하게 대해주시니 차츰 가족 같은 분위기가 되어 식이 아범은 한없이 고마워서 뭐든 시키기만 하면 다 보답하고 싶다.

"상부상조라뇨, 저희야 그저 받기만 하는걸요, 작년 가을에 할아버지께서 속병에 좋다고 주신 약초들 달여먹고 안식구 속병 고쳤어유. 지법 밥도 비벼 먹어유."

"그래도 음식 조심 해야 혀. 올가을에도 내가 넉넉하게 구해다줄 테니 괜찮다고 소홀히 말어."

"올해는 지도 따라 다녀볼게유."

"그렇게만 해준다면야 좋지 혼자 다니는 것보담 낫지. 그리구 좀 전에 하다만 말 있잖어 사람 일이라는 거이 모르니께 미리 내가 부탁하는 거여. 절대 다른 생각 말고 부탁 들어 주게나."

"그야 부탁 안 하신다구 지가 무심하겠시유? 염려 마셔유. 그런데 뭣 땜시 갑자기 그러신대유?"

"다른 이유도, 뜻도 없어 다만 늙으니께 걱정도 당겨서 하능 겨."

알았다고 명심하겠다고 약조는 했지만, 큰아들 내외처럼 고개를 갸우뚱거리며 무언가 묘한 기분이 드는가 보다.

그렇게 저녁까지 잘 먹고 집으로 돌아온 식이 아범은 저녁 내내 갸우뚱 갸우뚱 하다가 아래위 잇바디를 붙인 상태로 시이이이 시이이이 바람을 들이킨다.

해둘 것이 많지만 조 의원 말이 옳은 것 같으니 꼭 해둬야 할 중대사가 아니면 뭉그적뭉그적 늑장을 부리며 내 몸에 신경 쓰는 쪽으로 해야겠다.

"여보 임자, 건호 말이오, 장차 어떤 사람이 되길 원하오? 설마 여기서 평생 농사꾼으로 살게 하진 않을 터, 이 난국에 벼슬을 원할 수도 없는 노릇이니 의학을 배우게 해서 양의를 만들어볼까? 제 형처럼 나라의 관청에 행정사무관이 되면 생활은 안정되겠지요. 임자 생각은 어떤가? 욕심 같아선 서양의 큰 나라에 유학 보내서 너른 견문과 학문을 닦아 나라를 위해 무언가 큰일을 해낼 인물이 되면 좋겠지만, 그리되면 뒷

바라지하는 식구들이 힘들겠지."

"어디 우리 맘대로 되는 일인가요? 아주 위험하거나 도리에 어긋나는 일만 아니면 저 하고 싶다는 대로 따르고 싶습니다. 무엇보다 가장이신 대감의 주장이 중요하지요. 아직 애기니까 크는 과정에 소질을 찾을 수 있다고 생각합니다."

"그 또 그러신다, 대감 소리하지 말래두."

"나도 모르게 그만, 명심하지요."

아내를 바라보는 신재한의 눈에는 애잔함이 젖어있다. 어쩌누, 어쩌누.

이승의 염려 놓으시고 편히 눈 감으소서.

다부지면서도 단호하게 단호하면서도 속종을 담은 마지막 인사 글을 고인의 가슴 위에 고이 얹어 놓자. 종가 어른이신 조카님께서 고인에게 바치는 마지막 서신이니 우리도 한번 보면 안 되겠느냐고 양해를 구하자 주위 분들이 다 그러자고 웅성웅성하니 김 여인은 아무 말을 못 하고 얼굴만 붉힌다.

"장남이 소리 내어 읽어보게나."

문의 면장인 장남에게 권한다.

"어머님의 속내를 적으셨을 텐데 지켜드리고 싶습니다."

그 말에는 주위가 조용하다.

"그러신가요? 아주머님."

종가 어른의 물음에 얼굴을 붉히고 있던 김 여인은 안절부절못한다.

"아닙니다."

말 떨어지자 어머니를 한번 바라본 후 읽기 시작한다.

> 「중략 ~대감께서 눈 감으신다고 떠나시는 것이 아니옵니다. 저희들 옆에서 늘 지켜주신다는 믿음으로 장터 손자 준이와 건호 그리고 배 속의 아이도 지킬 것이옵니다. 대감님 안 계시는 세상이 아니옵고 대감님께서 지켜주시는 세상입니다. 평소 대감의 염려가 무엇이었는지 잘 알고 있으므로 저도 단단히 세상에 나설 마음의 준비를 했사옵니다. 이제는 안심하소서. 대감님을 배웅하기 위해 상복은 입겠습니다. 우리 아이들 장래를 위해 혼신을 다하겠습니다. 대감님은 그동안 저희들을 위해 최선을 다하셨습니다. 어떻게 이보다 더 잘할 수 있겠습니까? 감히 대감님을 따라갈 수는 없지만, 그 뜻만은 명심하겠습니다. 부디 이승의 염려 놓으시고 편히 눈 감으소서.」

울면서 낭독할 동안 다소곳이 훌쩍이든 이웃친지들은 급기야 온통 통곡으로 모든 일이 중단되었다.

염습이 끝나자 이웃친지들이 상복을 입히려고 제법 배가 부른 김 여인에게로 와서 토닥인다. 김 여인은 천성이 설치지 않고 안찬 사람이지만 이제는 참된 조선 여인의 본분, 외유내강이 무엇인지 깨달아야 한다는 다짐으로 상복을 입는다.

옷을 다 입고 나서 합장을 하더니 입을 다문 채 무언가 다짐을 하는 듯 입술에 힘을 준다. 어느새 눈에 눈물을 가득 담고 뛰어온 건호는 어머니의 상복을 보자 더 놀라서 울음을 터뜨린다.

아버지의 마지막 의복을 본 모양이다.

"안됩니다. 안됩니다. 어머니! 안됩니다. 그렁거 나도 주시와요. 나도 입고 어머니 따라가겠습니다. 나무통 속에 같이 들어가겠습니다."

아버지의 입관을 본 게다.

"건호야 아니다, 어머니가 입은 옷은 아버지 잘 가시라는 예절 옷이란다. 어머니는 안 간다, 못 간다. 건호를 두고 어딜 가느냐."

"나도 다 아옵니다. 식이 조카가 말했사옵니다. 아버지도 그렁 거 입고 돌아가셨잖아요. 소자도 가겠습니다."

주위에서 깜짝 놀란다. 이제 겨우 세 번째 돌을 앞두고 있는 애기가 어쩜 저렇게 말투부터가 다를까, 어쩜 저렇게 엄전할까? 어른스러운 건호의 태도에 모두들 혀를 내두른다.

"대감댁 자녀들은 어디가 달라도 다르구면."

보는 이마다 한마디씩 한다. 식이 어멈이 건호를 달래며 안으려 하자 건호는,

"괜찮습니다. 제가 어른들의 일을 방해하지 않겠습니다. 일 보십시오."

하면서 어머니의 품에서 일어나 공손히 두 손을 모으고 서있다. 건호 앞에서 울지 않으려고 손이 부르르 떨리도록 주먹에 힘을 주는 김 여인은 건호에게 엄하게 나무란다.

"오늘은 소리 내어 울어도 좋다. 허나 그 울음이 아버님과의 이별이 슬퍼서 우는 울음이 아니고 어리광이라면 절대, 절대 그 어리광 받아줄

수 없다. 내가 말하지 않았느냐 이 옷은 아버지를 보내드리기 위한 예절 옷이라고. 내가 언제 허턴 말하더냐."

건호는 울음을 뚝 그치고 공손하게 두 손 모으더니,

"소자 잘못 했사옵니다."

하면서 반절을 하고 의젓하게 서있다. 그때 건택이 형이 건호를 번쩍 안고 잠시 마당으로 나와 다독이면서 무언가 말을 하고 건호는 고개를 끄덕인다.

아버님께서 부러 찾아오셔서 건호를 부탁하실 때 그 심정이 얼마나 괴롭고 착잡하셨을까? 흐르는 눈물을 감출 수 없다. 얼마나 떨어지지 않는 발걸음이었을까. 얼마나 많이 망설이고 망설이신 말씀이셨을까. 밤길을 걸어가시던 아버지의 뒷모습이 생각나서 더 가슴이 저리고 아프다.

'아버지, 건호는 준이와 같은 마음으로 보살피겠습니다.'

앞으로 어떤 사정이 생길지 모르지만, 지금은 진심이다.

어린 건호를 보니 가슴이 아프다. 앞날이 아득하다. 농사는 식이 네에 맡긴다고 하셨으니 문의로 나오셔서 우리와 합가해서 살면 된다. 새어머니께서 응해주시면 좋겠다.

아버지가 눈을 감으신지 60여 일 만에 딸은 이 세상에 나와 눈을 뜬다. 산모의 무거운 심정을 어찌 다 헤아릴까, 짐작만으로도 커다란 바위에 눌리는 기분이다. 아기의 첫울음에 산모는 가위가 눌린다.

임종 전, 뒤가 무거워 어찌할 바를 모르던 대감의 표정이 나타나서 아기의 얼굴을 쓰다듬는다. 김 여인은 아찔하다. 먹고 자고 일하고, 먹고 자고 일하는 단순한 삶이 누군가 다른 세상 사람들의 삶이라 여기고 관심조차 없었다. 내가, 내 아이들이 그 속으로 들어갈 수는 없다. 상상조차 싫다. 사람은 태어나면 한양으로 보내고, 말은 제주도로 보내라 했다. 건호가 배 속에서 발길질할 때부터 대천으로 나가서 내 아이 신문물에 어둡지 않도록 해주고 싶었다. 나라가 혼란스러워 때를 기다리고 있었다.

윗산덕이서 들기름을 한 병 들고 내려온 종가의 종부에게 아낙들은 김 여인의 그간 상황을 말하면서 대담하고 독하고 우리 같은 사람은 상상도 못 한다는 둥 수다를 떤다.

"형님은 산바라지에 소홀함 없도록 잘해야 한다고 아버님이 전하라고 하셨으니 빈틈 없도록 잘해주시유, 뭔 일 있으면 즉각 연락 주시구요, 산후 처리는 잘 되었는지 모르겠네유."

"말도 말어 세상에, 저녁답에 배가 살살 아프다면서 가위를 작은 솥에 넣고 펄펄 끓이길래 산파 부른다니께 기역쿠 말리잖어, 자기가 알아서 한다구. 그러더니 아 글씨 밤중 되니께 입을 꾹 다물고 신음소리를 내더니 애기가 나왔는디 다 준비 해논 부드러운 무명천으로 애기를 받으니께 태 짜르는 것두 직접 다 하셨어유. 자기가 자기 배를 살살 훑어내리면서 힘을 주더니 오줌 누는 모양새로 앉아서 태를 댕겨 내드만. 워쩜 그리 침착하게 태를 싸서 한쪽으로 밀더니 아기도 직접 씻겼잖어,

나 원 세상에 그리도 대담하고 현명한 사람은 세상에 없을껴. 무명천도 워쩜 그리도 보들보들하게 해놨는지 몰러. 무명천이 아니라 목화솜 같아유."

한참 수다를 떨고 있는데 장터에서 며느리가 미역과 몇 가지 찬거리를 사 들고 왔다.

"고마워라. 맨날 신세를 지는구먼, 식이네 질부는 항상 고마운 걸 워찌해야 할지 모르겠네. 큰집 질부까지 왔네, 어머니 몸은 좀 어떠신지. 어디 안 좋은 데는 없쥬?"

식이 어멈을 향해 묻는 말에 종가 질부는,

"그런 걱정은 안 해도 될 것 같네유. 시어머니가 아주 알아서 척척 잘 하신다니까. 얼마나 다행인가유. 남편 보내고 유복자 배 속에 품고 여느 여인네 같으면 날마다 징징 울고 넋을 놓을 터인데 얼마 전에 나보고 그랬수. 아기를 위해서 울면 안 된다고, 어미의 마음이 맑고 생각이 강건해야 아기도 그대로 따른다면서 배 속 아기 정신교육 시키대유. 흉이 아니고 그런 어른이니까 걱정을 말라는 겨."

식이 어멈이 끓여놓은 미역국이 있으니 며느리는 어머니 옆에서 몇 가지 주의 사항만 듣고 나와 아기 기저귀랑 어머니 기저귀를 대야에 담아 냇가로 간다. 산바라지 중 제일 하기 싫은 것이 피 빨래다. 그것을 며느리 손에 맡기는 것은 더욱 싫다. 그래서 식이 어멈에게 특별히 부탁해뒀는데도 식이 어멈이 큰댁 질부 배웅하고 잠깐 집에 들른 사이에 벌어진 일이다. 재바르게 쫓아가서 빨래 함박을 뺏다시피 하고는 따라가는 사람을 손사래로 막는다.

곧을 貞,

올곧게 자라고 올곧게 살라는 어미의 심정으로 이름을 곧을 貞으로 출생신고를 했다. 벌써 정이 첫돌이다. 올가을 쯤에는 무언가 시행해야 겠다. 건호가 이미 네 살이다. 더 자라기 전에 대처로 나가야 한다는 생각뿐이다. 내가 바느질 재주 하나는 타고 났으니까 삯바느질이면 두 아이 홀어미 자식이라고 손가락질받지 않고 키울 수 있다.

우선 어디로 가야 할지 알아보기 위해 식이 어멈에게 아이들 맡기고 아침 일찍 청주로 향하는 버스에 올랐다. 막막하다. 어디서 내려 누구를 찾아갈 것인가. 친정 쪽에도, 시댁 쪽에도 가까운 친인척이 청주에 많이 살고 있지만 폐 끼치지 않으려는 김 여인이다.

내가 낳은 두 아이 건사할 난제를 두고 이리도 중압감에 힘겨운가 싶다. 안 된다, 안 돼. 약해지면 안 되지. 윈고개 짓을 하며 큰 시내가 보이는 석교동에서 내려 빨래터로 간다. 까르르 웃음소리가 뚝 그치며 빨래를 하던 여인들이 일제히 김 여인을 바라본다. 건호와 정이의 장래를 생각한다면 언제 어디서, 또는 어떤 환경에서도 절대 주눅 들지 않을 거라고 맹세하고 또 다짐 한 김 여인이다. 약간은 조심스럽게 입을 연다.

"실례합니다."

"무슨 일이유?"

아낙 중 가장 세월이 많이 스친 듯 보이는 여인이 스스로 대장이 되고 있다. 그분을 향해서,

"마침 빨래도 다 끝나셨습니다. 괜찮으시다면 함께 가시면서 몇 가지 좀 여쭐까 합니다만…."

말끝이 야무지지 못한 것은 김 여인답지가 않다. 많이 조심스럽기도 하고, 다른 여인들의 시선이 따갑기도 하다. 왜 아니겠는가? 보아하니 말끔하고 조신해보이는 품새가 여염집 아낙은 아닌 것 같은데 이런 빨래터로 와서 낯선 사람에게 무얼 여쭙겠다니 어찌 궁금하지 않으며 본인은 어찌 객쩍지 않으랴. 더군다나 어디에 자리 잡을지 모르는 입장에 이 아주머니들이 사는 집도 흩어져 있을 테니 더 조심스러울 수밖에. 그나저나 벌써 사시반각은 된 듯싶은데 이분들도 점심준비는 해야 할 터라 서둘러야 하지만 김 여인 입장에서 재촉할 수는 없다. 빨래를 다 짜서 옹기 너래기에 담아놓고서도 똬리가 머리에 자리 잡기까지 한참이다. 너래기를 머리에 이는 것 도와주고 양잿물 통을 받아들자 비로소 말을 걸어온다. 몇 발짝 걷다가

"무슨 일이유? 여거까정 내려온 걸 보면 여자들 입이 필요항가 본데 뭔 일이래유?"

"제가 이쪽 동네로 올까 하는 데 어디쯤이 좋을지, 삯바느질로 살려면 어느 동네가 좋을지 깜깜해서요."

둑으로 올라선 여인은,

"그야 우리들 사는 동네는 허당이구. 여거 또랑 있잖수? 여거서 왼쪽 오른쪽 할 거 없이 다 그렇구 그렇당께유, 저거 언덕배기 너머, 그랑께 장터 쪽에 땅 부자들, 관리들이랑 왜넘들, 암튼 좀 있는 사람들이 살지유. 위쪽은 쇠내골인데 걍 우리 같은 사람이 살아유. 삯바느질이야 솜씨 소문만 나면 쬐끔 멀어도 찾아오지유. 불려가기도 해유."

빨래 털어서 줄에 척척 걸쳐놓고, 쫙쫙 주름을 펴가며 손질을 하면서

말을 유도한다.

"고맙습니다. 앞으로도 가끔 찾아뵐지 모르겠습니다. 잘 부탁할게요."

이 아주머니가 어쩜 셋방을 구한다거나 바느질감을 구하는 데 많은 도움이 될 것 같다. 방 하나와 부엌 하나만 확실하면 셋방살이에 큰 불편은 없을 것 같다. 세는 얼마 정도며 부근에 알아보려면 어디를 찾아가야 할지 등이 궁금하기도 하지만 이 아주머니와 낯을 익히기 위해서 김 여인답지 않게 한참을 마당에 선 채 주거니 받거니 했다. 내려오면서 집 위치를 눈여겨 봐뒀다. 그리고 언덕을 넘어와서도 동네를 살펴본다.

큰아들 건택에게 가서 말을 하려니 도움을 청하는 모양새가 되고 옮길 준비 다해놓고 알리면 장남 입장에선 얼마나 섭섭할까 싶다. 생각 또 생각 끝에 손자들도 볼 겸 문의 장터에서 내렸다. 버스 정유소 점방에서 아이들 과자 몇 봉 사서 가다가 아범을 만났다. 깜짝 놀랐다. 벌써 관청에 퇴관 시간이라면 식이네가 두 아이 돌보느라 얼마나 애를 태울까 갑자기 마음이 급해진다.

"시간이 벌써 이렇게 된 줄 몰랐네, 청주 나갔다가 오는 길인데 애기들도 볼 겸 들리려고 했더니 안 되겠네, 안 되겠어. 내 다음에 다시 올게. 건호랑 정이가 보채진 않는지 걱정이 돼서."

청주 다녀오는 길이란 말에 짐작을 한다. 그리 쉽게 쏘다니시는 분도 아니고 이젠 나가실 준비 하는가 보다 싶어서

"낼이 반공일이니께 모래 공일날 아이들이랑 같이 산덕이로 갈게유."

말이 끝나기도 전에 이미 저만치 가고 있다. 치맛자락에서 휘익, 휘익

휘파람소리가 날 정도로 걸음을 재촉하는 어머니의 뒷모습에서 동생들 걱정하는 속종이 보인다. 동생들이 산골보다는 대천으로 가서 견문을 넓히고 신학문을 배우는 것이 형의 입장에 싫진 않지만, 아버님과의 약속인 학비와 생활비 걱정을 하지 않을 수 없다. 준이도 공립소학교를 벗어나면 공립중등과정을 위해 곧 청주로 보내야 할 터이다.

제4장

망망 대천 茫茫 大天

_ 어느새 이사한 지 한 해가 넘었다.

"어머니, 건호가 너무 집 안에서만 갇혀있는 것 같은데 바깥으로 좀 내보내서 또래들이랑 어울리게도 해야지요."

산덕이에서 살 때보다 좀 더 신경을 쓰는 아범이 가끔 와서 건호를 걱정하는 게다. 겨우 다섯 살배기에게 글을 가르쳐서 밤낮으로 바느질하는 어머니 옆에서 책을 보게 한 지가 벌써 1년이다. 형이 보기에도 안쓰럽고, 아이가 활동 부족으로 건강에도 해로울 것 같아서 걱정이다. 어머니 입장에서도 깡마르고 왜소한 아들이 어찌 걱정스럽지 않을까만 후레자식은 절대 안 된다. 걷는 활동이라도 하려고 나와 같이 매일 우암산 산턱까지 바람 쐬고 온다고 설명을 한다. 허나 속내는 덮어둔다. 우리 건호가 감히 어느 대감의 자제인데.

처음 집을 구할 때 김 여인인들 어찌 맹모삼천지교孟母三遷之敎를 모르랴, 환경이 중요하니까 조금은 버거워도 학교들이 있고 관리들이 사는 교동 쪽으로 자리 잡고 싶었지만, 형편은 되지 않고 김 여인은 생각이 복잡했다. 집세도 버겁지만, 주변 이웃이 모두 이 지역 상류층이라 건호가 혹여 소외당하거나 기가 죽을 것 같고 저쪽에 자리 잡으려니까 주변 또래들이 건호의 격에 맞지 않을 것 같아 고민이었다. 형편에 따라 집을 얻으려니 석교동에 앉게 되었다. 허나 목에 걸린 가시처럼 편치 못한 것이 건호의 주변이다. 궁여지책으로 책을 벗으로 삼도록 하는 게다. 허나 점점 생각의 수준은 높아져 아이가 아이 같질 않고 하도 어른스러우니까 가끔은 형이 보기에 딱할 때가 있다. 지나치게 엄한 가정교육이 아이가 기氣를 펴지 못하는 것 같기도 해서 안타깝다. 오늘은 작정하고 건호의 고삐를 조금은 느슨하게 하려고 건의를 하는 게다.

"어떤 심정으로 건호를 이렇게 엄하게 키우시는지 짐작은 합니다만 건호가 너무 안쓰러워요. 아직 어린 애잖아요, 조금은 고삐를 푸셔도 됩니다."

장남 건택의 말에 동생 생각하는 마음 고맙긴 하지만 어쩔 수 없는 어미의 마음도 헤아려 주면 좋겠단다.

"만일에 야가 나가서 애비 없는 후레자식이란 말을 듣는다면 그것은 대감님께만 욕되게 하는 것이 아니잖아. 조상님들을 욕되게 하는 게야. 절대 안 되지 암 안 되고말고."

"건호를 모르세요? 야가 그런 말 들을 애가 아니잖아요."

"세상이 이치대로 경우대로만 이루어지는 것이 아니더라. 잘못이 없어도 후레자식이라는 선입견을 가지고 보거든. 사람들은 남의 약점을 노리개 삼으려구 해. 열 번 잘하다가 한 번 실수하면 그 한 번을 공기놀이하듯 하거든. 그것보다 내가 걱정하는 것은 주변이 수준 높은 아이들이 아니라서 나가면 욕도 배우고 나쁜 분위기에 물드는 것은 삽시간이란다. 아무리 곧은 풀이라도 억센 바람 한 번 지나면 그 풀은 주변의 풀에 휩싸여 바람 지나간 쪽으로 기울어져 있기 마련이란다. 한 번 물들면 씻기 힘들거든."

바늘로 바위 뚫기다.

억제와 간섭, 감시 속에서 지기를 펴지 못하는 동생이 안쓰럽지만, 새어머니의 대쪽 같은 성품을 꺾을 수는 없다. 이런 분위기에서 건호가 자기 생각이나 감정, 주장을 표현한다는 것은 엄청난 용기가 필요하기도 하지만 용기를 낸다 해도 관철되기는커녕 더 심한 제재를 받게 될 것이라는 생각에 형 건택은 뜻을 접는다. 언어의 자유도, 행동의 자유도 심지어 표정의 자유도 차단된 어린 건호는 세상과 격리된 상태의 연속이다. 지식은 쌓이고 생각은 과포화 상태에서 발산하지 못하는 어린 가슴은 얼마나 답답할까. 어머니가 오직 자신만을 위해 온 생을 다 바칠 각오라는 것을 알기 때문에 건호는 더 가슴을 옥죄는 부담을 가질 수 있겠다는 생각에 맘이 아프다.

솜씨가 좋고 워낙 품위를 갖춘 태도와 처세에 양반 동네서 소문이 돌아 일감은 밀리지만 김 여인도 늘 건호가 걸린다. 다행히 일감을 단골로 소개해주시는 사모님의 주선으로 동네 또래들보다 일찍 영정보통학교에 입학을 했다. 지나치게 생각이 어른스러운가 하면 책을 많이 읽은 탓에 아는 것도 많아서 김 여인은 오히려 건호를 앉혀놓고 주의를 준다. 혹여 어머니를 벗어난 학교에서 자신도 모르게 불쑥불쑥 누르고 있던 것들이 솟을까 염려되는 어머니다.

"건호야 엄마 말 잘 듣고 명심해야 한다. 다른 아이들이 놀고 있을 때, 너는 책을 많이 읽었기 때문에 동무들보다 아는 것이 많을 거야. 학업 시간이나 학교 동무들과 놀 때도 너무 똑똑하면 동무들이 시기심이 생겨서 너를 미워할 수가 있단다. 그러니까 알아도 동무들 앞에 너무 나서지 말고 항상 겸손해야 한다. 선생님께서 너에게 질문 할 때만 대답해야 한다. 무슨 말인지 알겠니?"

"네, 어머니. 누군가 말을 할 때는 아는 것도 경청의 예를 다하겠습니다."

워낙 의뭉스럽지 못한 성격이라 알면서 모른 척하는 것도 쉽지 않지만, 위인전을 많이 읽은 탓에 정의로운 사나이라고 자부하고 있음을 어머니는 알고 하는 말이다.

체신이 작아서 학급에서 제일 앞에 앉아도 눈에 잘 띄지 않을 정도다. 그러나 수업시간이면 선생님이 당황할 만큼 질문이 날카롭다. 입학한 지 몇 달 되지 않아 교무실에서도 화제가 되었다. 세계 명작이며, 위인전에 관해서는 어린 것이 선생님들보다 더 많이 알고 깊이 안다. 선생님들도 읽지 못한 위인전 이야기를 서슴없이 하는가 하면 역사에 관해서는 선생님들이 깜짝 놀라기도 한다. 건호는 매일매일 반성한다. 학습시간이라도 듣기만 하라고 했는데 자꾸만 발표를 하게 된다. 조심해야지 하고 오늘도 반성이다.

울타리 안에만 갇혀 있다가 학교에 가서 동무들과 만나니 해방이요, 맘껏 자유를 누릴 줄 알았는데 의외로 건호는 그렇지 못하다. 옆에서 먼저 말을 걸어오기 전에 말을 하는 일이 없고 신나게 활짝 웃지도 않는다. 다른 아이들이 뛰어놀 때 책을 읽는다. 온실 안에서 자라던 화초가 갑자기 야생으로 내놓으면 지기를 펴지 못하는데, 생각보단 괜찮은 편이다. 오늘은 변소 다녀오면서 음악시간에 배운 창가를 무심코 부르다가 광대들이나 부르는 창가라며 어머니에게 호되게 꾸지람을 들었다. 형을 따라서 온 조카와 조곤조곤 정답게 놀았는데 그 날도 꾸지람을 들었다. 사내자식이 계집아이들과 가까워지면 사내답지 못해진다는 어머니의 지론이다. 건호의 활동 범위는 학교 가는 것과 집에서는 삽짝 안에서만 놀아야 하는데, 방에서 조카와 논 것도 꾸지람 감이 된다.

머리에 지식은 잔뜩 담고 말과 행동은 자유롭지 못해 발산을 못 하니 답답할 터이나 아랑곳없이 눈 뜨면 책 읽는 것이 습관이 되었다. 체신은 성장 발육이 떨어지고 정신 연령은 하늘을 찌른다. 주체 못 하는 지식을 일기로 조금씩 뱉어내기 시작한다. 그래서 일기장은 독후감 격이며, 세상 비판의 글이다. 듣고 말하고 의견을 주거니 받거니 하는 소통에서 사회성, 즉 융통성이 생긴다. 그러나 어린 건호는 자신의 지식으로 만든 자기 이론에 가끔 도취되기도 한다. 학급 동무들과 말이 통하지 않아서 참 답답할 때가 많다. 그나마 학교에 다니면 좀 숨통이 트일까 했는데 신통치 않다. 어머니 생각에는 몸이 쇠약해서 학교에 다니며 활동하면 나을 것이라 기대했지만, 전혀 아니다.

염려했던 문제가 닥치고 말았다.

학교에서 쓰러져서 청주 도립병원에 있다고 아랫말 사는 아이가 하교 시간도 아닌데 다급하게 와서 말하는 게 아닌가. 정이를 안채 주인아주머니에게 부탁하고 잰걸음에 건호에게 왔다. 폐결핵이란다.

"열흘 정도 약을 먹으면 병균도 기가 꺾여서 음성이 되고 전염이 되지 않는다고 하니 학급에서도 가족에게도 전염을 막기 위해 열흘 입원 후 퇴원했다. 문제는 쉬어야 한다는 것이다. 어쩔 수 없이 당분간 학교도 결석해야겠다는 결석계를 제출했다. 이 병이 건호 일생의 걸림돌이 되면 어쩌나 저어기 걱정이 된 김 여인은 집에서 할 수 있는 치료법과 음식 등 꼬치꼬치 물어보았지만 잘 먹어야 하고 맑은 공기 마시며 휴양이 필요하단다. 이제 더더욱 아이들 많은 곳에는 먼지가 많을 수밖에 없다는 생각에 내보내지 않는다. 가슴이 조여드는 느낌이다. 딴엔 건호 먹는 건 신경을 쓴다고 썼는데, 이게 무슨 청천벽력인가. 퇴원하고 오면서 시장에서 닭을 한 마리를 샀다.

집에 오니 식이 아범이 기다리고 있다. 메주와 고춧가루, 파하고 몇 가지 잡곡도 가지고 왔다. 식이 네가 전답을 관리해주는 덕분에 먹을거리 채소는 따로 사지 않아도 된다. 농사지은 벼도 부엌 구석에 바닥을 파서 독을 두 개 묻어놓고 땔나무로 덮어 놓으면 더 의심한다고 맨바닥처럼 그냥 뒀다. 식이 아범이 이웃도 모르게 작업을 했다.

영양이 될 만한 것은 정이가 목을 빼지만 안쓰러워도 어쩔 수 없이 건호만 먹인다. 못 먹겠다고 도리질을 해도 안 먹고는 못 배긴다. 먹는 약이 독한지 소화를 잘 못 시킨다.

그동안 깡마른 몸은 깡마른 성격 탓인 줄 알았다. 김 여인은 많은 생각을 하게 된다. 예부터 하인의 자식들은 건강하고, 좋은 음식만 먹는 도련님들은 몸이 약한 이유가 따로 있었구나. 좋은 음식도 중요하지만, 활동량도 중요함을 비로소 깨닫는다. 아범이 걱정하던 문제가 현실이 되어버렸다. 역시 활동을 많이 해야 많이 먹어도 소화가 잘되고 그러니 강건할 수밖에 없지. 가슴을 친다.

폐결핵을 앓고 난 후부터 꼴 베는 형들 따라 나가서 남석교 다리 부근에서 헤엄치고 노는 것을 묵인하신다. 수영을 하는 것은 폐활량에 도움이 된다는 의사의 말이 있었기 때문이다. 배우지 않았는데 헤엄을 이렇게 잘 친다는 것을 자신도 몰랐다. 깊은 곳에서 형들 따라 다이빙도 하고 개헤엄을 벗어나 여러 가지 헤엄 법을 다 터득하게 되었다. 건호의 일과 중 이 시간이 가장 행복하다. 여염집 동무들이 참 자유롭게 놀고 거침이 없다. 그래서 더 즐겁다.

어느 날 수영대회가 있다는 소문을 듣고는 멋모르고 도전을 한다.

대회장에서 깜짝 놀라는 사태가 벌어졌다. 맹훈련으로 단련된 일본 학생들을 제치고 한 번도 지도를 받은 적이 없으며, 이름조차 아는 이가 없는 신건호가 1등을 했다. 자신도 모르고 있던 잠재력을 알게 된 건호는 대회 때마다 학교 대표로 도전과 1등을 번복했다. 수영은 건호가 스스로의 노력으로 전진하는 유일한 통쾌함이다. 억압되고 쌓이는 울분들 악을 쓰며 토해낸다. 비록 물속이지만 키 크고 덩치 좋은 친구들을 제치고 쭉쭉 앞서가는 통쾌함은 왜소하고 폐병쟁이라는 열등감을 속 시원하게 해소한다.

책도 그렇다. 만일 책 읽는 것이 죽기보다 싫다면 어쩔 뻔했을까? 그나마 책을 읽는 일이 숨통 트이는 행위라 다행이다. 특히 소설을 읽는 것은 일종의 대리 만족이 될 수도 있었다. 자신이 하고 싶은 말, 하고 싶은 행위들을 소설의 등장인물들이 다 발산해주는 꼴이다. 심지어 '나도 나중에 소설을 쓰야지.' 생각도 한다.

고등과 시절도 내내 병원을 들락거려야 했고, 입원 중에도 책을 놓지 않았다. 어린 건호의 온실 성장은 친구가 많을 리가 없으니 딱히 책 외에는 가까이할 거리가 없는 것도 책밖에 모르는 이유 중의 하나다.

어머니라는 지붕 아래서 모든 행동과 표정까지 통제되며 감시되고 있는 생활이지만, 어릴 적부터 한 번도 어머니의 뜻에서 어긋나는 행동은 하지 않았다. 어머니는 오직 나 하나를 위해 한 걸음 한걸음 삶을 걷고 계시는 걸 알기 때문이었다.

가끔은 강박관념이 되기도 하는 굴레 같은 무엇인가를 느낄 때도 있었으나 그때마다 강하게 왼고개를 저었다. 가끔 벗어나고 싶은 마음에 망망대천茫茫大天이 그리울 때도 있지만, 또 왼고개를 젓는다. 오직 수영과 책을 통해서 억압된 행동과 감정의 발산을 하며 숨통을 튼다. 허나 점점 가슴에 싹튼 청운의 꿈, 망망 대천의 그리움이 자라기 시작하니 소년을 벗으려는 청년 건호의 가슴은 터질 것 같다. 정중하게 어머니 앞에 무릎을 꿇고 간청한다.

"어머니, 대학진학을 하고 싶습니다."

"당연히 해야재."

"우리나라 최고 대학으로 가서 어머니의 한도 풀고 저의 꿈도 실현하고 싶습니다."

"네가 말하지 않아도 고민 중이다. 네 장래를 생각하면 상경을 해야겠고, 혹여 객지에서 나쁜 친구를 만나 크게 탈이 나면 네 장래만 망치는 게 아니라 조상님을 욕되게 하느니, 나는 큰 죄인이 되는 게야. 좀 더 생각해보자."

건호는 처음으로 어머니의 의견에 반기를 들고 싶어졌다. 망망대천의 그리움을 떨칠 수가 없다. 청운의 꿈도 접을 수가 없다. 결국, 어머니가 걱정하시는 일은 절대 없을 것임을 맹세하고는 상경 열차를 탄다.

양력 1월의 살을 에는 추위에도 서울역 광장으로 나오자 추위가 오히려 쾌감을 주며 날개를 편 듯 가슴이 벅차다. 허나 몇 푼 안 되는 여비가 마음을 무겁게 하는 건 어쩔 수 없다. 기가 죽을 내가 아니지, 용감하게 서울이라는 큰 파도와 싸우자는 치기로 길가에서 가죽 혁대를 사서 질끈 조여 맨다. 전봇대에 붙은 하숙집 약도를 찾아든 것이 남산 기슭에 있는 허술한 하숙집이다. 세상에 태어나서 처음 겪는 엄청난 추위지만 새로운 경험이라고 생각하며 들뜬 기분으로 넘긴다. 다음 날, 진학하고 싶은 대학교 구경과 도서관 구경으로 하루해가 어찌나 짧은지 모든 상황이 세상 태어나고 처음이다. 며칠째 각 대학교와 도서관을 구경 다니느라 그날도 밤이 되어서야 하숙방으로 들어와서 깜짝 놀랐다. 물건들이 하나도 없다. 어머니께서 가만히 계실 리가 없다는 예감이 뇌리를 스칠 때 하숙집 주인이 명함을 준다. 서울지방경찰청에 근무하는 사촌 형의 명함이다. 내심 아주 불쾌하지만, 어머니의 간곡한 부탁이 있어 이런 일을 저질렀을 테니 사촌 형의 집으로 찾아갔다. 나는 친척이나 어느 누구의 도움 없이 내 힘으로, 내 노력으로 꿈을 펼쳐갈 생각으로 부풀었는데 부푼 꿈이 수포가 되고 말았다. 따라서 객지에서 불편함과 추위도 오히려 야릇한 자극이 되어 억압되어있던 감정을 간질이는 쾌감 같은 것을 느끼고 있던 중이다. 태어나서 처음 느끼는 그 쾌감마저 앗아 가는 불쾌함을 억지로 참을 수밖에 없다. 싫든 좋든 어머니의 간곡함도 사촌 형의 강압도 벗어날 수 없어 그 집 문간방 신세가 되었다.

봄이 될 때까지 외출조차 자유롭지 못해 공부만 한 덕분에 서울대에 합격했다.

어머니가 올라오셨다. 입학금을 준비해오신 게다.

"문의 형이 입학금에 보태라고 좀 가지고 왔더라."

따로 봉투를 주시며 책 사고 알아서 쓰란다.

"형도 월급은 정해져 있고 네 조카들 학비며 벅찰 게야. 앞으로 기댈 생각 말자."

어머니 말씀에,

"준이도 대학생이잖아요. 형도 조카들 뒷바라지에 힘들 텐데 고맙군 요. 이젠 걱정하지 마세요. 내가 알아서 할 테니 이런 거 들고 올라오시 지 마세요."

사촌 형은 아주 대견해 하며 자신의 공로라 여기고 계속 나를 보호하 겠다는 뜻을 말해 거절 못 하고 입학식을 했다. 또 한 번 중학동에 있 는 하숙집을 구해 옮겼다가 사흘 만에 송환되는 소동이 있었다. 경찰의 위력이라는 것이 이렇게 대단하다는 것을 실감했다. 어머니와 친척들에 게 사촌 형의 자기 과시도 내 입장에선 편치 않다. 허나 수족처럼 움직이는 형사들 때문에 사촌 형과의 타협 없이는 그 집에서 나올 생각은 접어야 한다.

별 탈 없이 그 집에서 학교에 다니다가 여름이 되자 한 가지 낙이 생긴다. 서울운동장 수영장에 다니는 것이다. 왜소한 체격은 수영하기 딱 좋다. 그러나 성격상 규칙적인 생활은 물론 얽매이는 상태를 못 견디는 탓에 약을 제대로 먹지 않아서 폐결핵은 악화되고 다시 병원 생활을 해야 하는 악순환은 여러 차례 이어지다 보니 학교에 2학기 등록도 못 했다. 그러나 몸이 조금 나아지면서 신흥대학에 수영선수 특기생으로 편입을 하게 된다. 그의 유일한 낙이 수영 아닌가. 신이 났다.

1948년 런던 올림픽에 처음으로 한국도 참여하게 된다는 신문의 뉴스를 읽고 그만 과대망상이랄까 의외로 다른 꿍꿍이가 생긴다. 어쨌든 국가대표 수영선수가 되고 보자. 말 그대로 죽기 아니면 까무러치도록 악을 쓴다. 악바리가 되어서 선수 선발 대회에서 10명 안에 들었다. 자신을 제한 나머지 아홉 명은 소학교 때부터 과학적인 지도를 받은 선수들이라는 사실을 아는 건호는 우승 같은 것은 아예 기대도 관심도 없다. 국가대표로 선발만 되기를 간절히 바라며 수영 연습을 지나치게 열심히 하고 있다. 비밀스럽게 생긴 다른 청운의 꿈이 있기 때문이다. 안간힘을 다한다. 올림픽 메달은 기록으로 봐서 꿈도 못 꾸는 실력이다. 허나 건호의 목표는 영국으로 가는 것이다.

어머니의 치맛자락에서 벗어나고 싶었고, 다음은 청주를 벗어나고 싶었고 벗어났다. 그렇게 한 꺼풀씩 벗었지만, 그림자처럼 따라다니는 콤플렉스는 떼어낼 수가 없다. 그에게 영국은 꿈의 나라요, 환상의 나라다.

일단 후보 선수가 되었으니 그중에서 탈락만 면하면 된다. 어쨌든 런던에만 도착하면 도망을 쳐서 옥스퍼드 대학이나 케임브리지 대학에서 공부하고 싶다. 오직 상상 속의 두 대학을 목표로 정말 죽을 지경이 되도록 연습을 한다. 매일 몇십Km를 연습한다. 여름 내내 영국만 대뇌며 수영장에서 살다시피 한다. 서서히 옆구리가 결리는가 싶더니 하루하루 심해진다. 자고 나면 땀으로 이부자리가 흥건할 정도가 되어도 오직 영국만 뇌리를 꽉 채운다. 몸이 무거워지고 숨이 가쁘더니 열이 나고 오한이 나서 달달 떠는 나를 보고 수영연맹 간부가 병원에 가라고 했지만 고집스럽게 버티다가 결국 병을 키운 꼴이 되었다. 병원에 도착하자 의사는 상황을 듣고 X-Ray를 찍더니 대뜸 옆구리에 굵은 주삿바늘을 꽂더니 누런 물을 빼기 시작한다. 양팔은 머리 위로 올린 채 간호부에게 붙들려 있다가 갑자기 의식을 잃었다.

눈을 뜨자 진찰실 침대가 흥건하다. 기다렸다는 듯 간호부는 입원을 하란다. 늑막염이 심하다며 어찌 이렇게 되도록 견딜 수 있었느냐고 한다. 심한 정도가 아니라 아주 위험한 지경이라며 다급하단다. 불운의 화살에 맞은 기분이다. 의사에게 확인 또 확인을 했지만 무리하면 절대 안 된단다. 밤새도록 울었다. 이번에도 불운의 화살이 아니라 내가 쏜 화살이다. 청주로 내려가서 입원을 하겠다며 병원을 나와서 청주시에 있는 도립병원 요양병동에 입원했다. 입원 후 또 물을 뺐다. 20mm 우유병으로 치면 일곱 병이란다. 가슴에 그 물을 담고 미련하게 영국만 꿈꾸며 죽도록 수영을 한 미련둥이다. 그 미련을 버리지 못하고 의사에게 부탁을 했다.

"9월 중순에 최종 선발대회가 있으니 한 1주일 치료 후 참가하려고 합니다."

어처구니가 없다는 듯 웃으면서 하는 말이,

"그것은 자살행위입니다. 가만히 치료받지 않으면 생명이 위험해요. 목숨을 내놓고 수영선수로 뽑히겠다구요?"

이렇게 처참할 수가!

의사는 화를 내고 어머니는 말없이 눈물만 닦으신다.

제5장

사랑의 힘

_ 참으로 참담한 병실 생활이다. 어머니와 가족들, 친구들은 잠시라도 고통에서 잊게 하려고 애를 쓰지만, 그것이 더 비참해지는 기분이다. 누군가로부터 동정을 받는다는 그 자체가 싫다. 문밖에 〈면회사절〉이라고 써 붙였다. 절망과 좌절, 슬픈 공상에 빠지는 것도 혼자 자유롭게 감당하고 싶다.

그날도 진찰실을 다녀오다가 복도에서 이변이 생겼다. 지극히 내성적이며 숫기가 없는 나의 우울한 병원 생활에 변화를 가져오는 일이 생긴 것이다. 복도에서 마주 걸어오는 환자복 차림의 낯이 익은 소녀를 보았다.

'누구더라?'

생각하는 순간 소녀도 나를 바라보는 표정이 무언가 메시지를 남기는 듯 느낌이 달라서 그만 제자리에 부동자세로 서고 말았다.

침상으로 와서도 공상은 날개를 편다. 참으로 뜻밖이다. 그녀가 왜?

궁금함이야 이루 말할 수 없지만 이젠 복도에 나가는 것조차 망설여진다. 1년 전쯤인가, 길에서 우연히 스친 후, 먼발치라도 한 번 더 만나고 싶었던 소녀, 허나 혹시나 하고 만났던 장소를 여러 차례 배회하다가 실제 만나면 먼저 당황해서 방향을 돌리던, 비밀스럽게 마음속에만 간직한 그 소녀다. 잠들지 못하는 밤이면 나타나서 가슴을 설레게 하곤한다. 이런 감정을 표현한다는 것은 상상도 못 한다. 젊은 베르테르의 사랑조차 불손해 보일 정도로 이성 문제만큼은 미성년자다. 그렇게 자신의 감정을 그 소녀가 눈치챌까 두려우면서도 가끔 뒤를 따라가서 그 소녀의 집 앞 골목을 서성이기도 했다. 그의 방 창문으로 비치는 불빛이 황홀해서 저절로 가슴에 손이 올라가곤 했다. 이 세상에서 나만 아는 비밀의 그 소녀를 바로 가까이서 보았으니 심장은 말할 것도 없고, 침상에 평온하게 누워있을 수가 없다. 일어났다가, 누웠다가, 앉았다가를 반복하며 만일 손바닥이 닳는 것이라면 밤사이 하도 비벼서 다 닳아 없어졌을 게다. 그렇게 밤을 새운 날이다. 누이동생이 와서 하는 말이,

"오빠, 내 친구가 폐가 나빠서 이 병동에 입원 중이거든? 가봐야 돼. 그 친구 진짜 예쁘고 공부도 잘했는데 고등학교를 서울로 가더니 폐가 나빠져서 왔지 뭐야."

순간 나는 야릇한 무언가 운명적인 슬프고도 불안한 예감이 솟구친다. 맞아 그 소녀야, 같은 병에 걸려 같은 병원에 입원했다는 비극적인 해후 감으로 눈을 감는다. 그리움의 대상이 가까이 와있으면 세상을 다 얻은 듯 좋아야 하는 것이 사람의 마음이거늘, 그날부터 입원생활은 더

욱 우울하고 불안하고 마주칠까 두려운 나날이 된다. 그러면서도 한편은 가슴이 뛰고 달달한 설렘이 진하다.

어려움이 닥칠 때마다, 병마로 시달릴 때마다 조금은 비관도 하고 좌절도 했지만, 자신에게 도가 지나칠 법한 깊은 절망은 아니었다. 허나 그녀가 같은 병으로 같은 병원에 있음을 알게 된 후, 불행이라는 막강한 세력이 마디마디 조이는 고문을 하는 것 같다. 영혼을 휘어 감고 전기고문을 하면 이런 기분일까?

세상 모든 존재에 대해 어떤 불신도 없었고 산다는 것을 회의한다거나 탓할 줄도 모르던 나다. 왜 나 아닌 누군가를 탓하는가? 모든 잘못됨도, 잘됨도 내 탓이지 누군가에게 탓할 필요는 없다. 그것은 비겁한 회피다. 그렇게 생각하는 나에게 닥친 이 참담한 상황은 스스로 죄인이 된다. 이런 상황에서 무엇이 목구멍으로 넘어갈 것이며, 잠이 올 리가 없다. 어쩔 수 없이 자신의 병에 소홀할 수밖에 없다. 몸무게는 점점 줄어들고 볼때기는 움푹 들어가 관골이 드러난다. 아예 거울을 보기가 민망하다. 누군가가 객관적으로 나를 보면 말도 안 되는 공상이라 하겠지만, 나는 지금 그 상상 속에 헤매면서 자신의 몰골은 그녀에 대한 모독인 것처럼 생각하고 더 두문불출이다.

친구들의 연애담을 들어보면 대부분 예사롭게 하는 행위들이 나에겐 상상도 못 할 일이다. 알고 있으나 뜻대로 안 된다.

어머니의 철저한 유교적 감시교육으로 인해 능동적 남성의 패기를 상실한 채 누이나 조카와의 가까운 대화조차 여자라는 이유로 금기시되며 자랐다. 인간성이 형성되는 시기에 환경은 외부 세상이 마치 성벽이나 높은 울타리 밖 다른 나라처럼 설게 살았다. 여성에게 갖는 남성의 적극성은커녕 숫제 시선도 돌리면 안 된다는 철저한 관념을 갖고 있었다. 심지어 성에 대한 호기심이나 관심을 두는 것은 더럽고 파렴치한 짓으로 생각했고, 자연 발생적인 성에 대한 호기심도 움틀 여지조차 없는 백치적인 상태다. 병적인 이성외포異性畏怖에 의해서 이성적 감정이 성장을 못 하고 있다. 그런 내가 몸은 점점 병약해지고, 감정은 그녀의 동경으로 얼어붙어 달팽이처럼 움츠리고 있다. 이 수치스러운 감정을 비밀로 간직한다는 것도 추한 죄인이 된 것 같다.

진찰실과 방사선과를 다녀오니 누이동생이 병실에 있다.

"오빠, 내 친구가 조금 전까지 여기서 놀다 갔어, 많이 좋아져서 곧 퇴원할 거래."

이 정도면 '잘 됐구나.'한마디는 할만도 하지만 절대 빈말이나 능청을 떨지 못하는 오라비는 얼굴만 붉어진다. 큰일 날 뻔했으니 당황해서다. 이 초췌한 몰골을 들키지 않았으니 얼마나 다행인가 싶은 오라비다.

그런 오라비가 지금 변해가고 있다. 혹시라도 누이 핑계로 불쑥 병실에 찾아오면 어쩌나 싶어 꼬박꼬박 세수도 하고 야윈 몰골이 부끄러워 병원 밥 삼시 세끼 남기지 않는다. 거울 앞에도 자주 서게 되고 그러다 보니 자신도 모르게 얼굴에 핏기가 생긴다. 나 자신을 가꾸려고 노력하게 되었다는 것은 아무것도 할 기력이 없을 만큼 지친 곤경에서 빠져나오고 있음이다. 그것은 자신에게 의욕을 심어주고 용기를 주는 것이다. 그 소녀로 인해 많은 슬픔과 한숨, 절망과 회의를 체험했고 고통의 씨앗이 되기도 했지만, 나에게 보람과 용기를 솟구치게 했고 무엇보다 생명에 대한 확고한 신념을 심어주었다. 사람의 병은 환자 본인의 의지에 따라 큰 영향을 받는다는 의사의 말을 귓결로 듣던 내가 비로소 알게 되었다. 생명에 대한 신념과 의지는 약과 의사 그리고 요양소 생활보다 더 회복에 중대한 영향력이 되었다.

화창한 봄날 퇴원을 했다. 해방된 기분으로 계획 없이 발길 가는 대로 쏘다닌다. 무의식중에 의식이 있었다? 그럼 무의식이 아니잖은가. 나는 분명 의식하지 않았는데 가슴이 뛰고 설레서 보니 그녀의 집 앞이다. 잠재의식이다. 스며드는 두려움은 또 무엇인가. 창문에 불빛이 없기 때문에 느끼는 불길함인가. 그 후로도 행여나 하고 밤길을 몇 번 간 적이 있지만, 불이 켜져 있든 꺼져 있든 설렘과 행복 속엔 늘 불안감이 끼어 있다. 막연하게 먼발치서 자신의 영혼이 끌려가던 그때와는 다른 불안이다.

받아들이기 싫어도 요지부동 나를 덮친 숙명의 병으로 인해 찬란한 꿈 옥스퍼드 대학에서 공부하는 환상도 사라지고 두어 달 입원과 뜻밖에 싹튼 사랑은 운명에 대한 순종과 비극에 대한 비굴한 체념을 경험했다. 두세 달 더 입원하라는 의사의 지시에도 거부한 것은 인생에 가장 중요한 시점에 발병한 것부터 숙명이라는 생각에서다. 그리고 아픔과 수치심으로 자신의 그늘지고 기울어진 생애를 떠올렸기 때문이기도 하다. 더 길게 의사의 처방에 매달리기 싫어졌다. 자신의 성정대로 살다가 요절을 하든지 자살이라도 하는 것이 훨씬 아름다운 인생이 될 것 같은 생각이 뇌리에 들어온 것이다. 처음이다. 감성에 잠기는 시간이면 시를 쓰기 시작한다.

프랑스의 심벌리스트 시인 알베르 사맹의 시를 읽다가 신비하게도 자신이 상상하며 그려보는 그녀의 용모를 그대로 표현하고 있는 느낌을 받는다. 고향의 강가에서 오고 가는 나룻배에 온갖 곡절을 부여해서 그녀에의 상념을 더듬는다.

…

머언 물굽이
너 떠나고 난 뒤의
머언 물굽이

종일토록 오늘도
머언 물굽이

…

쓰고 또 써서 종이배를 만들어 띄우곤 한다. 몸은 오히려 더 쇠약해지는 와중에도 학업을 계속하겠다며 의사와 어머니의 간곡한 만류에도 불구하고 상경을 했다. 오직 학구열 때문이냐고 묻는다면 무어라 대답할까? 어떤 것이든 무엇이든 빠지고 싶은 것이다. 미치고 싶은 것이다.

우려했던 대로 밤새는 날이 많아지면서 또 옆구리가 저리고 식은땀이 나는 것을 'Que sera sera(될 대로 되라)'의 심정으로 내버려 뒀다. 이렇게 또 한 학기가 지났다. 어느 날 무심코 뱉은 가래가 뜨끈하고 뭉클한 덩이였다. 핏덩이다. 심한 오열과 기침으로 불안은 더하지만 거의 자학이다. 때마침 겨울방학이라 고열의 몸으로 고향에 내려갔다. 애타게 상경을 말렸고 약과 치료를 꾸준히 하라고 당부하시던 어머니는 대문에 들어서는 아들의 몰골을 보며 가슴이 메여 할 말을 잃는다. 보통 어머니들 같으면 왈칵 끌어안고 질러 울기라도 하련만 속으로 우는 분이다. 그 누구의 눈에도 띄지 않게 우신다.

하는 수 없이 집에서 가까운 개인 병원으로 다니게 되었다. 어머니께서 집안에 친분이 있는 의사에게 의뢰를 한 게다. 그 의사는 지금까지 만난, 지독하게 사무적인 의사들과는 딴판이다. 환자를 대하는 태도가 참 인간적이며, 말 한마디에도 진정성이 보인다. 약값도 훨씬 저렴하다. 게다가 TB 환자들에게는 약값에 대한 부담감을 주지 않는다. 동생처럼 가족처럼 상대해주는 모습이며, 틈만 나면 자전거를 타고 빈민촌으로 다니며 TB 환자들을 찾아 약을 주기도 하고 심하면 입원을 시키기도 하신다.

이 병원에 다닌 지 두 달 정도 될 때 우리는 벌써 의사와 환자 사이라기보다 친구 같은 사이가 되었다. 그래서인지 내 고집만 앞세우고 내 기분 내 감정으로 처리하며 될 대로 되라든 우울증세도 어느덧 사라지고 그분의 지시라면 무조건 순종하는 환자가 되었으니 참 좋은 인연이다. 몸도 마음도 전 같지는 않지만 기대 이상으로 회복되었다.

해토머리 바람 한 점 없는 따뜻한 날, 나이만 청년이지 정신 연령은 맑고 순수한 소년 건호의 심장을 휘저어 놓는 일이 벌어진다.

슬슬 상경해서 학업을 이어볼 생각을 하던 참이었다. 진찰실에 가기 전에 민중병원 정원에서 호미를 들고 어제 하던 작업을 마저 하고 있는데 병실 쪽에서 까르르 여자들의 맑은 웃음소리가 흘러나온다. 그 웃음소리에서 영문 모를 짜릿한 전율을 느낀다. 감당하기 버겁도록 설쳐대는 심장에 숨이 끊어질 듯 숨쉬기가 가쁜가 하면, 서 있기조차 어려울 만큼 다리가 우뭇가사리처럼 흐느적이며 내 작은 체구를 버티지 못한다. 또 입원을 했구나! 확인할 용기도 없지만, 확인이 필요도 없다. 몸이 먼저 알고 요동을 치잖아. 웃음소리에 묻어나오는 그녀의 향기까지 느껴지는 전율.

그날부터 갈등은 심각해진다. 그녀가 머무는 곳이면 어디든 따라가고 싶은 마음, 그래서 병원에 더 자주 가고 싶은 마음과 만약 그녀가 자신의 속마음을 알게 되면 얼마나 수치스러울까 하는 불안감과의 갈등이다. 호미를 슬그머니 내려놓고 눈길은 병실 쪽으로 향한 채 슬금슬금 뒷걸음질로 빠져나와 곧장 진찰실로 가서 선생님이 무슨 말을 하시는지 듣는 둥 마는 둥 약만 받아서 재바르게 집으로 왔다.

이날부터 병원 가는 것이 대단한 용기가 필요해지면서 횟수가 많이 줄어들었다. 아이러니컬하게도 마음은 더 진하게 병원에 머문다. 그녀가 다시 병이 재발해서 입원을 했다는 사실이 우울한 공상을 되새기게 하는 자극제가 되었다. 밤마다 감은 눈 가득히 그녀가 있어 밤을 새우는가 하면 통금도 아랑곳하지 않고 도둑걸음으로 가는 곳은 병원 담 밖 병실 창들이 보이는 곳이다.

이런 사실들을 모르는 의사는 병원에 오는 날이 현저하게 줄어들고 좋아지던 몸 상태도 시들부들 한데다가 어쩐지 안절부절못하고 되찾았던 안정이 깨진 것을 안타까워한다.

"무슨 일인가? 몸은 마음을 따르고, 마음은 몸을 따르는 법일세. 요즘 부쩍 불안정한 것 같으니 몸이 회복될 리가 없어 걱정이군."

그 물음에 그만,

"아무래도 상경을 해야 할까 봐요."

뜬금없는 대답을 하고 말았다. 하긴 그것도 하나의 탈출구가 될 수 있을지 모른다. 며칠 후, 불안정한 생활이 걱정된 의사는 심사숙고 끝에 상경해서 학업을 이어가는 것이 정신적으로 위안이 될지 모른다는 판단으로 허락을 하면서 단서를 붙인다. 꼬박꼬박 약 잘 챙겨 먹어야 하며, 한 번 밤을 새울 때마다 몸은 한 달 후퇴라는 것 명심하고 절대 몸을 혹사하지 않겠다는 약속이다. 이렇게 어처구니없이 되어가는 사태를 거부하거나 바로 잡을 용기가 없다. 그뿐만 아니라 그녀 곁에 머물러 맴도는 것이 어쩐지 불순한 짓거리 같기도 하면서 울며 겨자 먹기로 상경을 했다.

"그래 맞아 잘 됐지 뭐."

예사롭지 않은 표정으로 예사로운 듯 툭 뱉는 말이다.

나의 나쁜 습관은 소나기식 공부와 독서이다. 한 번 책을 들면 햇빛을 보지 못하는 건 예사요, 밤을 새우는 것도 다반사다. 그래서 지난 학기도 그 몰골이 되었는데 또 시작이다. 무언가 탐독을 하기 위한 태도가 아니라 마치 독이 오른 동물처럼 책을 든다. 본인이 모르는 바가 아니다. 알면서 이번에도 그녀의 환상에서 빠져나오기 위해 더 심하게 애를 쓰다 보니 몸은 빠른 속도로 내리막 달음박질이다. 또다시 고열과 각혈로 더 버티지 못하고 집으로 내려왔다. 허나 차마 민중병원은 못 가겠다.

첫째는 그녀를 만나는 것이 불안하고, 다음은 의사의 지시를 따르지 않았음이 미안해서다. 한 달 치 약이 아직 많이 남아 있어서 의사 선생님에게는 비밀로 하고 시골 친척 집 가까운 절에서 요양을 하기로 작정했다. 그러나 어머니가 상의를 하셨는지 선생님은 전혀 싫은 기색 없이 절에까지 찾아오셔서 서너 시간씩 산으로, 강으로 같이 노닐기도 하다가 가시곤 한다. 그럭저럭 절에서 한여름을 보내기로 작정하고, 의사의 권유로 책에만 골몰하지 않고 낚시를 시작한다. 낚싯줄 끝에 팔딱이며 매달려 올라오는 반짝이는 물고기들이 묘한 환희를 준다. 여름 내내 낚시를 즐기며 회를 쳐서 먹으니 절에 머물기가 민망하다. 그래서 절 아랫마을로 거처를 옮겼다.

날로 먹는 물고기와 간지스토마의 관계를 상식적으로 알지만, 물고기의 영양이 면역이 되어줄 테지 믿고 맛에 현혹되어 계속 낚아 올리고 먹고를 한 것이다. 자신이 환자라는 사실을 망각한 것이다. 결국, 디스토마 환자가 되고 말았다. 인생 또한 이율배반 현상이라 생각하니 씁쓸하다.

힘들든 쓰디쓰든 간에 벌써 가을이다. 잘 먹고 잠도 잘 자니까 몸이 좀 실해진 것 같아 청주 집으로 왔다. 몸이 실해졌으니 치료도 이제 그만둘 생각으로 병원에 갔지만, 뜻밖에 의사 선생님은 이제부터 본격적으로 치료를 시작해야 한단다. 의사가 그냥 절에 있게 둔 것은 우선 갈피를 잡지 못하는 정신적 안정이 필요하고 의지력을 키우기 위해서란다.

본인도 이 병에 대해 많은 경험을 했으니 치료를 위해서 환자가 어떻게 해야 하는지 어지간히 터득이 된 상태라서 내년 봄까지 집에서 쉬면서 치료하기로 작정했다. 혹시라도 만나게 되면 어쩌나 은근히 걱정을 하면서도 한 편으로는 그녀가 입원환자니까 선생님이 회진을 하기 때문에 외래 진찰실은 오지 않을 것을 믿고 약을 타러 병원엘 갔다. 설마가 현실이 된다. 그녀는 내일 퇴원을 하기 위해 진찰실에서 학업은 계속하면서 약은 계속 복용하라는 주의 사항을 듣고 있다. 하도 쑥스럽고 민망해서 쥐구멍이라도 찾고 싶었지만, 그래도 그만큼 회복이 되어 학업을 계속할 수 있다는 것은 매우 반갑고 좋은 일이다.

지금까지 나는 나를 믿어왔다. 허나 근간에는 도무지 자신을 믿을 수가 없다. 건강해져서 퇴원을 한다는 소식이 진심으로 좋다. 그런데 좋으면 좋았지 마음 한구석이 휑하니 가을 풀숲처럼 어수선한가, 무언가 못마땅해서 일없이 짜증이 난다. 책도 손에 잡히지 않고, 책상 앞에 앉아 낮에 꺾어다 꽂아 놓은 라일락을 바라보며 처음 청운의 꿈을 안고 대학생이 되었을 때 학교 교정에 숲을 이루던 라일락의 기억을 연상한다. 연보라 라일락에서 풍기는 향기는 낭만과 환희에 부푼 가슴을 황홀케 했었지. 태어나서 처음 어머니 품을 벗어난 나에겐 이보다 더 뚜렷하게 가습을 온새미로 차지하는 것은 없었다. 라일락 향기 속에서 책을 읽거나 시를 쓰면 묘하게 세상이 풍만하고 평화로운 쾌감을 맛보곤 했다. 허나 그 희망, 그 낭만 다 어디로 사라졌단 말인가. 턱을 고이고 화병에 꽂은 라일락을 보며 옛 생각을 하다가 화가 치미는 순간 문득 그녀가 생각난다. 내일 퇴원하는데 이 꽃을 전한다면 더없는 행복이 될 것 같다. 화병에 꽂힌 꽃을 빼 들고 병원으로 갔다. 막상 오긴 했지만 어떻게 전할 것이며, 사람들의 눈은 또 어떻게 피할 것인가. 그냥 돌아섰다. 통금 시간만 기다리면서 자신의 경솔함을 반성했다. 내가 원래 한 가지가 뇌리에 꽂히면 이런저런 생각을 못 하는 버릇이 있다. 집에서 나오기 전에 당연히 전할 방법과 시선을 피해야 한다는 생각을 했어야 하는데 말이다. 통금시간을 기다리는 서너 시간이 십 년은 되는 것 같다. 드디어 꽃을 들고 다시 병원으로 갔다. 이 설렘, 이 행복 어찌 말로 다 표현하랴. 살금살금 창 밑으로 가서 귀를 기울여도 조용하다. 조심조심 창을 열자 소리 없이 열린다! 창문턱에 꽃 뭉치를 올려놓고 도둑질하는 사람처럼 뛰는 가슴을 안고 집까지 어떻게 왔는지 모른다.

궁금해서 잠이 올 리가 없다. 그 꽃을 발견하는 순간 어떤 표정일까? 시를 쓴다. 또 시를 쓴다. 또 시를 쓴다.

......

어둠 속에 잠들었을

그의 얼굴은

달처럼 둥글게

달처럼 환하게

내 마음에 뜨네

......

온밤을 새우고 첫닭이 울자 또 동살이 번지기도 전 새벽바람에 병원으로 간다. 그녀는 아직 문틈에 끼어 놓은 꽃을 보지 못했나 보다. 저 꽃의 운명은 어떻게 될까 콩닥거리는 가슴을 두 손으로 누르며 지켜보던 중 창문이 열리며 환자복을 입은 그녀가 보인다. 꽃을 쥐고 창문 밖을 휘 둘러보다가 꽃이 뒤 송이 창밖으로 떨어졌다. 즉시 모습이 병실 안으로 사라지더니 한참 후 바깥으로 나와서 떨어진 꽃을 주어가는 게 아닌가. 그녀가 꽃을 함부로 대하지 않고 떨어진 두 송이를 찾으러 나오는 그 마음에 얼마나 감격했는지 집으로 돌아오는 길에서 뜨는 해를 향해 만세라도 부르고 싶었다. 아침밥을 먹는 둥 마는 둥 안절부절못한다. 좋아서다. 설레서다. 어머니는 말없이 티 내지 않고 지켜보지만, 자신의 생명보다 소중한 아들의 변화를 어찌 모르랴. 힘들어서 밥을 못 먹는 것과 설레고 좋아서 밥술을 등한시하는 것쯤은 안다. 누구일까? 우리 건호를 저리도 설레게 하는 이가.

그녀가 오늘 퇴원한다니까 먼발치에서라도 보려고 병원으로 간다. 슬쩍 병실 복도를 지나면서 힐끗 곁눈질로 보니 라일락꽃이 예쁘게 꽃병에 꽂혀있다. 황홀함, 감동, 환희의 도가니다.

다음 날, 퇴원하고 빈방이려니 하면서도 혹시 하고 그 방을 지나다가 빈방에 그 꽃만 덩그러니 놓여있는 것을 보고 말았다. 절망!

　남의 이목이 두려워 또 밤을 기다려 어젯밤 가져갔던 시간에 그 꽃을 들고나와 원래 꽂혀있던 내 방 꽃병에 도로 꽂았다.

　…
　하늘과
　땅
　아득히 물러섰고
　나는
　혼자 있네
　…

　…
　청춘의 그 정글
　한 많은
　손짓 속에
　나는 무엇 때문에
　혼자여야 하는가
　…

　그 꽃잎이 시들어 하나둘 떨어지고 나중엔 가지마저 썩으려 할 때 어머니가 치우셨다. 그 꽃에 기울인 정성, 기도, 연민은 수없이 시를 쓰며 그리움을 극치로 몰고 간다. 몸의 병과 수양을 빙자해서 들과 산으로 쏘다니며 그녀의 이름을 수도 없이 부른다. 시를 쓰면서 누군가를 그리워하는 것은 시를 쓰지 않는 맨 마음보다 훨씬 더 애절하다. 그렇게 도취된 상태로 라일락과 함께 봄도 떠났다.

신나는 여름이면 알몸으로 물에 뛰어드는 쾌감, 그 매력에 흠뻑 빠진다. 지난해는 몸이 악화되어 수영은 못하고 낚시질에 심취했지만, 올여름은 기필코 수영을 하리라 마음먹는다. 나는 묘한 생리 현상이 있다. 수영복만 입으면 대소변이 마렵고 볼일을 보는 순간 물에 들어갈 생각에 야릇한 흥분이 된다. 전에 날마다 물에 가서 살던 시절에도 물에 들어가기 직전에는 온몸에도 가슴에도 동요가 오곤 했다. 일종의 쾌감이다.

비 온 뒤 물이 좀 줄었을까 싶어 강에 나갔다가 덩치가 아주 큰 남자가 물에 빠져 허우적대는 것을 보게 되었다. 1초도 망설임 없이 훌훌 옷을 벗어던지고 뛰어들었다. 당황해서 물에 빠진 사람을 구해내는 기본 상식도 망각한 채 무조건 헤엄쳐서 그 남자의 손을 덥석 잡았다가 둘이 물속에서 드잡이를 하며 같이 떠내려가고 있었다. 고목에 붙은 매미 꼴 같은 몸으로 어쩌자고 이런 짓을 했을까, 정신이 번쩍 들었다. 물속에서 그 남자의 국부를 무릎으로 있는 힘 다해 여러 번 찼다. 물속이지만 한 번을 제대로 맞았는지 그 사람의 팔에 힘이 빠지는 순간 뿌리치고 자유롭게 되었다. 그 남자는 떠내려가고 있다. 실랑이 치면서 힘이 다 소모되어 기운이 없지만, 긴급 상황이 오면 사람은 자신이 모르는 어떤 힘이 솟구친다. 바로 헤엄쳐서 그 사람을 따라가 가라앉지 않게 자꾸 수면으로 띄우면서 물가로 밀었다. 처음 옷을 벗어 던진 지점에서 1,000m 정도 하류 풀숲으로 그 사람을 끌어 올리는 데 성공은 했지만, 나는 기절해버렸다. 모인 사람들은 덩치 좋은 남자가 신건호를 구한 줄 안다. 눈을 뜨니 응급 처치가 있었는지 의사가 있다. 의사의 말이,

"이 사람아, 저분이 아니었으면 어쩔 뻔했는가?"

보니 내가 구해준 그 덩치 큰 사람을 두고 하는 말이다. 주객이 전도된 말에 헛웃음으로 넘기고 비실비실 집에까지 어떻게 왔는지도 모른다. 대청에 쓰러지고 하루 종일 혼수상태에서 깨나지 못하자 어머니는,

"왜 지 몸 상태 생각은 않고 무모한 짓을 하느냐?"

라고 울음을 멈추지 못하신다. 오후에 민중병원 의사가 오더니,

"너답다, 너다워. 남 살리려다 너부터 죽겠다."

하며 주사를 놓고 간다. 그날 밤 열은 점점 더 올라가고 꿈속에서 그녀를 만난다. 바로 그 라일락꽃을 안고 검푸른 바닷가 절벽 위에 서있는 모습이 너무나도 선명해서 꿈같질 않다. 먼발치서 바라만 보고 있는데 갑자기 그녀가 그 꽃을 안은 채 뛰어내린다.

"재숙 씨!"

"안 돼요! 재숙 씨!"

옷을 벗는다거나 신발을 벗는 절차 같은 것 없이 곧장 다이빙을 한다. 바닷속은 끝없이 넓고 깊으며 푸르다. 아무리 네 둘레를 헤매어도 그녀는 보이지 않는다. 수면에는 꽃다발만이 너울에 몸을 맡긴 채 두둥실 떠있다. 나는 꽃다발을 움켜 안고 수없이 그녀의 이름을 부르며 질러 운다.

내가 존재하는 몸과 마음 전체가 재숙 씨를 부르는 목소리로 변한 것처럼 아무 의식 없이 부르짖기만 한다. 부르짖음 속으로 감각과 의식이 승화되어 아득한 시공으로 떠다니는 것 같은 환각에 사로잡힌다. 심지어 묘한 쾌감까지 느끼면서.

"재숙 씨! 재숙 씨!"

그 대답 없는 부르짖음은 또한 절망을 느끼게 하였고, 소망의 귀처가 허망하게 무너짐을 깨닫게 했다.

그 후로도 꿈속에서 부르짖던 부름 소리의 여운으로 제법 오랜 기간 생활과 사상의 밑바닥에서 늘 허망한 한숨이나 하염없는 눈물을 자아내게 했다.

다음 날 정신이 들어서 눈을 떴을 때 어머니의 눈과 아주 가깝게 마주쳤다. 어머니의 시선을 피할 방법이 없어서 얼른 도로 감아버렸다. 아차, 밤새 저렇게 아들 얼굴을 들여다보시며 간호를 하셨다면 분명 잠꼬대라도 들었을 터. 그것은 바로 재숙 씨를 부름이다. 이를 어쩌나. 본인이 아닌 그 누구라도 애절한 짝사랑을 알게 되면 모든 것이 깨지고 끝이다. 무엇보다 속내를 들킨 것 같은 부끄러움에 어머니를 마주 볼 수가 없다. 깨어난 걸 알고 어머니는,

"너 밤새 헛소리하던 재숙이가 네 동생 친구 갸 말이니?"

"아닙니다, 아녜요."

당황하는 꼴은 곧 대답이 되어버린 것을 자신만 모른다. 어머니는 더 이상 묻지 않고 긍정도 없이 찬물을 다시 떠온 누이에게 자리를 비켜주고 부엌으로 간다.

복잡하다. 혼란스럽다. 걱정이다. 나만이 알고 있는 짝사랑의 비밀을 어머니가 알게 되고 동생까지 알게 된다면 나는 끝이다. 생각의 끈이 뒤엉키는 와중에,

"오빠, 재숙이 좋아하지?"

순간 숨이 딱 멎어버리는 것 같다. 수치스러워 힘없이 돌아눕는다.

"재숙이 방학하면 내려온대."

놀림인지 위로인지 그렇게 커다란 바위를 가슴 위에 툭 던져놓고는 나가버리는 게 아닌가. 어쩌라고. 나의 속내를 알고 있는 사람이 있는 상태에서 그녀를 그리워한다는 것은 지금까지 간직한 그리움과는 형편이 변질된 것 같은 느낌이랄까? 어떻게 생각하면 불순해진 것 같다.

다시 들어 온 누이에게 생전 처음 거짓말을 하게 된다.

"내가 잠꼬대로 부른 재숙이는 네 친구가 아니고 지금 골똘하게 구상 중인 소설의 주인공이야. 이야기 전개가 풀리지 않아 고민하고 있던 중이거든."

못 미더운 누이는 엄마랑은 달리 그런데 왜 하필이면 재숙이냐는 둥 꼬치꼬치 물어보며 오라비의 가슴을 긁는다. 아무래도 누이가 자신의 거짓말을 믿는 것 같지 않아 더 불안하고 긴장된다. 겨우 잡혀가던 정신적 불안 상태가 다시 고개를 든다. 그녀의 하향 소식에 심지어 두려움까지 엄습한다. 가족들이 알고 있는 짝사랑은 도저히 자신이 없기 때문이다. 병원출입부터 이상한 쪽으로 편견을 가지고 볼 터이고, 일거수일투족이 자유롭지 못할 것 같다. 그렇게 방학 때가 가까워올수록 점점 더 불편하게 버티는 중에 이번 방학에 못 내려온다는 소식이다. 숨통이 터였다.

살았다. 새로운 숨을 쉬어야 한다.

몸이 약간 차도가 생겼지만 올여름은 그 사건 이후 한 번도 물에 들어가지 못했다. 대신 화가 친구 영향으로 고흐와 고갱의 그림에 심취하게 되었다. 그중에서도 고흐의 그림 태양이 세 개, 네 개가 떠있는 듯싶은 보리밭 풍경이 좋다. 무리한 행위지만 들길을 산책하다 보면 하늘과 땅이 빙빙 돌고 태양이 둘씩 셋씩이나 보이곤 한다. 그것은 마치 하늘과 땅의 정기가 고흐의 눈에만 보였듯이 자신에게도 보이는 것이라는 과대망상을 일으킨다. 그래서 빈혈로 빙빙 도는 사물들을 바라보며 혼자 쾌감을 느끼며 산책을 한다. 내가 생각해도 우매한 짓을 많이 한다. 그래서 회복이 더디게 되었지 싶다.

그러나 그 과대망상은 그때까지 써오던 시와는 다른 본질적인 형태를 관찰하고 느끼게 한다. 다시 말하면 우주와 자연의 신비를 영감할 수 있는 감각이 생긴 것이다. 예술지상주의자인 내게는 신비한 현상이다.

객관적으로 볼 때 우매하긴 하지만 젊은 정열과 美에 대한 동경은 순수한 신미 감정, 즉 신비 현상에 빠져 병약한 몸을 건지는 데는 백해무익이지만, 역으로 보면 자신의 병에 대한 공포나 불안 걱정을 하지 않고 병에 부담을 갖지 않은 상태로 신들린 사람처럼 산책하는 것이 정신 건강에 크게 도움이 된 것이다.

그런 나에게 부응하는 서정주의 시집 『화사집花蛇集』에 결정적인 영향을 받아 큰 변화가 온다. 이미 발간된 지 10여 년이 지난 그 시집에는 「대낮」, 「화사」, 「맥하麥夏」, 「입맞춤」 등, 시가 풍기는 원시적인 인간정서, 백열화白熱化 돼있는 인간본성, 무궤도無軌道한 생명충동이 당시 목마르게 찾던 생명 숭배 사상과 부합되어서 방황의 일과를 더욱 매질하였던 것이다.

그 시집을 소중한 보물처럼 들고 다니며 암송하면서 감동의 도가니에서 헤매다가 발열 상태에서 시를 쓰기도 한다.

이런 생명의 백열적인 흥분상태와 짝사랑에게 갖고 있던 섬세한 정감과는 이율배반적인데도 그 두 극과 극의 사이를 오간다. 지켜보는 어머니의 가슴도 애가 타지만 피를 토하고 병실에 누워있는 것보다는 정신적 갈등이 그래도 나은 성싶다.

가을이다.

몸은 일진일퇴가 아니라 일진이퇴 하였건만 정작 본인은 자각하지 못하고 정신의 백열적 상태에서 몸을 여기까지 끌고 온 셈이다. 약물치료는 거의 포기하다시피 한 나에게 가족 같은 의사가 달래고 설득시키려고 애를 쓰지만, 반미치광이처럼 산야를 방황하는 고집쟁이를 어쩔 수가 없다. 강제로 입원을 시켜보려고 시도한 적도 있다. 그러나 이젠 방관하신다.

어머니도 그런가 보다. 어려서부터 거센 반항 한 번 없던 아들이 몽유병 환자처럼 쏘다니는 것이 딱하고 안쓰러워도 강력하게 말리지 못하고 오히려 아침부터 들길로 나가는 아들을 배웅까지 하신다. 약이든, 주사든 멀리하는 아들에게 강요하지 않는 어머니 심정을 모르는 바가 아니다. 아들 두 살이고, 누이동생이 배 속에 있을 때 청상이 되신 어머니는 모진 고난과 고독을 정신력 하나로 견디셨다. 이성이 강하시고 수양을 쌓으신 분이기 때문에 의식적이고 냉정한 태도로 지켜보시는 것이다.

이 병은 보통 봄에 악화하는데, 도리어 지금 가을에 몸도 마음도 지기를 펴지 못하고 있다. 해마다 서정적으로 보던 낙엽이 어수선하기 그지없어 보인다. 지난여름의 정열과 반대되는 의기소침한 센티멘털리스트가 되었다. 기침은 전과 달리 깊은 곳에서 울리는 공허한 여운을 남길 만큼 골 깊은 소리로 크게 변하고 있다. 그런 가을도 어지간히 넘어가고 있는 11월에 프랑스 시인 아르튀르 랭보의 시집을 누워서 읽고 있다가 뜬금없이 장난처럼 '죽어버릴까?' 하는 공상을 했다. 자신의 절박한 감정도 아니요, 현실의 비관도, 슬픔도 아닌 아주 순순한 공상의 유혹이다. 정신적 현기증을 고정시키는 쾌감을 얻는다. 자신이 알 수 없을 만큼 깊은 부분의 은유적인 투시처럼 우주를 얻는 즐거움을 얻는다. 일단 한번 공상을 하고 구체적인 생각을 하니까 죽는다는 것이 아주 자연스럽고 쾌감조차 느낄 것 같다. 자신은 죽고 나면 그뿐이지만 남은 사람들이 울고불고할 테니 그 꼴도 재미있을 것 같다. 일종의 사디스트적인 심리다.

객관적으로는 있을 수 없는, 상상조차 안 되는, 범죄나 다름없는 의식이겠지만, 호기심으로 변해 스며든다. 남을 해코지하거나 범법행위의 범죄가 아니잖은가? 평소 다니던 약국마다,

"요즘 잠이 안 와서 밤을 홀딱 새는 날이 많아요."

하면서 수면제를 사러 다녀도 안 주는 약국이 많아서 겨우 몇 알밖에 못 샀다. 병원에서도 하루치를 받아서 집으로 오면서 유서를 어떻게 쓸까 구상을 했다. 종이를 앞에 놓고 펜을 들었지만, 유서 같은 걸 쓴다는 것은 무언가 미련이 있다는 이미지가 느껴져서 쓰지 않기로 했다.

늦은 오후,

나는 숨겨두었던 수면제를 평소 약을 먹듯이 무감각하게 별 의미 없이 물과 함께 삼켰다. 입안에 남은 씁쓸한 약의 뒷맛을 느끼며 자리에 누웠다. 까닭도 없이 눈물이 흘러 귓전을 적신다. 전혀 슬픈 감정은 없고 다만 어처구니가 없을 뿐인데 말이다. 그녀의 얼굴이 스쳐 가고 숨진 아들을 흔들며 우시는 어머니의 모습이 떠오르자 그제야 죄책감이 든다. 얼른 일어나서 식구들에게 사실을 말하고 응급처치를 받을까 생각도 스친다. 숨이 좀 가빠지는 것 같아도 그냥 참았다. 그러다가 잠이 든 것 같다.

저녁 먹자고 불러도 기척이 없어 방으로 들어간 어머니는 얼굴빛이나 자세가 한눈에 봐도 주검이다. 털썩 주저앉았다가 손을 잡으니 맥이 뛴다. 혼자서 업고 갈 수도 없고 체면이고 뭐고 온 힘을 다해 뛴다. 민중병원 의사가 왔다.

우선 손등 혈관을 통해서 아무것도 섞지 않은 포도당 5% 링거부터 빠르게 주입하고 몸을 돌려 입안에 손을 넣어 토하게 한다. 얼마의 시간을 안개처럼 피워 올렸을까? 구역질을 하면서 움직이는 모습에 어머니는 한시름 놓는다. 속이 뒤집히는 구역질로 정신이 든 그는 실패구나, 창피해서 어떻게 주변 사람을 본단 말인가. 순간 자신이 미워지기 시작했다. 말소리가 들린다. 이를 어쩐담, 또 내가 경솔했구나. 어느 정도의 양이면 확실한지 알아보지 않았구나. 창피해서 어쩐담,

"염려 없습니다. 다 토해냈으니까요. 그리고 혹시 조금이라도 흡수된

약 기운이 있다 해도 이 수액이 혈액의 농도를 묽게 해주고 소변으로 걸러져 나올 겁니다."

의사의 말소리다. 의사가 나가는 듯 문이 열리며 어머니도 동생도 나가는 분위기다. 그래서 눈을 뜨자 나를 들여다보고 계시는 어머니의 시선과 마주쳤다. 입은 빙그레 웃으시고 눈에는 눈물이 가득하다.

"죄송해요, 용서하세요."

치밀어 오르는 자신을 향한 울분을 꾹꾹 누르며,

"물 좀 주세요. 어머니."

물 가지러 나가신 사이 크게 숨 좀 쉬고 방안을 살펴보기 위해 일어날 생각으로 머리를 들다가 금시 앞이 캄캄한 현기증으로 머리를 베개에 떨어뜨리며 정신을 잃는다. 물 대접을 들고 들어오던 어머니는 아들의 머리를 무릎 위에 얹어 한 팔로 머리를 안고 숟가락으로 조금씩 물을 입에 넣어 준다. 입에 들어온 물을 본능적으로 삼키다가 다시 정신이 든다. 눈을 뜨자 어머니의 시선과 마주치면서 어색해서 다시 감아버린다. 객쩍어서 눈을 뜰 수가 없다. 그제야 어머니는 피식 웃으며 머리맡에다 과일즙을 놓고 나가신다.

특별한 고민이나 심각한 동기도 없이 저지른 자신의 행위가 부끄럽긴 하지만 그것은 일종의 정신적인 시련이었을 뿐이며, 정신적 성장을 가져온 행위라는 생각을 한다. 오히려 목숨의 존귀성을 알게 하였다고 할 수 있다. 이런 이론은 모두 자신을 변론하는 말일 뿐, 창피하지만 깔려 있던 무의식의 열등이 용기를 주고 부추긴 행위인지 모른다.

한편으로 두문불출하면서 회상해보니 동기가 없었다고 단정하지만 따지고 보면 이유 없는 결과가 어디 있겠나. 폭넓지 못한 사고는 판단의 시야도 좁을 수밖에 없고 남성적인 활달한 청년이었다면 그런 옹졸한 짓을 하지 않았을 것이란 생각을 스스로 해본다. 객관적으로 봐도 나는 확실히 여성스러운 남자가 맞다. 그래서 툭하면 센티멘털 해지곤 한다. 나름대로 그 원인을 분석해본다면 여자들만의 환경에서 활동선도 감시된 좁은 공간뿐이었으니 시야가 넓을 수 없고, 활달할 수가 없이 자랐다. 실내에만 갇혀 산 화초로서 여성적인 감정으로 문학이니, 사랑이니 하며 투병생활을 하였으니 얼마나 좁고 자신밖에 모르는 인간으로 성장했겠는가. 남성적 기질이 왕성했다면 짝사랑 같은 거 없을 것이다. 그런 옹졸한 성미가 시키는 대로 저지른 자살행위가 그대로 관철되었다면 정말 개죽음이었을 것이라는 생각에 미치자 식은땀이 난다. 어떤 성장과정을 별나게 치른 것 같다. 그 과정을 무사히 치르고 나서 변하기 시작했다. 나밖에 모르는 사고 또는 마조히스틱한 자의식에 사로잡혀있던 내가 자학적인 자가당착自家撞著의 겉옷을 벗게 된 것이다. 다시 말하자면 내 안에 있던 나르시스가 죽은 것이다.

왜냐하면, 그 사건 이후 관찰력이나 비판력이 다소 객관적으로 변했기 때문이다. 내가 나를 이렇게 분석한다는 건 타인이 볼 때 신뢰성이 떨어지겠지만, 나와 가까이 지내는 지인들은 인정하리라 믿는다. 아직도 동생의 입에서 그녀 이야기가 나올까 두려운 그런 상태이긴 하지만 변하고 있는 건 사실이다.

그녀가 S여대에 입학하여 기숙사에 들어갔다는 소식은 알고 있다.

바깥출입 없는 며칠 동안 무언가 해야겠다는 생각을 하다가 투병기를 써볼까 마음먹었다. 내 투병기는 병상 기록이나 병의 진도표가 아닌 자신의 내면적 방황이나 변화, 병으로 인한 희망의 장애 등이다. 나의 병은 한마디로 의사의 지시를 따르지 않은 탓으로 一進一退라기보다 一眞二退다. '일진이퇴'를 되뇌어 본다.

스물세 살 봄 기록으로는 우폐에 둘, 좌폐에 셋의 동공洞空이 있다. 큰 것은 오 원짜리 동전만 하고, 작은 것은 일 원짜리 동전만 하기도 하다. 기침과 담, 미열은 계속 달고 있다. 그리고 좌우 늑막이 유착 상태라 심호흡을 하면 옆구리가 결린다. 심할 땐 어깨도 결린다.

이런 상태지만 봄을 맞이하자마자 또 마음의 본병이 재발해서 주위의 만류는 아랑곳없이 상경을 했다. 문학수업이 주 목적이었지만 냉철하게 속을 들여다보면 처해있는 환경에서 벗어나고 싶었는지도 모른다. 언제나 내 병세는 제대로 강의시간을 지킬 수 있도록 두지 않는다. 삼분의 이는 하숙방에서 지내야 하는 상태라 마음은 또 잡생각이 우후죽순 일어난다. 6월이 되자 어머니는 내려와서 약 닭이라도 한 마리 먹고 올라가라고 수차례 편지가 왔다. 전 같으면 그런 거 먹는 것이나 약이 떨어졌다는 이유 등으로 행동하지는 않았을 터이지만, 웬일인지 애태우시는 어머니에게 미안하고 지나치게 불효를 하면서 살아온 행위들이 생각나서 내려갔다.

내려간 지 일주일 정도 되었을 무렵 어느 공일날 11시쯤 거리 분위기가 이상하다. 라디오를 켰다. 방송에는 괴뢰군이 삼팔선을 넘어왔단다. 소문은 흉흉하다. 서울까지 공격해 올 거라는 둥 어떤 이는 이미 서울이 점령되고 있다는 말도 있다. 나는 제일 먼저 그녀가 떠올랐다. 안절부절못했다. 무서운 포화 속에서 그녀는 피난을 했을까? 아무래도 기숙사에서 무서워 떨고 있을 것만 같다. 1950년 6월 25일이다. 나는 오직 그녀의 생각과 상상으로 당시는 객관적이 될 수가 없었다. 걱정하는 마음은 기숙사에서 오도가도 못 하고 떨고 있을 것만 같은 상상이 설레발을 친다. 얼마나 불안하고 공포에 떨고 있을까? 그 생각뿐이다.

서울에 가기만 하면 어떤 곤경에 처해있더라도 그녀를 구할 수 있을 것 같다. 집을 나왔다. 조치원역까지는 수월하게 도착했으나 모든 객차를 군인 수송용으로 이용하고 있기 때문에 일반인들이 타는 것은 특별한 경우가 아니면 어렵다. 어떤 편법을 써서라도 열차에 오르려고 작은 체구를 이용해서 군인들 틈새로 올라간다. 열차 안에서 또 걸려 붙잡혀 내릴 수밖에 없다. 밤늦게까지 실랑이 치다가 결국 집으로 오니 새벽이다. 눈물을 흘리다가 잠이 들었나 보다. 기침과 한기로 인해 잠이 깨어 보니 땀으로 흠뻑 젖어있다. 아무렇지도 않은 것처럼 어머니와 마주 앉아 아침을 먹었다. 조치원역의 사정을 어제 보고 왔음에도 도저히 그냥 있을 수가 없다. 어머니에게,

"급히 다녀올 때가 있어서 그래요. 여비 쬐끔만 주세요."

얼마인지 주는 대로 받아서 어디 가느냐고 물었지만, 대답 없이 나왔다. 책상 위에 간단하게 메모를 해두고 왔으니 아실 터니까.

「어머니, 급한 일이 있어서

잠깐 서울에 다녀오겠습니다.

무사히 돌아오겠습니다. 염려 마십시오.」

한 번 꽂히면 절대 흔들림이 없는 나의 강단은 다른 생각을 못 한다. 기어코 조치원역으로 갔다. 조치원역은 군용열차가 계속 이어지고 있다. 어제와 다른 것은 내려오는 열차에 피난민들이 열차 지붕에까지 꽉 찼다. 그래서 역의 플랫폼은 더 붐빈다. 헌병들이 어제보다 더 살벌하다. 군용열차에 올랐다가 쫓겨나고, 올라가려다가 제지당하고, 수도 없는 실랑이로 지칠만하지만, 포기하지 않았다. 역무원이 제지하는 걸 헌병에게 허락받았다고 거짓말하고 또 열차에 올랐다. 좀 전에 붙잡혔던 그 헌병에게 또 들켰다. 이번에는 아예 나를 끌고 임시 헌병초소로 쓰고 있는 구내로 가서 장교들에게,

"어제부터 계속 서울행 열차를 꼭 타야 한다며 몰래 올라가곤 합니다."

"알았으니 두고 나가 봐."

한 장교가 말하고는 그에게 심문하듯이 묻는다. 집은 청주며, 서울대 학생이고, 몸이 아파서 내려왔다가 못 올라갔으며, 지금은 사랑하는 여인을 구하기 위해 꼭 올라가야 한다는 것까지 눈물을 글썽이며 진지하게 말하자. 처음엔,

"정신이 있소, 없소? 서울은 지금 전쟁터요. 인민군이 점령했수."

"그래서 가야 합니다. 그래서 사랑하는 그녀를 구해야 합니다."

그때 질문하던 그 장교가,

"당신이 부럽소."

한다. 그러자 또 한 사람이,

"당신을 위해서라도 우리가 서울 탈환을 꼭 해야겠수."

비웃는 것 같지는 않다. 표정들이 그들의 직분과 현재 환경에 어울리

지 않게 애수에 젖는다.

모두들 한마디씩 하는 동안 마주 앉은 그 헌병이 골똘하게 생각하더니,

"우리와 함께 서울로 갑시다."

그렇게 군용열차로 상경을 한다. 열차 안에서는 그에게 그리워하며 쓴 시 한 수를 여기 적어달라며 수첩과 펜을 주는 장교에게 '먼 물굽이' 등을 적어주자 여기저기서 나도, 나도 해서 적어주고 이야기하느라 전쟁터에 가는 장병들의 분위기가 아닌 젊은이들의 놀이장이 되었다. 즐겁던 장병들의 표정이 굳어지고 장비들을 챙기는 걸 보니 영등포역이 가까운 모양이다. 나는 다시 긴장하며 정신을 가다듬었다. 영등포역에 내렸다. 공습을 피하느라 불을 켜지 않은 플랫폼은 아수라장이다. 군인보다 피난민이 더 많다. 역에서 내리니 군용트럭 GMC가 대기하고 있다. 다시 장병들과 함께 군용 GMC 운전대 옆자리에 앉았다. 처음엔 어디가 어딘지 모르겠더니 곳곳에서 보내는 헌병들의 신호불에 따라 노량진 쪽으로 달려서 흑석동 고개로 올라가는 것을 알 수 있었다. 한참 만에 동작동에서 내렸다. 쉬쉬하며 강변으로 배치시키던 장교는 그에게 설명을 한다. 강 건너는 여기 우리처럼 인민군이 깔려있고, 한강 다리는 폭파 되었고 어떻게 갈 것이냐가 문제란다.

"염려 마세요. 내가 수영선수라오."

하면서 이미 계획이 있다는 말을 한 후, 옷을 벗어 모자처럼 머리에 동여매고 있다. 그때 그 장교는 실은 자기도 애인이 지금 강북에 있다면서 주소를 알려주며 주머니에서 구두칼을 꺼내 준다.

"이것은 그녀가 준 선물이라 알아볼 거요. 내 안부 좀 전해주오."

받아서 머리에 이고 있던 옷의 주머니에 넣고 곧장 물에 뛰어든다.

그 장교는 포복 상태인 장병들에게 앞으로 30분은 강을 향한 발사를 금지하라는 명령을 내린다.

머리 위로 예광탄이 빨강 노랑 꼬리를 달고 스친다. 그때마다 헤엄을 중지하고 가만히 움직이지 않다가 다시 있는 힘을 다하곤 했다. 생각보다 6월의 한강물이 차다. 그새 건너편 모래사장에 도착했다. 가슴이 너무 심하게 뛰고 숨이 차서 그 자리에 꼼짝도 하지 않고 누워서 쉬었다. 살펴보니 부근에는 인민군이든 뭐든 인적이 없다. 살금살금 옷을 입고 기기 시작했다. 숨이 차고 옆구리도 결리지만, 무릎이 더 아프다. 강을 건너는 것보다 두 배로 고통이다. 가다가 쉬다가를 거듭하면서 한강의 모래사장이 이렇게 넓은 줄 몰랐다. 사하라 사막에서 혼자 허둥대는 상상도 해본다. 마침 움푹 파인 풀밭이 있어서 한참 동안 누워서 피로를 풀었다.

'내가 그 학교 기숙사까지 간다 해도 무슨 용기로 그녀를 불러낼까?'

'사랑하는 여인을 구하려다가 죽는다면 그것도 아름다운 운명이요, 낭만이겠구나.'

나는 이렇게 또 센티멘털에 빠져서 미성년자가 된다.

공상에서 다시 정신을 차리고 길가로 가서 포복하고 있다가 어디선가 큰 포성에 모두 놀라서 웅성거리는 틈을 타서 재빠르게 큰길을 건넜다. 살펴보니 인민군은 아직 수에 밀려 혼자 나와 살피는 시민들에게 큰 관심을 줄 수 없는 것 같다. 그래서 큰길에서만 드문드문 누런 군복을 입은 인민군을 볼 수 있다. 골목으로, 골목으로 내달려 드디어 S여대 정문 건너편까지 왔지만 휑하다. 짐작으로 기숙사일 것 같은 건물 쪽으로 가다가 수돗물을 발견하고 세수를 했다. 그래도 그녀를 만날 생각에 가슴이 뛴다. 그러나 기숙사는 텅 비어있다. 주변을 꼼꼼하게 살펴보아도 포격이나 어떤 일을 당한 것은 아니다. 만나지 못해도 기쁘다. 그녀의 생사가 확인되었으니까. 그렇지 어제가 반공일이니까 집으로 갔겠구나! 낙원동으로 향했다. 어떻게 그 길을 다 알게 된 지는 나도 모르겠지만, 삽시간에 도착할 수 있었다. 집 앞에서 한참을 안절부절못하는데 앞집 대문이 빼죽이 열리더니 할머니께서 잔뜩 겁에 질린 표정으로 다시 닫고 들어가려 하자 얼른 물어봤다.

"할머니 앞집 사람들은 어떻게 되었습니까?"

"어제 고향으로 내려 갔수, 고향이 충청도 청주라고 했지 아마."

그제야 안심하는 얼굴로 친절하게 대답을 한다. 그래서 재숙 씨 안부도 물어보고, 딸도 함께 갔다는 소식도 들었다. 고맙다는 인사와 서로의 무사를 기원하고 돌아서서 그 길로 광나루 쪽으로 서울 시가를 벗어났다. 또 나의 본성인 낭만적인 생각이 이런 상황에서도 행복하게 한다. 그녀는 살아있고, 그녀가 떠난 피난길을 따라서 내가 간다는 공상이다.

남쪽에서 지동 치듯 포성이 울리지만, 그 소리는 점점 남으로 내려가면서 들린다. 피난민들은 그렇게 남하하는 인민군의 뒤를 따라 내려가는 아이러니한 광경이다. 어느 날은 50리를 가는 날도 있고, 어느 날은 30리다. 그날, 그날의 인민군이 내려가는 속도에 따라 내려간다. 장엄하고 거대한 생명의 덩어리가 서서히 구르는 것처럼 그렇게 내려간다. 인민군의 뒤를 따라서 그 대열에 끼어 큰 바위 밑에서 밤잠을 자기도 하고, 고목 아래, 때로는 빈집의 마루에서 눈을 붙이기도 하며 굶는 날도 있지만, 민가에서 무어라도 얻어먹는 날이 더 많다. 세상이 어떻게 되든 배고픈 나그네를 그냥 지나치지 못하는 인심이 우리 민족이다. 전쟁 통에 그들인들 배부를 리가 없고 넉넉지 못하겠지만, 바탕에 깔린 인정은 변함이 없는 우리 민족이다.

꼬박 열흘 만에 청주에 도착했다.

말할 것 없이 그녀의 옛집으로 달려갔으나 안절부절 죄 없는 두 손만 비비고 있는데 대문이 삐걱 열리며 중년 부인이 나온다. 대뜸 물어보았다.

"서울에 계신 분들 피난 잘 오셨습니까?"

"아, 재숙이네요? 오긴 잘 왔는데 지금은 여기 없다우. 금천동 과수원에 가 있어요."

그제야 집으로 달려갔다. 빈집에 어머니 혼자 피난 보따리를 싸 두고 마당에서 안절부절못하며 아들을 기다리고 계신다. 아들을 보고 어쩔 줄을 모르신다. 어머니의 저런 모습 처음이다. 얼마나 초조하게 기다리셨는지 짐작이 된다. 속으로 '죄송합니다.'를 거듭했으나 너무 미안해서 차마 말을 못했다. 둘은 그 길로 서둘러 외가의 인근에 있는 마을을 향해 걸음을 재촉한다. 너무 늦게 출발했기 때문에 얼마 못 가서 밤이 되어 인척이 있는 마을에서 하룻밤 쉬기로 했다. 그 밤조차 나는 어머니 몰래 빠져나와 다시 청주를 향해 달렸다. 금천동 과수원이 궁금해서다. 막상 도착해서도 울타리 안에는 개를 풀어놓고 밖에는 인기척이 없다. 혹시라도 그녀가 바람 쐬러 나오려나? 하는 기대감으로 한 시간을 넘게

서서 창을 통해 비치는 불빛만으로 만족하고 돌아섰다. 다시 멈추고는 메모지에,

'김재숙 양, 무사히 피난하신 것을 축복으로 믿습니다.'

접어서 울타리 안으로 밀어넣었다. 어머니는 이 밤도 주무시지 못하고 아들을 기다리고 계셨다.

다음 날 밤 목적지에 도착했다. 두 분이 아주 많이 반가워하셨다. 어머니께서 시집올 때 몸종으로 따라왔던 분의 딸 내외이다. 그들은 도련님, 도련님 하면서 각별히 하셨다. 물 맑고 숲 우거지고 무릉도원이 따로 없다. 바깥세상에 전쟁이 나도 모를 것 같은 조용한 마을이다.

그런 평화도 얼마 못 가서 깨지고 만다.

내무서원이 그곳까지 와서 호구조사를 하고 갔기 때문이다. 마침 수영하러 나갔다가 고개 넘어 그들이 오는 것을 보고 바위 옆 물속에서 얼굴만 내놓고 숨어있었다는 아들의 말을 듣고 어머니는 또 가슴을 쓸어내린다. 부근 마을에는 잡혀간 젊은이들이 여럿 있단다. 의용대로 가는 것이라 했다. 그날 어머니는 청주에 나가셨다가 오시더니 무조건 나더러 다시 청주로 가자고 하신다. 민중병원에 환자로 입원을 시킨 것이다. 환자를 의용대로 잡아가지는 않을 테니까. 그렇게 병원에서 여름을 보냈다. 어머니는 다소 안심을 하신다. 혼신을 다해 아들을 보호하지만, 아들은 같은 시간에 그녀 생각뿐이다. 내가 이렇게 불효막심한 아들이다.

시내도 마음 놓고 다닐 수 없고 한가롭게 병실에서 회상해보니 근간에 자신이 한 행동들이 우습지만 웃기는 일이 아니다. 성치 못한 몸으로 무모하게 도강渡江을 한다거나 나그네가 되어 혼란하고 무질서한 무

리에 끼어서 인민군의 뒤를 따라 내려오다가 얻어먹으며 한데 잠을 자고 하였지만, 몸이 말을 들어주었다는 것이 신비롭다. 물론 통증이 없는 것은 아니었고, 상황에 따라 숨이 차거나 피로가 몰려오는 것은 늘 달고 있는 상황이라 견딜만했다. 얻어먹는 밥이 그리 맛있는 줄 몰랐고, 풀숲에서 자는 잠이 오히려 포근했다. 그리고 피란처 '엄티'에서 어머니와 같이 머물던 열흘은 지금까지 살면서 그렇게 만족스럽게 평화로운 상태로 있어 본 적이 없을 만큼 좋았다.

입원 중에 한 가지 좋은 점이 생겼다. 의사의 가족이 그녀의 과수원에 가 있기 때문에 아이들이 왕래하면서 매일 그녀의 소식을 듣는다는 것이다. 어제는 밤이 되었는데 의사가 갑자기 과수원에 갈 일이 생겼다며 산책 삼아 같이 가자고 한다. 갑갑하던 차에 외출 그 자체만으로도 뛸 듯이 좋은데 그녀의 과수원이라니 꿈만 같다.

과수원에 도착하자 그녀가 나와서 선생님께 인사를 한다. 조금 떨어져서 달빛에 그녀를 볼 수 있다. 가슴이 두방망이질을 한다. 소녀는 등의자에 앉고 의사는 나를 소녀 옆에 앉으라고 하고는 안으로 들어가신다. 용기가 없어 앉지 못하고 과수원을 구경하는 것처럼 어슬렁거리며 그녀를 바라본다. 짝사랑의 세월 중 처음으로 그녀를 마주했고, 생전처음 당하는 황홀감은 뛰던 가슴을 오히려 멈추게 하는가? 먼발치서 볼 때가 더 가슴이 뛰었던 것 같다. 몸에서 생기가 솟는다. 이상한 일이다. 전쟁 없이 평화로운 시절에는 탈도 많던 내 병세가 전쟁이 나고 약이나 검사도 제대로 못 하며 목숨 걸고 뛰기도 하며 도강을 하기도 한 지금은 오히려 몸 상태가 더 좋다. 제법 얼굴이 토실토실하다.

국군이 서울을 수복했다는 소식이다. 그녀와 가족들도 상경했단다.

또 몸이 달았다. 의사와 어머니의 강력한 만류로 상경이 지연되고 있
지만, 기어코 어머니를 졸라 서울로 가려고 나섰다. 상경하는 사람이라
곤 피난 온 사람 중에서도 성미 급한 사람 정도다. 조치원까지 도보로
걸어갈 생각으로 출발했다. 전쟁이나 재화災禍 같은 어려움이 닥쳤을 때
운명이라는 것이 또는 행운이라는 것이 뚜렷하게 나타난다. 나에게는
꾸며대는 것처럼 운이 따라 준다. 교통이 거의 두절되다시피 한 상태에
서도 검문은 살벌하다. 젊은 청년이 길을 나선다는 것은 아예 의용군으
로 잡혀가려고 작정한 사람이 아니고는 미친 짓이다. 그런 길을 터덜거
리며 감히 걸어가다가 지서에서 검문을 당하고 말았다. 민간인 방위대
로 보이는 자가 아주 까다롭게 꼬투리를 잡으려고 억지다. 그렇게 땀을
빼고 있는데 청주 쪽에서 GMC 한 대가 오더니 지서 앞에서 멈춘다. 그
차에서 경찰 간부 한 사람이 내려 지서 안으로 들어가려다가 나를 발견
하고 반가워하는 게 아닌가?

"신 형, 무사하셨군요! 어머니도 안녕하시겠지요?"

그제야 보니 전에 바깥채에서 세 들어 살던 사람이다. 나 신건호에게
는 구세주다.

"안녕하셨어요? 가족들도 다 안녕하시오?"

하고 손을 마구 흔들며 악수를 했다. 알고 보니 서울로 출장 가는 길
이란다. 마치 자신을 위해 하늘에서 보낸 것 같다. 구구하게 사정하지
않아도,

"나도 지금 서울 가는 길이오."

말이 떨어지자 말자 쾌히 동행을 하겠단다.

운전대 옆자리에 나란히 앉아 옛이야기하며 아무런 장애 없이 편안하게 서울에 도착했다. 밤에도 그 사람이 묵는 여관에 함께 쉬었다.

다음 날 해가 뜬 후에 나와 보니 서울의 거리는 폐허다. 무너진 건물, 서성이는 핏기 없는 사람들, 아직 연기가 피어오르는 건물도 있다. 또 한달음에 그녀의 집으로 갔다. 문은 굳게 닫혀있으나 집안에는 빛과 기쁨이 있는 것 같다. 폐허의 길을 달려오고, 죽음의 강을 건너온 자신이 자랑스럽다. 언제까지고 닫힌 대문을 마주하여 서있을 것 같다. 참 오래 서있었으나 그 문을 두드리지 못하고 돌아섰다.

신당동 친척집에서 한 달 정도 머물면서 폐허가 된 서울을 마치 산책이라도 하듯 돌아다니며 많은 생각을 하다가 결국은 계획된 건 아니지만 늘 그녀의 집 앞이 막다른 길처럼 끝이 되곤 했다. 이렇게 계획도 없고 희망도 흐려진 상태로 흐느적이던 어느 날, 여니 때처럼 들어와서 방위군 소집 영장을 받았다.

'그래 차라리 입대를 하자.'

나는 지금 싸움터에 나간다고, 건강과 행운을 빈다고 몇 자 적었지만 전해진다 한들 발송인이 누군지 당당하게 밝히지도 못하면서 전해진들 뭐하나 싶어 그냥 주머니에 구겨 넣었다.

제6장

풍선기

_ 소집장소엘 갔지만, 그 국민학교 교실 바닥에서 사흘을 대기 상태로 묵어야 하는 일이 벌어졌다. 하나둘 도망자들은 늘어나지만, 도망자의 대열에 끼지 않았다. 허나 문제는 이 분대의 책임자라는 사람이 아주 불량배라는 것이다. 그 분대장이라고 자칭하는 자가 내 곁에 다가와서 돈이 있느냐고 묻는데 겁이 나서 제법 많은 돈을 있는 대로 다 꺼내줬다. 의외로 큰돈임을 본 그 책임자는 도로 건네주면서 우선은 가지고 있으라고 한다. 그날 밤 책임자라는 자가 같이 외출을 하자며 데리고 으슥한 술집으로 갔다. 혼자 마시기가 어색했던지 싫다는 데도 너더댓 잔을 권하더니 약간의 돈을 달래서 가지고 나가면서 1시간 후에 올 테니 기다리라고 했다. 그 한 시간이 두 시간 되고, 두 시간이 세 시간, 결국 날이 새도 오지 않았다. 하는 수 없이 술집에서 나와 헌병을 피해가며 걷다가 벽보판에 공군 모병 광고가 마치 나를

부르는 것처럼 보이는 게 아닌가? 그 즉시 공군부대가 있는 퇴계로 쪽으로 가서 곧바로 지원서를 작성하고 입대를 했다.

이런저런 깊이 있게 생각해볼 겨를도 없고, 마음의 준비도 없이 입대를 하게 된 것이다. 유난스런 리버럴리스트 신건호가 생명과 직결되는 자신의 병 앞에서도 요양규칙을 지키지 않는가 하면 시간 맞춰 약 먹는 것조차 제멋대로이던 신건호가 명령에 살고 명령에 죽는 군 생활을 어떻게 해낼지 생각해보지 않았다. 지금까지 외부 조건이나 어떤 강요에 지배당한 적이 없다. 오히려 군대처럼 철저한 규율의 세계를 증오해왔던 나다. 그런 나도 이 나라의 국민이기에 현실의 거대한 압력과 역사의 벅찬 흐름 앞에는 도리가 없던 것이다.

입대 사흘 만에 나의 질긴 고집과 몸에 밴 리버럴 의식이 문제가 되는 일이 벌어진다. 단체 벌을 받게 되었다. 30여 명의 후보생을 세우고는 앞줄이 돌아서서 뒷줄과 마주 보고선 앞사람의 뺨을 때리라는 것이다.

"때렷!"

철썩, 찰싹 소리가 가슴을 후빈다. 자신의 손으로 남의 뺨을 친다는 것이 도저히 용기가 나지 않는다. 자신의 손이 평소처럼 자기 것 같지 않다. 우두커니 서있을 뿐이다. 교육반장이 앞으로 와서,

"이 새끼, 때리는 법을 모르는군."

하면서 끌고 나가 가죽장갑 낀 양손으로 여남 대를 후려치고는 제자리로 보낸다. 때리는 법을 알았으니 다시 때리라고 명령한다. 그러나 오히려 더 꼼짝도 하지 않았다. 이번에는 명령을 어긴다는 이유로 마구

치고받는다. 입술이 터지고 눈두덩이 하도 부어올라 잘 보이지도 않는 상태에서 또 때리라는 명령이 떨어진다. 허나 이제 와서 그 명령을 들어 먹는다면 신건호가 아니지, 역시 가만히 서있기만 했다. 순간 지금까지 느껴본 적이 없는 약간의 반항심이 생기며 이 상태로 자기가 손을 든다는 것이 더 없는 못난이요, 비굴함인 것 같다. 비로소 입을 열었다.

"못 때리겠습니다."

그 말 뒤에 일어날 현상을 충분히 짐작하고 한 말이다. 구둣발에 차이고 일본 군대서 배웠다는 유도로 마구 패대기를 치곤 한다. '아 이렇게 죽는구나.' 싶었다. 폭행 중 기절을 한 모양이다. 하지만 물을 쏟아붓고 또 기절하면 물을 들어붓기를 반복하다가 몸은 온통 피투성이요, 걸레처럼 흐느적이며 서지도 못할 지경이지만 명령에 의해 옆 후보생들의 부축을 받으며 제자리에 섰다. 또 상대방의 뺨을 때리란다. 그 순간 쓰러질 것 같은 몸을 악으로 버티며 오히려 두 손을 뒤로 한 채 두 발을 약간 벌리며 더 꼿꼿하게 섰다. 이번에는 때리라는 명령이,

"차렷!"

으로 바뀌었다. 허나 꿈쩍도 하지 않자 구둣발로 허리를 찬다. 여러 차례 차렷 명령과 폭행이 거듭되다가 이젠 내 앞사람에게 때리라는 명령을 하자, 앞사람은 피투성이 얼굴을 차마 볼 수 없는지 눈을 감고 때린다. 그렇게 단체 벌 시간이 해지 되고 피투성이 볼을 때린 자는 눈물까지 글썽이며 미안함을 표현한다. 주위의 부축을 받아 내무반으로 들어가 자기 자리에 누웠지만 이내 의식을 잃었다고 들었다.

조금씩 의식이 들자 눈이 떠지지 않고 입안과 밖이 다 찢어진 듯 아

팠다. 앞줄 마주 섰던 사람은 죄 없이 공연히 쩔쩔매며 미안해하면서 내 상태를 지켜보고 있다. 군의관이 와서 주사를 놓고 약을 바르고 갔단다.

다음 날 대장실로 불려갔다.

교육반장도 와 있다. 대장이 왜 기합을 받았느냐 묻고 명령 불복으로 맞았다는 것도 본인 입에서 나오도록 한 뒤 훈육이 시작된다.

"음, 지성인의 입장에서 남을 때릴 수 없었다는 뜻인데, 자네는 지금 군인이야. 군인은 명령에 의해 죽고 명령에 의해 사는 거야. 더구나 지금은 전시가 아닌가? 전시에 명령 불복종은 총살이야. 사사로운 감정은 묵살할 수밖에 없어. 자네의 교양과 개성, 자네의 주장만 중히 여기다가는 군인으로서의 실패야. 군인의 실패는 곧 처치가 있을 뿐, 군대는 군대의 질서와 윤리가 있다네. 군인은 그 질서를 따라야 하는 법일세. 알았나?"

타이르고는 교육반장에게,

"귀관도 부하를 감정적으로 다루어선 안 된다는 것 명심하게."

이렇게 그 사건은 단락되었지만 내 몸은 회복될 때까지 많은 고통을 견뎌야 했다.

제주도 비행장으로 배속받았다.

눈이 덮인 열차를 타고 내려왔는데 제주도에는 여기저기 파란 채소들이 자라고 있는 풍광이 왠지 이국에 온 것 같아서 새로운 세상이다. 하루 종일 훈련 시에는 그녀를 생각할 짬이 없었는데, 색다른 풍광과 넓은 비행장에 서있으면 그리움이 은근히 행복감을 안겨준다. 인간의 감정 밑바닥에서 움트는 그리움으로 일기장을 메운다. 그 안에는 그녀의 이름이 수없이 점철된다.

입대 후, 재숙 씨의 소식에 깜깜할 수밖에 없다. 그렇다고 집으로 보내는 편지에 물어볼 수도 없는 노릇이니까. 와중에 꿈에 그녀를 보았고, 그날 사고를 당한다.

개화기 여학생들이 입던 옷처럼 하얀 저고리와 검은 치마를 입고 제주 시내를 걷는 모습을 꿈에 본 것이다. 당시 제주에는 서울에서 여학생들이 집단으로 피난 와있다는 소문을 들었기 때문에, 혹시나 싶어서 꿈에서 깬 날 통근버스를 타지 않고 걸었다. 가랑비가 그리움을 부추기는 아침에 우비를 걸치고 두리번거리며 걷는다. 젊은 여인만 지나가면 눈여겨보면서 걸었으나 실망 또 실망이다. 마침 그때 지나가던 군용 지프차가 서더니,

"미스터 신!"

하고 부른다. 돌아보니 안면 있는 미군 장교가 반가운 듯 타라고 한다. 동승을 하고 한참을 가다가 뒷자리에 앉은 부대 타이피스트 핸드백에 흙덩이가 얹힌 걸 백미러로 보고 운전하는 미군과 같이 웃다가 그만 사고를 낸 것이다. 차가 돌담을 받았다. 타이피스트와 미군 장교는 무사한데 나는 아주 잠깐 의식을 잃었다가 깨어나고 이마에서 피가 흐르고 있다. 놀란 미군은 등에 업고 뛰기 시작한다. 상황이 우습기도 하지만 허둥대는 덩치 큰 미군이 안쓰럽기도 해서 어깨를 톡톡 치면서,

"나를 내려놓고 가서 다른 차를 가지고 오는 것이 빠르겠소."

하니까 내려놓으며 꼼짝 말고 있으라고 당부를 한다. 타이피스트는 옆에 와서 계속 울고 있다. 마침 지나가던 소방차에 의해 공군병원으로 옮겨지고, 상처는 그렇게 깊지 않다. 무엇보다 미안해서 쩔쩔매는 미군 장교의 모습에 이쪽이 더 미안하다. 매일 위문품으로 먹을 것을 잔뜩 사 들고 병원엘 오니 담당한 간호병은 좋아서 어쩔 줄을 모른다.

일주일 정도 치료를 해도 열이 내리지 않아 검사를 한 결과 결핵균이 진행성이란다. 그래서 퇴원하고 통원치료를 하란다. 퇴원은 했지만, 병원에는 가지 않았다.

머리에 붕대를 매고 출근을 하니까 그 미군 장교는 좋기도 하고 미안하기도 해서 쩔쩔맨다. 미군 장교에게 진심으로 괜찮으며 자신이 오히려 미안하다는 설명을 하고 신경 쓰지 말라고 했다.

얼마 후 붕대를 풀자 이마에 초승달 모양의 상처가 남아있다. 거울을 보면서 나는 또 특유의 낭만이 발동해서 이마의 상처가 재숙 씨를 사랑한 낙인으로 여기며 소중한 물건처럼 보고 또 보며 싱글거렸다.

휴일이면 더러는 미군 병사들과 한국 병사들이 이런저런 시합을 하기도 하는데, 이날은 야구 시합을 하게 되었다. 실력으로는 당치도 않지만 즐기기 위함이니까 형편없이 지는 경기라는 걸 알면서 했고, 예상대로 한국 팀이 졌다. 자기네가 넘버원이라고 짜증스러울 정도로 코앞에다가 엄지손가락을 들이밀어 대니까 화가 나서 "코리아도 넘버원이 있다!"라고 소리를 질렀다.

"무어냐?"

"마라톤이다."

라고 대답하자 주위에서 박수를 친다. 코리아 넘버 텐이라고 떠들던 미군 병사가 미군 퀀셋에 들어가더니 M1 단검과 장검을 들고나와서 나에게 단검을 주면서 결투를 청하는 것이다. 저 미군 상사는 술기운이 있기 때문에 위험하다는 생각도 들고 어리둥절해서 서있는 나에게,

"왜 칼을 안 받느냐, 비겁하다, 코리아 넘버 텐이다."

등 빈정거리며 약을 올린다. 좀 생각을 했어야 하는데 인간 신건호가 가장 싫어하는 비겁자란 말에 그만 칼을 들었다. 칼을 들면서 경솔한 짓이라는 생각을 했다. 그러자 미친 사람처럼 미군 병사는 1m도 넘어 보이는 긴 칼을 휘두르며 비겁자라는 말을 연거푸 떠들면서 정정당당하게 싸우잔다. 그게 어떻게 정정당당인가 단검을 주고 자신은 장검이다. 칼끝을 코앞에 들이대면서 약 올려서 대들게 유도를 한다. 처음에는 그리 심각하게 여기지 않았던 상황이 빠져나갈 수 없게 되어버렸다. 순발력 있는 나는 재빠르게 피하는 동작만은 자신이 있으니 그 방법밖에 없다는 판단이다. 그래서 제풀에 다운되도록 해야 한다. 정면으로 들어오는 칼을 어느 정도 가까이까지 들어오도록 두었다가 막바지에 상대가 남은 힘을 쏟을 때 잽싸게 피할 생각으로 잔뜩 집중하면서 점점 뒤로 물러서서 벽을 등지고 섰다. 미군 상사는 생각보다 필사적이다. 있는 힘 다해 칼을 내리치는 순간 잽싸게 몸을 돌려 쏙 빠진다. 순간 미군 상사는 몸을 가누지 못하고 칼은 칼대로, 상사는 상사대로 나자빠지고 만다. 그 꼴을 보고 나는 칼을 던져버리고 물러섰다. 구경하던 미군 병사들이 허리를 꺾어가며 웃자 창피한 상사는 일어나서 성난 사자처럼

덤빈다. 나는 빈손이다. 슬슬 뒤로 물러서며 던져버린 칼이 어디 있나 살피는데 화가 치밀었다. 상사는 이성을 잃은 듯 설친다. 칼부림이다. 그제야 사태가 심각함을 깨달은 미군들이 상사를 뒤에서 끌어안고 칼을 빼앗는다. 그때 나는 그 상사의 얼굴을 똑바로 바라보며,

"너야말로 진정 비겁하다."

침이라도 뱉고 싶은 심정으로 한마디하고는 돌아서서 걸었다. 왜 눈물이 날까? 분해서도 아니요, 억울함도, 슬픔도 아닌 눈물이 줄줄 흐른다. 어쩌면 분하고 억울하고 슬프고 다인지도 모른다. 아예 울음을 터뜨리고 말았다. 비애를 느끼기 때문이다. 말로 표현이 안 되는 피해 민족의 비애 같은 슬픔이지 싶다. 마침 알고 지내던 미군 하사가 지나가다가 울고 있는 나를 보고 캐물어서 알게 된다. 미군 하사는,

"미스터 신!"

"미스터 신!"

을 연신 부르며 억지로 데리고 그 장소로 갔다. 거기서 하사는 나의 복수라도 할 듯 미군 퀀셋 안으로 들어가더니 권투 장갑 두 개를 들고나와서 하나는 그 미군 상사에게 주면서 결투를 하자며 덤빈다. 그러나 상사는 전직 프로 권투선수였으니 피투성이가 되도록 오지게 맞은 건 하사다. 결국, 다운되고 말았다. 나는 화가 치밀어 긴장을 풀고 승리의 기쁨으로 만족해 하는 상사의 팔을 뒤로 끌자 돌아서는 상사의 면상을 빠른 동작으로 있는 힘 다해 주먹으로 쳤다. 바로 코피가 주르르 흐른다. 욱하며 신음을 하더니 체신도 조그맣고 보잘것없어 보이는 놈에게 얻어맞아 피를 흘리는 자신이 창피하니까 피를 닦을 생각도 않고 덤빈다. 나를

위해 복수 하려다가 피투성이가 된 미군 하사를 보고 이미 이성을 잃은 상태로 팔을 뻗어 순식간에 덩치만 크지 동작이 느린 상사의 얼굴을 쳤다. 눈을 맞은 것이다. 맥을 못 추고,

"억!"

하면서 그 큰 덩치가 주저앉아 버린다. 금시 눈두덩이 부어오르고 진하게 멍이 들었다. 허나 곧바로 일어나 권투장갑을 벗어 던지며 칼을 찾는다. 아무도 칼을 내주지 않고 칼을 달라고 아우성일 때 교통사고 났던 미군 장교가 나타났다. 자초지종을 듣고는 화해를 하라지만 호락호락하지 않다. 내가 체신은 작아도 보통은 아니란 걸 장교는 알고 있기 때문에 미군 상사를 설득해서 사과를 하게 한다. 서로 화해를 하게 되고, 그 일이 계기가 되어 상사와 하사 그리고 그 장교와 나, 네 사람은 아주 친해져서 제주도 바다에서 수영과 다이빙으로 또 코리아 넘버원이라는 소리를 들으며 친하게 즐겼다. 그렇게 나는 먼 남녘 땅 제주에서 전쟁 중인 군인으로서, 청년으로 성장하며 오히려 즐겁게 지냈다. 전쟁이라는 관념은 없고, 드넓은 활주로 클로버밭에서 포근한 정감을 느끼며 사색을 하기도 했다.

명령에 죽고 명령에 산다는 군인으로 산다거나 미군들과 어울리면서 사물에 대한 비판적인 인식을 갖게 된다. 나 자신이 자각할 수 있는 변화로 인해 시를 쓰는 태도에도 변하기 시작했다. 지금까지의 시에서 찾으려던 관념적인 정서에 대해서 회의를 하기 시작한 것이다.

내면적 추구가 행동의 경험이나 현실 체험 없이는 이루어질 수 없다. 설령 있다 하더라도 그것은 모래 위의 성이 된다는 것을 알게 되었다.

6·25라는 전란 속에서 하나의 갈대 같은 목숨을 가지고 전쟁의 말단 일원이 되어 역사의 소용돌이를 감수하려는 자신의 존재감이 너무나 초라해진 기분이다. 지금까지의 정신적 작업이었던 시를 짓는 행위들이 어처구니없이 철부지 소꿉장난으로 느껴진다.

지휘탑 근무인 나는 비행장 한가운데 높게 솟은 컨트롤 타워에서 이착륙 비행기에 각종 지시를 하는 것이 임무다. 중요한 임무다. 찰나라도 소홀하면 비행기끼리 충돌 또는 추락 사고가 발생한다. 1초의 시간 차가 얼마나 무섭고 끔찍할 수 있는지 모른다. 현대문명의 조직과 구조가 인간의 신념이나 개성 등을 초월하고 군림한다는 것을 깨달았다. 이런 상황이 인간, 즉 자신의 운명을 붕괴시키고 있음을 절실하게 일깨우는 것이다. 기상 관측용으로 띄우는 풍선이 고공으로 올라가면서 팽창하다가 기압이 아주 희박해지면 터져서 사라진다. 하루에도 수십 차례 올라가고 터지는 풍선을 바라보면서 기울어지지 말고 일직선으로 올라가기를 비는 자신의 소망이 한 번도 이루어진 적이 없다. 고공에는 잠시도 바람이 없는 날이 없으니까.

그런 풍선을 보며 자신의 내면과 흡사하다는 생각을 했다. 내면의 허망한 관념세계가 부풀다가 결국 내실과 외허를 균형 잡지 못하고, 터지고 사라진다는 생각에 미치자 새삼스럽게 절망감에 사로잡히곤 했다. 아픔과 슬픔, 우울한 심사를 달랠 길은 시를 쓰는 것이다. 일기든 시든 글자로 울분을 토하고, 글자로 시름을 달랜다. 내면의 수많은 풍선도 터지며 숨통을 튼다.

풍선기

초원처럼 넓은 비행장에 선 채 나는 아침부터 기진맥진한다. 하루 종일 수없이 비행기를 날리고 몇 차례인가 풍선을 하늘로 띄웠으나 인간이라는 나는 끝내 외로웠고, 지탱할 수 없이 푸르른 하늘 밑에서 당황했다. 그래도 나는 까닭을 알 수 없는 내일을 위하여 신열身熱을 위생衛生하며 끝내 기다리던, 그러나 귀처歸處란 애초부터 알 수 없던 풍선들 대신에 머언 山嶺 위로 떠가는 솜덩이 같은 구름 쪽만을 지킨다.

전쟁이라는 인류의 슬픈 비극과 현대라는 운명 속에서 살고 있는 인간의 고민을 통감하면서 쓴 시다. 이런 역사적 시점에 선 민족의 위치와 그 민족의 한 청년인 내가 치러야 할 시련이 무엇인가를 고민하게 된다. 그래서 사물을 보는 눈이나 현실을 보는 기준이 과거와는 다를 수밖에 없다. 심미적이고 아름다움을 추구하던 과거와는 달리 비판적이 되고 지난날 쓴 자신의 시가 유치해 보인다. 그것들은 아름답기에 앞서 가열한 것이며, 기쁨보다는 땀이라는 생각이다.

'풍선기'라는 스케치 식의 시를 거의 매일 쓰다시피 하고 있다. 에스프리가 절박할 때는 하루에도 두세 편씩이나 쓴다. 내가 매사 실증을 잘 느끼는 성격임에도 詩作에만은 게으름 없이 열중했다. 詩作뿐 아니라 시를 쓰면서 자신에 대한 고찰과 추구의 기록도 많이 했다. 일기장은 매일 매일 빽빽하게 채워지고 있다.

예를 들면

오늘도 나는 전신으로 세계를 감각하고 역사를 감각하고 나를 감각한다.
　그리하여 나는 그것들에게 반응한다. 의미로 반응할 때 詩가 되고
　현상으로 반응할 때 행동이 된다. 이 끊임없는 감응의 진폭이 나의 존재를 보증하고 생명을 전진시킨다.

　이때 일기는 하루 일과의 기록이 아니라 정신적 충동과 폭발하고픈 감정 저항 같은 것이다. 규칙에 적응하지 못하는 내가 모든 규범을 지키는 시를 쓴다는 것은 철부지들의 반항 같은 무엇이 치민다. 나는 그런 기분을 그대로 표출해야 하는 사람이다.

　바로 이것이 내 시가 어떤 정신상태에서 태어나는지를 말해준다. 완전체라기엔 아직 이른, 즉 의미(언어), 현상(행동)의 양극에서 의미 쪽으로 많이 편착偏着된 상태이기 때문에 불만적인 경향이 많다고 할까? 나는 어릴 적부터 병약하고, 어머니의 품에서 벗어나지 못한 상태로 나이는 청년기지만, 정신상태는 소년인 만숙晚熟이었다. 나름대로 혼자서 진지하게 고민을 한답시고 고작 냇물로 가서 자기 욕망의 씨를 불결하게 생각한 나머지 자책하며 씻으려 애를 쓰는 것이다.
　조숙한 사람은 십사오 세에 통과하는 과정을 스무 살이 넘어 군인이 되어 치른다. 그런 내가 오염되지 않은 감수성을 발동시킨 제주 비행장에서의 보고 듣고 느끼는 모든 것이 어색하고 불안하지 않은 게 없다. 비극의 무대에서 내 정신세계는 숨죽이지 않고 무엇인가를 갈구한다.

그렇게 자기 의미를 알고자 애를 썼다. 그리하여 제주 비행장에서 근무하며 내면에 있는 자기를 표현하기 시작했던 것 같다. 꼬박꼬박 시와 일기로 속에 것을 내놓는다.

지금까지 지니고 있던 시구詩句나 개념, 시 작상의 방법이랄까? 규범 같은 것에 맞추어 내놓으려면 마음속에 괘어 있던 감정들이 풀려 나오지 않아서 답답하고 괴롭다. 모든 고정관념을 내동댕이치고 떠오르는 이미지 그대로 솟구치는 어구를 그대로 쓰면 속이 시원하게 풀려 나온다. 즉 누구의 시학도, 시론도 아닌 바로 나 자신의 속에서 발생하는 그대로 쏟는 것이다. 자신만의 착상과 처리법이라고 나름대로 시론을 말하는 것이다.

오늘은 오월이다. 구태여 초원이라고만 부르고 싶은 비행장에 서면 마구 망아지 모양 달리고 싶었으나 컨트롤 타워의 신호에 나는 신경을 집중해야만 했다. 망아지 같은 마음은, 망아지 같고만 싶은 다리는 동결된 동자 같은 의식만을 반추하며 무던히도 체념을 잘해버리고… 그래나 대신 풍선을 띄었으나 하늘은 1019 밀리바의 고기압 속에다 무수한 우리들의 관념을 삼키고말고. 오늘은 오월이 베풀고 있는 서정이 언지만 불모풍경의 나의 벌판에는 서서 부를 슬픈 노래는 없다.

「풍선기」2호다. 어쩌겠나, 얽매이는 것이 싫고 또박또박 규범을 지키는 것도 못하니 이렇게 멋대로 써야 속이 풀리는 것을. 시론이 소용없는 그야말로 자신만의 시요, 자유로운 시다. 타인이 인정을 하든 말든 상관이 없다. 쓰고 싶은 대로 쓴다.

나의 벌판에는 서서 부를 슬픈 노래는 없다. 슬픔을 가득 안고 서서 부를 슬픈 노래가 없다.

또 다른 변화가 왔다. 부대를 이동하게 된 것이다. 이국적인 정서에 젖어있던 제주도에서 경남 사천 비행장으로 가게 되었다. 섬사람들이 말하는 육지로 간다. 그들의 육지는 우리들의 본토라는 개념과 의미가 다르다. 어떤 동경 같은 감정이 버무려진 육지다. 나도 그런 개념의 육지가 된 사람이다. 그러나 처음 발을 디딘 사천 비행장은 장마철이라 더한지 말 그대로 진흙 구덩이다. 푹푹 빠지는 흙탕물이 무릎까지 올 정도다. 모든 조건이 싫다. 한 달도 못 되어 이질에 걸려서 고생해야 했고, 물이 맞지 않아 늘 배 속이 불편하다. 저주스러운 곳이다. 누구에게 화를 낼까. 불만을 털어놓을 대상은 일기장이다. 제주도에서 재숙 씨 꿈을 꾼 날 교통사고를 당했듯이 또 일이 벌어진다.

노랑 저고리에 남색 치마를 입은 그녀가 시골 논둑에서 나물을 캐는 모습을 본 꿈을 꾼 것이다.

그날, 미국 군사고문단 소속의 미 공군 조종사인 흑인 대위 한 사람이 전역을 하고 귀국하는 환송 파티가 진주에 있는 모 호텔에서 있는 날이다. 호텔로 가기 위해 차가 진주 시내를 들어설 때 달리는 차 앞으로 어린이가 걸어 나오는 걸 본 운전수는 그 아이를 피하려고 급한 마음에 무조건 핸들을 돌린 것이다. 달리던 속도 때문에 탄력이 있는 상태로 아름드리 가로수를 받은 것이다. 포장도 없는 차의 운전대 옆에 앉아있던 나는 깡마르고 작은 내 몸이 공중으로 튀어 올라 가로수에 부딪고 땅에 떨어진 것이다. 나는 의식을 잃었고 마침 뒤따라오던 비행단 의전 대장 박천규 박사님의 응급조치를 받고 지프에 실려 부근 민간병원으로 가서 처치를 한 후 의식이 돌아왔다. 부대로 돌아가라는 의전 대장의 명을 어기고 나는 고집으로 호텔로 갔다. 그날의 주인공 흑인이 특별한 사람이기 때문이다. 떠나는 흑인 대위는 학력도, 교양도 인격적으로 제대로 된 지성인이기도 하지만, 조종술도 특별한 사람이다. 게다가 떠나는 흑인에게 마음이 끌리는 것은 무언가 동질감을 느끼기 때문이지 싶다. 어딘지 모르게 백인 장교들에게서 느낄 수 없는 애수를 담은 표정에 내 마음을 주게 된 것이다. 홀에서는 춤판이 벌어지고, 나는 한쪽에 앉아 그 몸으로 양주를 홀짝홀짝 마시고 있었다. 아무래도 무리를 한 것 같은 느낌이 들어서 또 쓰러지는 사태가 벌어지기 전에 호텔 룸을 하나 얻어서 쉰다는 것이 잠이 들었다.

이튿날 갱신을 못 했다. 고열에 옆구리 저림에 숨이 가쁘기도 하다. 그렇게 실려 간 후 사흘 만에 또 늑막에 고인 물을 빼는 상태가 되었다. 늑막에 물은 빼냈지만, 천막 야전 병원의 한여름 더위는 지옥 중에도 지옥이다. 차도가 없자 마산 공군병원으로 옮겨진다. 갓 창설된 그곳 요양소는 환자도 겨우 여남 명 정도요, 중환자도 없으니 의무병이나 의무장교와 환자가 벗이 되어 평화롭게 지내는 분위기다. 나하고 아주 딱 맞는 분위기다. 공군병원 원장은 우리나라 내과계의 일인자이며, 결핵의 권위자인 박병래 박사다. 무게가 보이고 담담한 풍모지만, 친절이 몸에 밴 분이시다. 새로 입원한 환자에게도 무척 친절하시다. 입원한 지 일주일 정도 후 열은 평정을 찾았다. 이곳에서 머물면서 박병래 박사의 치료를 받게 되었다. 나에게는 재미와 자유를 누린 시간이 된다. 물론 내가 재미있었다는 것은 말썽을 부리고, 담당의 지시를 어긴다거나 약을 먹지 않는 등 일 저지래가 내포된다.

그중에서도 군의관 회의에서까지 규탄을 받는 사건을 터뜨렸다. 햇빛에 오래 있지 말라는 의사의 지시를 잊은 건 아니지만, 마산 수영대회에 몰래 출전하여 1등을 하는 바람에 지방 신문에 사진까지 발표된 것이다. 더구나 항에서 제법 거리가 먼 섬까지 왕복이다.

이렇게 말썽은 도맡아 저지르지만, 의사들이나 주위 환자들까지 나를 좋아하며 따르는 것이 내가 생각해도 이상타. 손이 귀한 집 외동처럼 박사님께 떼를 쓰기도 한다. 무슨 연유인지 그 응석을 다 받아주시는 박사님이 이젠 퇴원하겠다고 고집을 부리는 나를 말려도 듣지 않자, 주말마다 사냥 다니는 것까지 동행을 한다. 한동안 사냥 다니는 재미로 퇴원시켜달라는 응석이 없다가 실증을 잘 느끼는 나의 성격이 어디 가랴. 또 시작한다. 원장은 생각 끝에 분위기를 바꿔보자며 다시 본원으로 가기를 권한다. 나도 대찬성이다.

본원으로 옮기기 위해 원장 지프차에 동승을 하고 병원을 나서자 수십 명은 될 것 같은 이웃 동네 아이들이 진을 치고 있다가 차를 막는 것이다. 툭하면 병실 비우고 동네 나가서 아이들이랑 흙투성이가 되어 장난치고 놀면서 정이 든 것이다. 자세히 보니 아이들뿐이 아니라 부모들도 있다. 차에서 내려서 설득을 해본다.

"군 복무 중이고, 군의 일은 이렇게 사사롭게 해결할 수 없어요."

설명을 하지만 아이들은 막무가내로 나를 둘러싸고 놓아주지 않는다. 아이들의 어린 정에 감동받은 나는 퇴원하겠다는 욕망이 사라졌다. 원장도 주저앉기를 권하고 해서 다시 더 있기로 하고 짐을 풀었다. 아이들이 좋아서 환성을 지르는 소리가 잠자리에서 눈을 감아도 선하게 들려온다. 허나 언제까지나 머물 수는 없다. 한 달 정도 후에 나는 빚쟁이들이 야간도주하듯 밤에 떠나는 우스꽝스러운 일이 생긴다.

본원으로 왔다. 나를 결핵 환자가 없는 본원으로 보낸 박병래 원장의 뜻은 개방성 환자가 아니기 때문이기도 하지만 분위기를 바꿔서 기분 전환을 하라는 것이다.

본원으로 아이들의 위문편지가 오기 시작했고, 주머니에 넣고 다니며 문학 작품처럼 읽고 답을 하곤 했다. 무엇보다 요양원이 아니기 때문에 절대 안정 지시가 없어서 좋다. 맘 놓고 들로, 산으로 나다니는 것은 보통이고, 시내 다방에 나가면 피난 와있는 시인들이 모여서 떠드는 모습을 한쪽에서 지켜보는 것도 재미가 있다. 김춘수, 이원섭, 송욱, 김남조 등의 시인들이다.

「풍선기」를 쓰기 전까지만 해도 이분들의 작품에 대해 비판을 하지 않았다. 그러던 내가 「풍선기」를 쓸 무렵 시에 대한 일반적인 고정관념이나 규율을 벗어나 자신만의 시를 쓰기 시작하였으니 나름대로 비판할 의견이 생긴 것이다. 내 시가 저들과 공통되는 것이라면 동석해서 조언도 듣고 공명共鳴할 것이지만, 저들의 안목으로는 이단적이거나 규격에 어긋난 것이 될 터이다. 내 생각은 오히려 지극히 동양적인 관념에 묻힌 저들의 시가 못마땅하다. 선생님의 구령에 맞추는 어린이들 같다.

사실 이런 표현은 점잖게 한 게다. 서로가 비아냥스럽다.

어찌 되었건 자유롭게 입원생활을 하는 것도 다 박 원장님의 배려 덕분이란 걸 안다. 이것은 완전히 치외법권적인 분위기라 할 수 있다. 이런 특권을 누리면서 또 퇴원을 조르기 시작했다. 공군병원 규정에는 반년이면 제대를 시키는데 왜 퇴원도 안 시키느냐고 조른다. 인사처장의 답변은,

"당신 같은 병원 생활이라면 평생 있으라고 해도 좋다고 하겠수."
라고 말하면서 반응이 없다.

천방지축인 나는 병원을 무단이탈해서 사천 비행장으로 갔다. 이런 나를 두고 자유분방이라고 표현하는 것은 지나치리만큼 좋게 표현한 것이다. 민주주의를 부르짖는 나에게는 민주주의의 가장 기본인 질서와 준법정신이 결여된 막무가내다. 다른 곳도 아닌 군 복무 중이다. 왜 이러는지 나도 모르겠다. 싫증이 나기 시작하면 감당할 수가 없다. 어릴 적부터 어머니의 엄한 가정교육이 오히려 그 굴레를 벗어나고픈 욕망을 키운 꼴이 된 것 같다. 하는 수 없이 박병래 박사는 사천 비행단장 앞으로 의뢰장을 보낸다.

'몸이 아직 성치 않으니 격무를 시키지 말고 입원을 시켜주십시오.'

그렇게 입원이라고 했지만 내 생활은 전과 다를 리가 없다. 3주째 되는 날, 엄청난 양의 각혈을 하고 의식을 잃는 사태가 벌어졌다. 나는 이 지경이 되고서야 깨닫는다. 그동안 자신이 예뻐서 가는 곳마다 특별하게 봐준 게 아니라 몸 상태가 심각했다는 것을. 폐가 망가져서 3분의 1밖에 남지 않는 상태였던 것이다. 우선 몸을 움직일 수 있으니 웬만큼

숨이 차도 어릴 적부터 숨이 찬 상태로 살았기 때문에 익숙해져버린 것이다. 그래서 마산 요양병원에서 안정을 요했으나 지키지 않고 멋대로 무리한 것이 이런 결과를 가지고 온 것이다.

겨우 회복 단계일 때 제대 명령이 떨어진다. 그야말로 어긋난 길만을 걸으며 여기까지 온 26세 신건호가 공군에 입대해서 복무한 지난 3년을 돌아보면 평범하지 않다.

전쟁 중, 병사 한 명의 효과는 배당된 임무를 수행하기만 하면 된다. 그것이 전쟁의 목적에 충실한 것이다. 예나 지금이나 전쟁의 목적이 신성하든, 정의롭지 못하든 간에 적의 총부리가 노리는 목숨을 지키기 위해 싸워야 하는 필연적인 운명이란 것 또한 현대인의 비극이다.

그런 비극의 무대에서 사춘思春의 순정과 감수성을 발동시킨 삼 년 동안 보고, 듣고, 겪고, 느끼는 모든 것이 나에게는 불안했고, 당황스러웠다. 때로는 전쟁과 전쟁에 사용되는 기계들에 자신을 동화시키려고 노력도 했지만, 한없이 외로웠다. 실의와 불연속성을 배회했다. 전사자와 부상자들을 보는 것보다 자살자와 정신 이상자를 보는 공포와 슬픔이 더 무섭고 고통스러웠다. 지치고 지친 나는 모든 것을 체념하고 인격 실추자가 되고, 개성 상실자가 되어버리겠다는 일종의 자포자기의 군생활이었던 것 같다. 그러나 자신이 생각해도 참 묘한 것이 포기의 일과인데도 일종의 영원한 노스탤지어처럼 그리움 같은 마음이 내면에서 손짓을 하고 있음을 느낀다. 무엇인지는 알 수 없지만 어떻게 보면 비틀거리는 나를 지탱해준 원동력이 아닐까 싶기도 하다. 표면상은 잘 모르겠지만, 음식에 소금간이 골고루 배어들 듯 나의 사고와 일상에는 그녀를 향한 그리움이 배어있는 것 같다. 그것이 차츰 빛을 발하며 살아나고 있는 것이다. 그 빛이 새로운 감각과 감정으로 조금씩 생기를 돋우고 있다. 그래서 전쟁의 의미, 역사의 의미, 인간의 의미, 죽음의 의미, 사랑의 의미들이 솟구치고 정신세계를 흔든다. 그것은 나를, 생각하게 하고 자라게 한다. 마침내 내면에 있는 무엇인가는 기쁨도 슬픔도 아픔도, 싫음과 좋음의 엄폐도 회피도 없이 고스란히 받아들이고 느낄 줄 아는 정신이 되어 점점 고개를 든다.

그것이 바로 자신 안에 있는 '인간'이다. 그런 상황 속에서 그 '인간'이 자신을 표현하기 시작했다. 그 어떤 시학도, 시론도 아닌 나 자신의 발상이요, 자신의 방법으로 규범 없이 시를 쓴 것이다. 그 착상과 처리법을 토대로 나만의 시 창작을 하고 있었다. 그렇게 비행장 근무 중 틈틈이 무수의 시구들을 기록했다. 자신만의 창작 법으로 엄청나게 써 재낀 일기와 시들, 돌아보니 그중에서도 「풍선기」가 중심이 된 것이다.

제7장

세상의 부조리

_ 군인이 되어서도 정신상태는 내가 생각해도 사춘思春이었다. 이제 겨우 청년이 된 기분으로 전역을 했다. 고향 청주에서 틈틈이 청소년 시 창작 지도에 재미를 붙이며 숨통을 트여주고 있다. 『충북신보』, 『사회일보』 등 일간지 논객으로 활동하면서 시사교양지와 문예지 등에 문학평론을 하기도 한다. 이렇게 사회를 향해 하고 싶은 말을 할 수 있어서 좋다. 논설은 주로 이승만 대통령의 독재를 비판하거나 독재 권력에 빌붙어 손바닥 비비는 뇌가 썩은 지성인들을 꼬집는 편이다. 많은 문인이 몸을 사리고 움츠리고 있으니 울화가 치밀어 더 들이대는 편이다. 우남족(이승만의 호), 또는 만송족(이기붕의 호)이라는 별칭을 쓰며 조롱하기도 한다. 드디어 세상 속에 들어온 느낌으로 문학 활동을 하면서 '푸른 문' 문학 동호회를 결성하여 청소년 문학 서클의 고문 노릇을 한다. 청소년들에게 당당한 인간으로 성장하기를 권한다.

자신이 당당하다는 것은 거리낌이 없다는 뜻이기도 하다. 양심을 속이지 않으면 얼마든지 당당하게 자기 뜻을 주장 할 수 있다고 가르친다. 글짓기란 영혼이 거리낌 없어야지, 영혼 따로 말재주 따로 흐르는 글은 문학이 아니라 말장난일 뿐이라고 가르친다. 글짓기보다 인간이 되기를 지도하는 편이다.

1955년 충북문화사가 제정한 충북문학상을 한사코 사양했지만, 부끄럽게도 수상을 하게 되었다. 수상을 하면서 충북의 문인으로 자리를 잡았다고 하지만 마음은 무겁다. 활동을 해야겠다는 마음에 군 시절 쓴 풍선기를 『동아일보』에 연재하기 시작하면서 그중 한 편이 『동아일보』 신춘문예에 가작으로 당선되었다. 『한국일보』에는 「봄 강물」이라는 시가 가작으로 당선되었다. 가작이라니 이왕에 이렇게 되고 보니 은근슬쩍 창피한 마음도 있고 해서 다시 『조선일보』에 「풍선기」 6호~ 20호를 연재하면서 신춘문예에 당선되었다. 이제 조금 체면이 서는 것 같다. 그 바람에 달갑게 여기지 않던 문단에 정식 등단을 한 것이다.

또한, 동아출판사에서 몇 번 손짓을 해왔지만 별 관심 없었던 시집을 출간해줬다. 시집 『풍선기와 제3 포복』이다. 그 시집엔 「풍선기(風船期)」가 1호(號)에서 20호까지, 「제삼포복(第三匍匐)」이 1장(章)에서 4장까지 수록된 것이다. 출판사에서 후기를 청해왔다. 나를 비웃는 기존의 시인들 보란 듯 이렇게 썼다.

자멸존망自滅存亡 직전의 고압적인 풍토를 배회하는 인간들이 그 철저한 현실을 절박한 역사적 감각과 선각적 지성으로 타계하려는 다이

내밀한 의식, 즉 세계사가 요구하는 인간 행위를 행하여야 하는 이때에 어찌 시흥 중독자들이 일삼는 매너리즘 된 시적 품격과 예절만을 지킬 수 있겠는가 하는 생각이 그들의 규격으로는 시이기 이전의 생경한 발성의 소묘를 내놓게 한 것이다.

여기에 실린 작품들은 모두가 고전적인 시의 형태를 파괴하여 산문시 散文詩의 형태를 취한 것이나, 영국의 모더니스트들이 초기에 보인 것과 같은 애상(哀傷)이 전편에 흐르고 있고, 또 그들이 다수 동원된 점은 모더니즘의 영향이었다. 본래는 제3 포복이 1장부터 7장까지 7편으로 구상했던 것이나, 이 시집에는 그중 1~4장만이 수록되었다. 이들 네 편의 작품은 일종의 파멸의식이나 위기의식에 젖어있는 점에서는 풍선기와 일치하고 있다. 대체로 이 시집은 산문적인 요소의 도입, 생경한 언어의 채용, 역사적(歷史的) 감각(感覺)의 작용 등 일련의 대담한 작업이 시도되었기 때문에 많은 문학인 특히 젊은 문인들에게 큰 관심사가 되기를 바라는 마음이었는데 실제 많은 관심을 얻었다. 하지만 기존의 시인들로부터 뼈만 있지 살이 없다는 비판도 들었다. 또는,

"그게 절규지 시냐."

고 하면서 그건 예술이 아니라는 시인도 있다. 한편,

"현실과 너무 대결하듯 설치다가 무슨 변이라도 당할까 걱정돼."

하는 소극적인 자도 있다. 허나 전혀 개의치 않는다. 오히려 나는 콧방귀를 낀다. 내가 저항만 한 것은 아니다. 전쟁의 흔적들, 아픈 상처를 토하기도 한다. 『사상계』에 연재한 조건사 중 전쟁의 상처를 '의족'에 비

유해서 쓴 산문체 시가 있다.

　'의족을 끼고 절그럭절그럭 또 절그럭절그럭 걸어가면 황혼과 지평선
　이 더욱 세월처럼 멀 수밖에 없다. 머어른 그 인생을 아침마다 숙면 후
　의 개운함으로 채우곤 하면 되는 축지법도 있긴 하다는데 어찌하여 내
　가 발 멈추어 눈감고 기대어 서보는 도정표道程標들은 왜 자꾸 한숨과
　맞바뀌며 쓰러져버리기만 하는 것일까.'

　어차피 전쟁의 상처를 안고 사는 사람들의 삶이 도정표를 뛰어넘어
신천지로 날아갈 수는 없는 것이니 평생을 그렇게 절그럭거리며 살 수
밖에 없는 앞날이 훤히 보이니 오죽하면 한숨의 바람에 도정표가 쓰러
질까. 전쟁의 후유증으로 아픔을 견디고 있는 모든 이들이 뼈에 사무
치도록 공감하는 시가 되고 있다. 서울로 올라가서 직접 토론을 하고
싶다.

　모처럼 조용하게 수양을 하면서 어머니도 한시름 놓은 평화로운 겨울
이다. 어쩌면 어머님은 이 평화로움조차 불안하실지 모른다. 설이라서
차례를 지내고 나서 형 내외와 조카들은 가고 심심해서 책을 들고 앉았
다. 그때 그림 공부를 하는 친구 동수가 어머니에게 세배하러 왔다. 같
이 떡국을 먹고 오랜만에 시내 찻집이나 가자며 나와서 길을 걷던 중에
보통학교 친구를 만났다. 반갑게 악수를 하며 잠깐 안부를 묻고 그 친
구가 좀 바쁜 듯 네 둘레를 살피곤 해서 바로 헤어지고 둘은 걷던 길을

걸으려고 막 방향을 돌리는데, 갑자기 덩치 좋은 남자 둘이서 우리 두 사람을 툭 치며 붙잡아놓고 방금 우리와 만났던 이름도 제대로 기억나지 않는 그 친구 손목에는 수갑을 채웠다. 황당하기도 하지만 이유는 알아야겠기에 사연을 물었더니 잔말 말고 따라오란다. 설마 죄지은 것도 없는데 어떻게 하겠느냐는 마음으로 따라가지만 불안감, 공포감보다 떨치지 못하는 건 황당하고 억울하며 자존심이 요동을 친다. 뭘 묻기만 해도 이 새끼, 저 새끼 하며 구둣발로 마구 차곤 한다. 지서에 도착해서는 동수 친구에게 정복 경관이 대뜸,

"서로 무슨 연락 했어?"

"연락이라니 누구와 무슨 연락을 해요?"

친구가 도로 묻자 다 알고 있다며 고생하지 말고 바른대로 말하란다. 뜬금없이 남로당에 언제 입당했느냐고 묻는데 하도 어이가 없어 무슨 말을 어떻게 해야 할지 몰랐다. 아니라고 대답하면 구둣발로 마구 차고 아닌 것을 기라고 했다가는 진짜 빨갱이로 몰릴 판이다. 신분을 확인할 수 있는 사람에게 전화라도 하게 해달라고 했지만, 가능 여부를 떠나서 돌아오는 건 발길질과 욕설이다. 항변하다가 애국봉에 맞아 친구가 쓰러졌다. 그 장면을 보다가 왈칵 치미는 분노에 이성을 잃다시피 설치면서 벽에 걸린 경비 전화를 들었다. 외부로 전화하는 것은 아니니까 약간 소홀하더니 헌병대, 헌병대를 연결하라고 부르짖자 또 발길에 차여서 쓰러졌다. 무조건 생사람 잡지 말고 신분 확인을 하라고 악을 쓰지만 눈 하나 깜짝 않는다.

"이 새끼야 신분 확인하는데 헌병대는 왜?"

어떤 특권자의 이름을 팔겠다고 생각한 자신이 굴욕스럽지만, 워낙 긴박한 사항이라,

"헌병대장이 우리 아저씨거든요."

라고 해버렸다. 마침 헌병대에서 전화가 오는 듯했다. 신건호의 이름을 대기도 하더니 신분이 확인되었다며 나는 가란다. 그런 상황에서 친구를 두고 혼자 집에 가는 사람은 없을 것이다. 한참을 실랑이를 벌이다가 친구가 자백을 했다는 말에 기가 막혔다. 아니라며 고함을 지르자 떠밀리고 맞으면서 파출소 바깥으로 쫓겨났다. 분명 고문에 지쳐서 허위자백을 한 것이다. 친구가 안타까워 동동거리고 있을 때 동수 아버지가 헐레벌떡 오셨다. 이미 자백을 했고 조사가 끝났으니 경찰서로 이송하겠다며 할 말 있으면 경찰서로 가서 하란다. 동수는 아버지를 보더니 고문을 견디지 못해 그렇게 대답해버렸다며,

"아버지! 아버지! 절대 아니유!"

외친다. 아버님께서 조서 꾸미는 형사에게 여러 차례 매달리고 사정도 하지만 욕설뿐이다. 아버님은,

"이보게 건호, 자네는 어떻게 돌아가는지 좀 지켜봐주게."

하시고는 황급히 나가시고 나는 경찰서로 먼저 가서 기다렸다. 호송차가 들어왔다. 동수가 포승에 묶인 상태로 양쪽 겨드랑이를 두 정복 경찰에게 빼앗긴 채 안으로 들어갔다. 나는 항변을 하다가 쫓겨나고를 수차례 하다가 날은 어두워지고 점심도, 저녁도 거른 채 구정의 혹독한 날씨에 경찰서 정문 밖에 쪼그리고 앉아 한없이 울기만 했다. 세상이 어쩌자고 이렇게 돌아가는 걸까. 쪼그리고 앉아 바라보는 경찰서는 무슨

악마의 소굴 같은 느낌이 든다. 아버님이 서장에게 부탁은 했지만, 밤이라 뾰족한 수가 없나 보다. 통금이 가까워지자 아버님은 집으로 가시도록 간곡하게 권하고는 정문 밖에서 밤을 새우고 있었다. 추위와 시장기, 종일 악을 쓰며 공포에 시달린 피로까지 겹쳐서 곧 쓰러질 것 같지만 이를 악물고 버티는 것이다.

발은 이미 감각이 없어져서 시린지 어떤지도 모르겠고, 오금이 펴지지도 않는다. 전봇대에 기대어 쪼그리고 앉아서 정문만 주시하는 나에게 입초 경관이 교대할 때마다 다가와서 말을 걸기도 한다. 그렇게 밤을 새우고 동살이 퍼지기도 전에 아침 사이렌이 분다. 정신을 다듬고 일어서려니 오금이 펴지지 않아 한참을 주무르다가 일어섰다. 점점 날이 밝아지고 해가 뜨려고 아침놀이 제법 풀리는데도 아버님은 오시지 않고 석방 소식도 없다. 열이 오르는지 몸이 떨리고 한기가 오기 시작할 무렵 달려오신 아버님은 나의 몰골을 보고 깜짝 놀란다.

"여기 바깥에서 밤을 새운 거야?"

하지만 동수의 석방 소식에 잠시나마 기운이 솟아 동수가 나오기를 기다렸다. 밤새 무슨 일이 벌어졌는지 동수는 부친의 등에 업혀서 나온다. 말없이 다가가 친구의 손을 잡았다. 동수는 눈을 뜨고 건호를 보자 와중에도 빙그레 웃고 있다. 둘은 서로를 알 수 있었다. 눈물을 속으로 삼키고 있다는 것을. 세상을 향해 총이라도 쏘고 싶은 심정을.

저녁까지 푹 쉬고 나면 괜찮아지려니 생각하고 누우려 하지만 어머니의 성화에 억지로 한술 뜨고는 눕는다. 자다가 깨다가를 번복하는 동안 계속 열이 나고 헛소리를 하니까 어머니가 연락을 해서 민중병원 의사가 왕진을 왔다. 고열과 헛소리는 다음 날도 멈추지 않았다고 했다. 의사는 몸을 너무 혹사시켜 병이 급성으로 악화되었다며 마이신 주사를 놓았다.

"이렇게 의사의 말을 안 듣고 자신의 몸을 학대하는 사람은 치료해주기조차 싫어지는 거요. 나도 내가 모르겠소. 미운 환자를 왜 자꾸 신경을 쓰는지요."

다음 날도 마이신 주사를 놓으면서 처음으로 의사는 바른말을 하셨다. 나도 전부터 늘 느끼며 생각하던 문제인데 올 것이 온 게다.

닷새 만에 동수가 왔다. 터진 입술이며, 얼굴에 피멍이 선명한 상태다.

"글쎄, 내가 미리 남로당에 입당이라도 해두었으면 속 시원하게 불었으면 좋을 텐데 말로 형용할 수 없는 고문의 고통에서 도무지 자백할 건더기가 없다는 것도 답답하더라."

"모두가 다 혐오스럽다."

친구의 말에 오싹하도록 온몸에 전율을 느낀 것이다. 무고한 시민을 범죄자로 낙인찍으려 애쓰는 형사가 소름 돋도록 혐오스럽다. 얼마나 고통이 심했으면 사람의 심리를 정상에서 벗어나게까지 할까. 얼마나 비인간적인가? 말로만 듣고는 실감이 안 나던 세상이 이 정도로 비뚤어지고 있는 줄 몰랐다. 그 사건 후부터 경찰서 앞을 지나기도 싫고, 파출소가 집에서 가까워서 그때 그 형사를 길에서 만나면 자신에게 있는 독기를 다 모아서 째려보곤 했다.

"그런데 말이야, 무조건 경찰복 입은 저들만 나무랄 수도 없더라. 진짜 남로당 당원들도 보통 독종이 아니더라, 고문받다가 목숨이 끊어지면서도 누구의 명을 받았느냐는 질문에 함구하더라. 고문받다가 죽길 원하는 자도 있데. 그렇게 되면 영웅 대접이라나, 뭐라나. 어쨌든 의심이 되는 사람에게는 자백을 받아야 하는 것이 형사들의 임무잖아."

친구의 말을 아무리 이해하려고 해도 이해에 접근조차 할 수 없는 것이다. 저들은 어느 나라 국민이며, 어느 민족인가. 같은 민족, 같은 국민이 생각하는 방향이 다르다고 저토록 잔인하게 적이 되어야 하는가? 설령 동수가 빨갱이라 해도 경찰은 잡아서 그의 죄목에 맞는 법적 처벌을 요하는 조서를 작성해서 검찰에 넘기면 되는 것을 말이다. 사람이라면 짐승에게도 그렇게 잔인한 폭행은 못 할 것 같다. 지은 죄도 없이 힘에 의해 붙들려가고 무조건 두들겨 맞아야 하는 시민들을 민주국가의 시민이랄 수 있는가? 만일 동수의 부모가 가난한 농민이었다면, 그래서 손쓸 형편이 아니었다면 그대로 빨갱이가 되어 들어갔을 터다. 그렇게 천추만대에 한이 되는 억울함을 당한 사람이 얼마나 많을까? 또 그렇게 잡혀가서 억울한 죽음을 당하는 사람은 얼마나 많을까? 그런 세상이다. 나의 울분에 친구 동수는 마치 경찰국 대변인이라도 된 것처럼,

"조서를 꾸며야 넘기잖아. 진술서 없이 어떻게 넘기냐? 저들도 다 나름대로 사정이 있다고 생각해. 별수 없이 나라가 어느 정도 안정되고 제대로 민주국가가 될 때까지 우리는 살얼음판 걷는 만큼 조심조심 살자. 나 정말 인간도 짐승이 될 수 있다는 걸 알았어."

"죄 없음이 밝혀졌을 때 무고한 사람이 죽도록 고문당하고 두들겨 맞은 보상은? 억울함은?"

공부와 그림밖에 모르던 친구 동수가 오랜만에 만난 동창과 길에서 악수 한번 한 것이 죄가 되어 혹독하게, 아니 죽지 않을 만큼 두들겨 맞더니 세상이 무섭단다.

"동수야, 나는 그럴수록 화가 난다. 제4대 정부통령 선거가 코앞에 닥치니까 저넘들이 눈에 불을 켜고 설치잖아. 게다가 야당 후보 조병옥 박사가 세상을 떠나시니 안전하게 대통령을 네 번째 하게 되었어. 나라 꼴이 어떻게 되려고."

"쉿! 말조심해. 내 꼴 당하겠다. 나라는 정치인에게 맡기고, 너는 문학에 충실해서 노벨문학상이라도 수상해. 그것이 애국이여, 나는 미술에 빠지고."

가슴이 터질 것 같다. 저승꽃이 얼굴에까지 만개한 이승만 대통령이 임기 중 사망할 경우 대행할 부통령이 관건이다. 이기붕을 부통령으로 당선시키기 위해 온갖 부정을 저지른다. 반대하고 바른말 하면 반공법 위반죄로 씌운다.

사실 문학도 청소년에게 민주주의 국가에서 반공은 당연하다고 설명한다. 그리고 민주주의를 바로잡아야 공산주의가 쪽을 못 쓴다고 지도한다. 국민이 확고한 민주주의 관념을 가지고 있다면 반공교육은 필요 없지 않은가? 즉 반공보다 민주주의가 먼저라는 논리다. 그러던 중 아니나 다를까 터질 것이 터졌다.

1960년 4월 12일 자 『부산일보』를 받아 든 독자들은 신문에 실린 사진 한 장을 보고 큰 충격을 받는다. 머리와 눈에 최루탄 탄피가 박힌 채

마산 중앙부두 앞바다에 떠오른 김주열의 주검. 마산상고 입학시험을 치르기 위해 전북 남원의 집을 떠나 마산의 할머니 집에 머물고 있던 김주열은 마산에서 부정 선거 규탄 시위가 벌어진 3월 15일 밤에 행방불명이 된다. 열일곱 나이의 그가 사라진 지 거의 한 달 만에 참혹한 주검이 되어 나타난 것이다.

이 한 장의 사진은 민심을 분노로 들끓게 하고, 4월 혁명의 기폭제가 된다. 나라 곳곳에서는 이승만 정권과 자유당을 규탄하는 시위와 집회가 이어진다. 바리케이드가 설치되고, 경찰은 물리력을 동원해 시위 진압에 나선다. 그러나 거리로 쏟아져 나오는 학생들과 이에 동조하는 시민들의 수는 좀처럼 줄지 않는다. 4월 18일 저녁에는 고려대학교 학생 3천여 명이 시위를 마치고 학교로 돌아가다가 종로4가 천일백화점 앞에서 자유당의 사주를 받은 깡패 1백여 명의 습격을 받는 일이 생긴다. 깡패들이 닥치는 대로 휘두른 쇠망치와 몽둥이, 벽돌 등에 맞아 시위대 앞쪽의 학생 수십 명은 눈 깜짝할 사이에 피투성이가 된다. 이제 정국은 태풍의 한복판으로 빨려든다.

"역사의 생생한 증언자적 사명을 띤 우리 청년 학도는 이 이상 역류하는 피의 분노를 억제할 수 없다!"

라는 선언문을 낭독한 뒤 종로로, 광화문으로, 시청 앞으로 나아간다. 대학생들이 앞장선 대열에 고등학생들이 합류하고, 이를 지켜보던 시민들도 분노와 감격에 찬 울음을 터뜨리며 서로 어깨를 나란히 한다. 무장 경찰과 군인들이 가로막고 나서지만, 시위에 가담하는 학생과 시민들은 한없이 늘어간다. 소름 돋는 감격에 전율을 느끼며 스며드는 시민이 늘어간다. 이윽고 국회의사당이 자리 잡은 태평로 일대는 수만 명의 시위대가 완전히 점령한다. 성난 파도처럼 밀려드는 시위 행렬을 감당할 수 없게 되자 경찰은 마침내 무차별 발포를 해댄다. 이로써 역사는 돌아올 수 없는 다리를 건넌다. 심지어 중고생까지 나섰다.

청주라고 다를 바 없다.

도저히 청주에 머물고 있을 수 없어 상경을 하려던 참에 또 각혈을 하는 등 여전한 폐결핵은 입원과 퇴원을 거듭하는 고난을 겪는다. 그 난리북새통에 청주 의료원에 있으려니 자신이 참 불쌍타. 이렇게라도 살아야 한단 말인가? 살아서 무얼 하겠단 말인가. 나라가 이 지경인데 나는 내 목숨 하나 유지하려고 한가하게 병실에 누워있다니.

청주의료원의 동쪽으로 나있는 문으로 시신이 실려 나가는 광경을 한두 해 본 것도 아닌데, 무심코 흘려보던 장면이지만 반복되면서 어쩌면 나도 저 문으로 실려 나갈지 모른다는 생각을 해본다. 그런 생각을 하면서부터는 동쪽의 문이 예사로이 보이지 않는다. 죽음이란 것이 두렵지는 않다. 그러나 뜻을 이루지 못하고 자신이 저렇게 초라하게 실려 나가는 장면을 상상하면 자존심이 불편하다. 언젠가는 저 동문으로 실려 나가게 될 몸, 두려울 게 없다. 그때까지의 기간이 얼마나 될지 모르지만 부끄럽지 않게 살란다. 생명을 구걸하지는 않을 것이다. 동문으로 실려 나가는 꼴보다는 흉한 주검이 되더라도 애국하다가 갈 것이다. 석양을 뒤로하고 동문을 바라보며 저녁에 복용할 약을 들고 온 간호사에게,

"이제부터 나를 동문이라 부르소. 신동문"

했다. 그 간호사는 웃으며 지나갔지만, 다음 날 약봉지에는 신건호라 쓰여있고,

"신동문 님, 저녁 약입니다."

웃으며 약을 두고 간다. 옆에 있던 어머니는 무슨 영문인지 묻는 표정이지만 설명하지 않고 넘어갔다. 어머니는 병실 문을 들어설 때부터 무언가 걱정이 서려있었다. 365일 아들 걱정이 잠잔 날 없는 김 여인이지만 무언가 할 말이 있는 것 같다.

"어머니, 무슨 일이세요? 말씀하세요."

"너 입원하던 다음 날 밤에 누가 다녀갔다. 어디 갔느냐고 묻더라. 아마 안 보이니까 그런 모양이야. 실은 그 사람들 교대로 집 주위에서 어슬렁거리는 거 몇 번 봤거든. 무슨 일이니? 경찰들에게 눈총받아 좋을 것 없다. 지금 전국이 데모로 들끓는다는데 문학 공부하는 문하생이나 후배들 선동했니? 불안하다. 저렇게 너의 일거수일투족을 지킨다는 것은 이미 너를 지목해놓고 명분을 찾는 거잖아. 당분간 병원에 좀 있자."

"아뇨, 그런 적 없어요. 걱정하지 마세요, 아무래도 상경해야 하겠습니다."

어머니는 불안해서 퇴원을 말리고, 그런 어머니 때문에 더 고집스럽게 우겨서 퇴원을 한다. 그리고 돌연 상경을 했다. 서울에 도착하자마자 인산인해를 이룬 광화문 일대의 아우성 속으로 스며들었다. 경무대로 향하는 젊은이들의 목에 뚝뚝 불거져 나온 힘줄은 가슴을 불태운다. 경찰의 총에 쓰러지는 학생들을 눈으로 보는 순간 눈물이 가슴팍을 다

적시며 절규를 했다. 폐결핵 환자가 절대 마시면 안 되는 최루탄 가스를 며칠째 마시다 보니 각혈은 심해지고 몸을 가눌 수 없게 된다. 다시 병원 신세지만 어머니에게 알리지 않으려고 청주가 아닌 서울의 낯선 병원에서 치료를 했다. 의사가 놀란 것은 폐가 이렇게 망가져 3분의 1 정도밖에 없는데도 불구하고 최루탄 가스를 피하지 않고 설치는 것이 비정상이란다. 그러나 어쩌랴. 세상 돌아가는 것이 모두가 비정상인 것을. 육신만 피를 토하는 것이 아니다. 영혼이 토하는 피가 더 견딜 수 없다. 팔에 링거를 꽂고 누워있는 내 뇌리는 최루탄 가스를 마시면서도 목숨을 걸고 나라를 지키겠다고 울부짖는 학생들과 시민들이 총알에 쓰러지는 모습이 눈에 선하다. 목에 불거진 핏줄과 움켜쥔 주먹들, 영혼의 피를 끓게 한다. 피가 끓는다. 마치 거대한 골리앗 앞의 양치기 소년 다윗 같아서 견딜 수가 없다.

아! 신화같이 다비데 군들

서울도
해 솟는 곳
동쪽에서부터
이어서 서 남 북
거리거리 길마다
손아귀에

돌 벽돌알 부릅쥔 채
떼 지어 나온 젊은 대열
아! 신화같이
나타난 다비데群들

혼자서만
야망 태우는
목동이 아니었다
열씩
백씩
천씩 만씩
어깨 맞잡고
팔짱 맞끼고

공동의 희망을
태양처럼 불태우는
아! 새로운 신화 같은
젊은 다비데群들

고리아테 아닌
거인
살인 전제 바리케이드

그 간악한 조직의 교두보
무차별 총구 앞에
빈 몸에 맨주먹
돌알로써 대결하는
아! 신화같이
기이한 다비데群들

빗살 치는
총알 총알
총알 총알 총알 앞에
돌 돌
돌 돌 돌
주먹 맨주먹 주먹으로
피비린 정오의
鋪道에 포복하며
아! 신화같이 다비데群들
저마다의 가슴
젊은 염통을
전체의 방패삼아
貫革으로 내밀려
쓰러지고
쌓이면서

한 발씩 다가가는
아! 신화같이
용맹한 다비데群들

沖天하는
아우성
혀를 깨문
앙까님의
요동치는 근육
뒤틀리는 사지
약동하는 육체
조형의 극치를 이루며
아! 신화같이
싸우는 다비데群들

마지막 발악하는
총구의 몸부림
광무하는 칼날에도
일사불란
해일처럼 해일처럼
밀고 가는 스크럼
승리의 기를 꽂을

악의 심장 危所를 향하여
아! 신화같이
전진하는 다비데群들

내흔드는
깃발은
쓰러진 전우의
피 묻은 옷자락
허영도 멋도 아닌
목숨의 대가를
절규로
내흔들며
아! 신화같이
승리할 다비데群들

멍든 가슴을 풀라
피맺힌 마음을 풀라
막혔던 숨통을 풀라
짓눌린 몸뚱일 풀라
포박된 정신을 풀라고
싸우라
싸우라

싸우라고
이기라 이기라
이기라고

아! 다비데여 다비데들이여
승리하는 다비데여
싸우는 다비데여
쓰러진 다비데여
누가 우는가
눈물 아닌 핏방울로
누가 우는가
역사가 우는가
세계가 우는가
신이 우는가
우리도
아! 신화같이
우리도
운다

병실에 누워서도 울분을 견딜 수 없다. 피 흘리며 쓰러지는 수많은 다
윗이 지워지지 않아서 울분을 토한 것이다.

서울에서 활동할 요량으로 상경을 했고, 광화문 사거리에서 터뜨린 울분보다 더 화나게 하는 것은 지성인들이다. 가슴이 터질 것 같아 외쳤다.

"지성인이라 자칭하는 자들의 지성은 썩은 지성이요, 대한민국은 어느 일당의 횡재물이 되어있구나!"

무언가 하고 싶은 말이 많아질 것 같다. 우선 문인들이 모여드는 출판사 새벽에 편집 일을 맡았다. 물론 많은 문인을 접할 수 있다는 점도 있지만, 받아주는 지면 없어 발표 못 하는 참 애국자들의 글을 발표해주기 위해서다. 출판사 일을 하면서 술도 많이 마시게 되어 거머리처럼 붙어있는 병에는 해롭다는 걸 알고 따가운 시선도 많다. 어차피 내놓은 목숨 하루라도 비굴하지 말자고 결심했으니, 아무리 태산 같은 압력도 두려울 게 없는 나 신동문이다. 정부의 압력은 물론이요, 타 출판사에서 조심스러워 눈치 보는 작품을 오히려 더 반기는 나, 동문으로 실려나가는 것보다는 애국하다가 죽을 것을 맹세한 동문이야, 신동문.

출판사의 편집 일을 하면서 여러 장르의 문인들을 많이 접촉한다. 내가 성격상 보통 사람들보다 몇 갑절의 상상을 초월한 분노와 슬픔을 감당해야 한다는 것쯤은 각오하고 덤빈다. 주변 시인들에게,

"썩어가는 정부, 썩어가는 지성인들을 그냥 보고만 있을 것인가? 각성하고 일어나자. 시인의 무기는 시가 아닌가!"

일깨우려고 울부짖지만, 뜻대로 될 리가 없다. 안타까움이 슬픔이 되고 슬픔이 이젠 분노가 된다. 내가 적을 두고 있는 『새벽』지에 피를 토

하는 기분으로 분노를 표출했다. 무엇보다 자신의 안위를 위해 움츠리는 문인들에게 더 분노한다.

'썩은 지성에 방화하라'를 외치며 다음과 같이 게재했다.

〈우리 대한민국은 자유당의 민국도 아니요, 민주당의 민국도 아니며, 위정자의 민국도 아니다. 긴 세월 흰옷을 입고 소박한 마음씨로 산과 들, 강과 하늘을 사랑하고 지켜온 백성들의 민국이요, 백성들의 대한이다. 그리고 우리의 민주주의는 미국의 민주주의도 아니요, 소련의 민주주의도 아니다. 어느 영웅의 민주주의는 더더욱 아니다. 모든 인간이 가슴속에 면면히 이어져 자라온 자유와 문화, 창의의 대가로 의당히 우리 인간들이 소유해야 할 주의이며, 사상이며, 생활인 것이다.

그런데 우리의 대한민국이 어느 일당의 횡재물이 되고 일파의 온상이 되었을 때 모든 국민은 주인으로서 마땅히 노하고 싸워서 되찾아야 할 것이 아닌가?

특히 지성인들과 사상가들이 그 선봉에서 요동치고 싸워서 우리 것을 우리 것으로 찾는 데 자신을 바쳐야 할 것 아닌가? 이것이 원칙이요, 민주적이며 당연한 것이다.

허나 실정은 이 원칙이 쪽을 못 쓰고 눈치만 살피는 꼴이 되고 있다. 더구나 그것이 원체 우매하고 무지해서 자기 권리의 소재도 가치도 모르고 자기보다 큰 주먹이나 칼자루 앞에서 정오의 구분도 미추의 식별도 못 하고 굴복하고 마는 미개한 사람들의 모습이라면 몰라도 자기 딴엔 입 끝을 운위云謂 하며 머리와 정신으로는 역사를 조감하고 영원과 존재를 환영하며 스스로의 자율성마저 그 몰골일 때, 설사 그것이 모면 못 할 압력으로 그런 몰골이 되고 말 수밖에 없었다손 쳐도 그들, 그들 아닌 바로 우리의 지성을 과연 신임해서 옳은지 생각해봐야 하겠다.

그런 불신할 수밖에 없는 꼴을 내 속에서 발견할 때, 나의 벗들 또는 선배에게서 발견할 때 그렇게 되어버린 나, 벗, 선배들이 불쌍하다 못해 슬프다 못해 가슴이 아프다.

이런 웃지 못할 일이 있었다. 70 노인이신 우리 어머님이(물론 자유당원이시고, 3인조원이다.) 웬 놈의 투표를 춥고 어두운데 새벽 다섯 시에 나와 하란다고 불평을 하시면서도 어두운 새벽에 일어나 가시는 것을 보았다. 그런 어머니의 뒷모습을 보면서 배우신 것 없고 이미 시대의 유물이 되신 노인이 지금의 나라를 맡고 시대를 짊어진 위정자들보다 더 민주주의자시구나 싶어 쓴웃음을 지었다.

조반 후에 나는 투표장엘 들렀다. 투표장 어귀에 새끼줄을 쳐놓고 팔에 완장을 두른 사람이 못 들어가게 막았다. 삼인조를 짜서 와야 한단다. 조가 없는 나더러 저쪽 조장한테 가보란다. 그 조장은 자유당 조장이라며. 나는 무소속이라고 실랑이를 하다가 그냥 돌아서고 말았다. 슬펐다. 무엇이 상실되었고 어쩌고 누누이 생각하고 표현하기조차 맥이 빠지고 기가 막혔다.

나는 실의한 사람처럼 거리를 한 바퀴 돌고 다시 뜻을 이루지 못하고 서성이는데 지프차가 서더니 안면이 있는 민주, 자유 양당의 시 선거 위원들이었다. 조가 없어 투표를 못 하고 있다는 내 말을 듣더니 얼른 타라며 그들과 동승을 하고 가서 투표를 했다. 투표는 했지만, 마음은 떳떳하지 않았다. 나 자신의 국민으로서의 권리로 투표를 한 것이 아니기 때문이다.

또 이런 일도 있었다. 『새벽』지에서 지상誌上데모를 할 터이니 동의하라고 하기에 지명知名의 예술인이며, 친우인 Z형에게 술자리에서 얼핏 그런 얘기를 했더니 그 형은 나를 아끼는 마음에서였겠지만,

"지금이 어느 판국이라고 그런 짓을 하느냐? 공연히 어느 정당의 이용물이 될 따름일세. 옳고 그르고 간에 자네에게 부당한 압력을 뒤집어씌우면 그것을 모면할 백이 있나. 마산 꼴을 보게. 데모한 사람들의 가족들은 모두 억울하게 사상성을 의심받는 꼴이라네."

물론 다정한 마음으로 하였으리라. 그러나 그가 친구를 아끼는 행위로 그렇게 퇴영적이고, 비굴한 방법으로 내가 보호되기를 바랄 수밖에 없도록 소심증이 되고 용기가 죽은 데는 결코 그만을 탓할 수 없다. 무서운 현실적인 압력이 기인되어 있는 것이기에 나는 아무런 대꾸도 않고 듣고만 있으면서도 가슴이 터지는 것 같이 분노와 슬픔이 치미는 것을 어쩌지 못했다. 자유와 미를 탐구하는 그가 그냥 순하디순하게만 자기를 굽히고 현실과 타협하고 마는 꼴을 볼 때, 동정도 동정이지만 내가 나에게 메스껍던 것처럼 나는 그에게도 일종의 분노가 섞인 메스꺼움을 느꼈다.

이렇게 내가 내 벗이나 그리고 여기서는 예의상 들추고 싶지 않은 선배들의 꼴사나운 추태 속에서 위축된 인간 정신과 정규正規를 잃은 지성과 송장처럼 식은 정열의 꼴을 보면서도 몸부림을 칠 줄 모르는 모든

지성인은 조국이 규탄해 마땅하고, 역사가 비난해 마땅하고, 자기 스스로가 비난해 당연하고, 자기 스스로가 혐오해 마땅할 위인들일 것이 아닌가.

도대체 지성을 영리하게 굴기만 하는 기회성이나 화산 같은 정열에의 상대역이나 맹목적 충동과 본능의 브레이크처럼 여기고 하나의 보호술 견제술로만 이용하려고 드는 경향이 되고 만 데서부터 벌써 지성은 병들고 썩어들기 시작한 것이다.

그것은 건전한 지성이 아니고 지성을 위한 지성, 자독自瀆 하는 지성인 것이며, 생명에서 유리한 지성인 것이다. 생명 하는 지성은 노할 줄 아는 지성인 것이며, 생동하는 지성은 정열과 협동해서 반항하고 증오하고 투쟁하고 승리할 줄 아는 것이 그 스스로의 모습인 것이다.

그렇게 눈치만 살피고 비위만 맞추고 아양 떠는 이기로서의 썩어버린 지성에 대하여 억울이, 분통이 한꺼번에 터지는 방화를 하고 싶다. 훨훨 타서 재가 되고 난 잿더미 속에서 새싹처럼 돋는 청순한 인간의 정신과 그것을 부축하는 건강한 지성의 모습을 보고 싶다. 나 스스로에게 불을 지르고, 또 나는 너에게도 불을 지르고, 너는 나에게 불을 질러서 이 미진하고 구석지고 노폐한 패배의 철학을 고스란히 살라버려야만 하겠다. 우리 각자가 마땅히 자기 정신에 방화범이 될 때 비로소 나는 인간이 되는 것이고, 현대의 주인이 되는 것이며, 민주주의 역군이며, 조국의 주권자가 되는 것이다.〉

이보다 더 강렬한 어떤 표현을 하고 싶으나 다 토해내지 못함이 못내 아쉽다. 주변 문인들은 걱정하는 앙가주망의 시인들과 비판하는 스스로 순수시인이라 자부하는 시인들 양자로 갈려서 이러쿵저러쿵할 뿐 동참자는 없다. 저들은 도대체 어느 나라 인간들인가? 나라의 자존감이 곧 나의 자존감이거늘, 나라가 문드러지고 있는데 저네들은 성할 것 같은가? 비통한 심정으로 동아 춘추에 '청년과 사회참여의 한계'라는 주제로 또 연재를 시작했다.

상황 속의 오브제

사회참여와 그 방법이 상황 속의 오브제라고 한다면 우리는 우리들이 사회참여를 어떻게 해야 하느냐, 혹은 우리가 해야 할 사회참여의 한계가 무어냐 하는 것을 따지기 전에 우리가 처해있는 상황을 통감해야 한다. 우리의 지난날 온갖 패배의 역사는 거게가 자기의 상황을 직시 혹은 올바르게 파악하지 못한 데 원인이 있는 것이다.

일본 강점 36년간의 식민지 치하에서 민주주의 열강 제국의 승리가 아니었으면 우리 자신의 힘으로는 도저히 그 질곡에서 벗어나지 못했을 것이며, 일제의 통치가 50여 년만 더 끌었다면 아마 언어와 혈통마저 상실하고 말았을지도 모른다.

왜 그렇게 되었느냐 하면 타민족의 통치 밑에서 우리의 언어가 말살되어가려고 하고 있다는 치욕적인 상황을 직시 못 하고 우선 눈앞에 어른거리는 안락에만 매달리다 보니 자연히 순종과 패배의 습관을 익혀가고 있었기 때문이다.

더 소급해서 조선조 500년의 쇄국정치와 봉건적인 순종 또한 우리들이 인간으로서의 자각을 못 한 때문이다. 서구의 민주주의가 싹튼 원인이 인간으로서의 자각과 자기가 처해있는 현실에 대한 투철한 인식을 통한 상황 속의 발상이었는데, 우리에게는 그런 능력이 결여되었음은 물론이요, 아예 배우지도 못한 채 일제 통치를 감수하고 자유당 독재에 순응했던 것이다. 그렇게 우리는 어떤 현실 앞에서도 극한 상황일 때 자기를 연소시킴으로써 빚어지는 하나의 오브제를 가져보지 못하고 패배의 타협과 굴욕적인 순종으로 있으나마나한 목숨을 이어왔던 것이다. 그것은 존재 자체의 부정이 되는 것인데, 그런 사실조차 모르고 살아온 것이다. 즉 존재의 방법을 모르고 있었다.

무릇 모든 존재는 그 존재의 방법이 있다. 따라서 모든 존재의 상태는 그 방법의 상태에 따르는 것이다. 물이 어떤 경우든 얕은 곳으로 흐르며, 군함이 물 위에 떠있어도 그 쇠는 물보다 무거운 것이다.

이와 같이 인간은 어떤 경우와 처지에 있더라도 인간으로서의 존재 방법을 찾아야 한다. 그런데 우리는 형편에 따라, 사정에 따라 스스로의 방법을 버리고 따르고 순종하는 역사와 습성을 갖고 있는 것이다. 이런 우리가 비로소 자기 자신을 자각하고 자기가 처해있는 상황에서 스스로의 존재 방법을 빚어내려고 몸부림쳤던 것이 기미년의 만세운동이요, 4·19의 민권혁명인 것이다. 그때야 비로소 타민족의 통치와 독재자의 탄압이라는 상황을 통감하고, 그 상황 속에서 자신을 정당하게 표현하기 위해 온갖 수단과 방법과 힘과 주먹을 발휘하는 인간의 모습을 되찾은 것이다.

(중략)

이때의 절규와 몸부림을 형상화한 것이 아녀자의 울부짖음이었으면, 울부짖음 그 자체가 또 젊은 혈기의 두 팔 걷어붙인 격투였다면 격투 그 자체가 그 상황 속에서 비친 오브제로서의 인간이었던 것이다. 그런데 우리들은 지금 어떻게 하고 있는가? 1919년 3월 1일은 우리의 것이고, 또 1960년 4월 19일은 우리의 것이었지만, 그밖의 온갖 나날과 현실은 우리의 것이 아니란 말인가? 아니면 우리와 무관한 상황이란 말인가? 그것 또한 아니면 누군가 그런 일을 맡아서 할 사람들에게 하청을 주었단 말인가? 즉 남의 것이 되어도 괜찮다는 말인가? 이 긴요한 사회 현실보다 더 긴급한 일이 젊은이들에게 있단 말인가? 그래서 주인이 주인의 사회참여를 회피하는 것인가?

정독을 하면 내 뜻이 전해지기를 바라는 간절함으로 쓴 것이다. 대다수 문인의 외면이 절절하게 안타까워 애가 탔다. 서울에서만 백 명이 넘는 젊은이들이 목숨 바친 4·19혁명을, 그 정신을 먼 산 불구경하듯 남의 것으로 날려버릴까 답답해서 더 애가 탄다.

모르는 사람 없겠지만 답답한 마음에 4·19혁명을 한 번 짚어봐야겠다.

1960년 제4대 정·부통령 선거에서 야당의 대통령 후보였던 조병옥 님이 사망함으로 인해 단독 후보가 된 이승만의 당선은 확실시되었다. 문제는, 얼굴에 저승꽃이 만발한 이승만의 건강에 이상이 생기면 대통령직을 승계하도록 되어있는 부통령직이다. 이승만 정부는 자유당의 이기붕 후보를 당선시키기 위해 선거에서 온갖 치사한 부정을 저지른다. 그 치사한 정도가 지나쳐서 저 인간들이 뇌가 있고 생각이 있는가 싶을 정도다. 아니면 아베 노부유키의 말처럼 국민을 노예로 본 것이다. 3월 15일 선거 당일부터 부정 선거를 규탄하는 시위가 전개되었다. 이날, 경찰의 시위 진압으로 사망한 김주열 학생의 시신이 4월 11일 마산 앞바다에서 발견되자 시위는 불이 붙어서 더욱 격렬해졌다. 어느 누가 오열하지 않겠는가? 게다가 기가 턱 막히는 것은 정부가 마산 시민과 학생의 강력한 항의를 저지하고자 시위의 배후에 공산당이 있다며 위협하고 있다. 말하자면 시위에 가담하는 자를 반공법 위반으로 뒤집어씌울 작정이다. 하지만 이미 영혼은 불타고 있으니 그까짓 위협에 아랑곳없이 시위는 전국으로 퍼져나갔다.

4월 19일 서울에서만 학생과 시민 10만여 명이 참가하는 등 전국적으로 시위가 격화되었다. 이승만 정부는 계엄령을 선포하고 강경하게 대응하며, 경찰의 발포로 서울에서만 110여 명이 사망하였다고 기록하지만 더 많을 수도 있다. 그러나 민주화를 요구하는 시위는 계속 퍼져나갔으며, 심지어 고등학생들이 나서고, 대학 교수단을 비롯한 많은 국민이 이승만의 퇴진을 요구하였다. 결국, 이승만은 4월 26일 하야 성명서를 발표하고 대통령직에서 물러났다. 끝내 이기붕 일가의 자살이라는 아픈 역사의 기록을 남겼다.

4·19 혁명은 부패한 독재 정권을 학생과 시민의 힘으로 무너뜨린 민주혁명이다. 한국에 민주주의를 일깨우는 새로운 전기를 마련한 혁명이다. 국민의 힘과 언론의 저력을 누가 무시하랴. 특히나 민주주의가 무엇인지도 모르는 계층에게 언론의 전파력은 더할 나위 없이 좋은 매개체가 되었다. 먹고 사는 것만 생각해도 벅찬 시기에 더 좋은 사회상, 사회구조상을 이야기하면서 지식인들의 이야기를 듣는 시민들은 단합을 했던 것이다.

이승만 대통령은 초기 언론자유에 대한 신념을 무시하고 탄압정책을 진행했다. 보안법 위반혐의로 발행인 및 편집인 불구속 입건된 사건들을 보면,

1955년 '대구 매일신문' 테러사건

대구매일신문사가 테러를 당했다. 여당인 자유당 경북도당 간부와 관변단체인 국민회 간부가 이끄는 20여 명이 대구매일신문사를 습격해 인쇄·통신 시설을 부수고 윤전기에 모래를 뿌렸으며, 사원들을 폭행했다.

문제 발단은 『대구매일신문』 9월 13일 자에 실린 최석채 주필의 사설「학도를 정치도구화 하지 말라」 때문이다. 최 주필은 이 사설에서 고위층이 행차할 때 학생들을 불러내 몇 시간 동안 환영 인파로 세워두는 것은 잘못된 일이라고 비판했다.

여기서 경찰 당국은

주필은 국가보안법 위반으로 구속하고 정치깡패들은

"백주대낮의 폭력은 테러가 아니다."

라고 주장하며 소재불명으로 처리한 사건이다.

1957년 류근일 필화사건

대학 2년생 류근일이 문리대 주간신문에 실은 「무산대중을 위한 일고찰」이란 글로 인해 4개월 복역했다.

1958년 '동아일보' 고바우 영감 필화사건, 세칭 '경무대 청소부 사건'이다.

1958년 1월 23일 자에 게재된 세칭 경무대 청소부를 소재로 당시 사회의 지탄 대상이 된 권력만능의 세태를 풍자해서 그린 만화 내용이 경무대를 모욕하고 허위사실을 게재하였다는 이유로 경찰 당국에 입건되어 즉결심판에 회부되었고, 벌금형을 받았다.

1958년 함석헌 필화사건

『사상계』는 1958년 8월호에 함석헌의 「생각하는 백성이라야 산다」를 실었다. 8월호는 '실존주의'를 특집으로 꾸몄다. 여러 주필 중 문제가 된 것은 함석헌의 글이었다. 오히려 필화사건이 언론에 보도되면서 전국의 서점에서는 『사상계』를 찾는 사람이 줄을 이었다. 경찰은 함석헌의 구속과 함께 서점에서 『사상계』의 압수를 시작했지만, 서점 주인들은 재빨리 숨겨두었다가 비밀리에 팔았다. 문제로 삼은 내용은 다음과 같다.

"아무런 관형사나 존칭 없이 그냥 '이승만'이라 표기했다. 이것 자체가 '불경'이었다. 6·25 때 서울을 버리고 피난한 것을 임진란 때의 선조에 비유하면서 야밤에 '도망' 간 것이라고 썼다."

1958년 2월 4일 국가보안법 파동

국가보안법 3차 개정과정에서 17조 5항이 언론의 자유를 침해하는 조항임을 발견, 반발했던 야당의원들은 무술유단자들로 인해 한데로 모아놓고 여당의원들은 통과시켰다고 한다.

1959년 『경향신문』 폐간사건

당시 자유당 정권을 가장 강하게 비판한 신문이 『경향신문』이다. 자유당 정권은 미 군정이 남로당계 좌익신문을 통제하기 위해 제정한 군정법령 제88호를 적용시켜 1959년 4월 30일 『경향신문』을 폐간시켰다.

폐간의 이유로 들었던 것은 첫째 1959년 1월 11일 사설 「정부와 여당의 지리멸렬상」을 통해 이기붕 국회의장과 스코필드 박사와 면담한 보도가 날조라는 혐의다. 둘째 1959년 2월 4일 칼럼 「여적」을 통해 공정선거가 시행되지 못하면 폭력에 의한 혁명이 일어날 수 있다고 게재한 것은 혁명을 선동하는 행위다. 셋째 1959년 2월 15일 홍천지국이 보도한 홍천 사단장의 휘발유 부정처분 기사가 허위사실에 해당되고, 넷째 1959년 4월 13일 보도한 간첩 체포 기사가 공모자의 도주를 도왔으며, 다섯째 1959년 4월 15일 이승만 대통령 회견 기사가 허위 사실 보도였다.

『경향신문』은 정부의 폐간 조치에 대해 고등법원에 폐간 정지 본안 소송을 제기했고, 서울고등법원은 1959년 6월 26일 『경향신문』 폐간에 대한 가처분 집행정지를 결정했다. 이에 자유당 정권은 폐간을 정간으로 변경해 『경향신문』의 발간을 계속해서 막았다.

『경향신문』은 4·19혁명 이후인 1960년 4월 26일 대법원의 정간 행정처분 집행정지 판결을 받아 다음 날인 4월 27일 복간되었다. (발췌- 백과사전)

민주국가에서 국민도 알 권리가 있다는 사실은 모르는 이가 없다. 허나 시민들이 알 수 있는 매개체는 매스컴을 통한 뉴스뿐이요, 느낄 수 있는 가장 가깝고 쉬운 것도 뉴스뿐이다. 신문사에 대한 억압과 탄압으로 시민들의 의식을 잠재우고자 했던 이승만 정권의 행동이 훤하게 보인다. 민주주의 국가에서 그것은 용납해서 안 되며, 용납을 원해서도 안 된다. 그래서 온 국민이 폭발한 것이다. 그 정신이 날이 갈수록 흐려지고 있으니 안타깝고 또 안타깝다. 주변 지인들의 만류를 무릅쓰고 계속 연재를 했다. 언론의 힘을 보여줘야 한다는 둥 그런 야심이 아니다. 그래도 자신의 주장을 알릴 수 있는 방법은 언론이기 때문이다. 헌데 작금의 사회는, 젊은이들의 애국정신은 점점 식어가고 무능한 정부는 경제부터 시작해서 모든 것이 퇴보다. 자유당 독재 무너뜨리던 그 기백은 다 어디로 갔을까?

제8장

군사 쿠데타

_ 세상 돌아가는 것이 아무래도 심상치 않다.

4월 혁명의 정신을 살리기 위해 학생과 진보적 정치인들 사이에 민족통일운동이 활발하다. 하지만 어디 그것이 호락호락한 문제더냐. 5월 들어서 남북학생회담까지 추진하고 있다니 불안하다. 무엇보다 북한 인민위원회에서 지지하고 있다니 더 신경이 쓰인다. 선량한 우리 학생들이 교육되고 훈련된 북의 학생들에게 속는 건 아닐까? 허긴 속아봤자 어쩌겠는가. 현재 군부는 대표적인 친미, 반공 세력에 속한다. 6·25 전쟁 과정에서 한국군의 작전권이 미군으로 이양되면서 육사 출신의 장교를 중심으로 군 지휘부가 대부분 미군에게 훈련받는다. 군이 이런 형편인데 사회 돌아가는 상황은 군부에서 어떻게 반응할까? 분명한 것은 보고만 있지는 않을 것이다.

암튼 세상 돌아가는 꼴이 한바탕 뒤집어놓긴 해야 한다. 민주주의 하겠다는 민주당 장면 정권의 부패와 무능이 짧은 기간에 극에 달하고 있다. 심지어 국무총리 집무실을 고급호텔에 두고 있다. 시대에 맞는 메시지를 띄워야 한다는 생각이다. 이 와중에 나는 역사적인 원고를 만났다. 눈을 번쩍 뜨이게 하는 원고다.

최인훈이라는 소설가가 원고 뭉치를 들고 월간지 『새벽』의 편집실로 찾아온 것이다.

"내 마음이 가는 대로 이런저런 조건들 생각지 않고 쓰긴 했지만, 부패 정권 물리치고 아직 반공, 반공하는데 세상에 내놓아서 나 하나 감옥행은 두렵지 않지만 누가 받아줍니까? 누가 이 소설을 윗선 겁이 나서 싣겠어요? 생각해보니 신 편집장이면 가능할 것 같아서 왔습니다. 한 번 읽어봐주세요."

더듬더듬 말하고 있는 중에 듣는 둥 마는 둥 온몸으로 전율을 느끼며 이미 읽고 있었다. 흥분해서 가슴이 뛰기 시작했다. 피돌기가 빨라진 것이다.

60년 가을이다. 이 소설은 작지만 광활한 역사 한 토막을 장식했다.

한국전쟁과 그 전쟁의 후유증, 그리고 이데올로기를 정면으로 펼치는 소설 최인훈의 『광장』을 싣기로 결심했다. 그것은 나도 놀라운 획기적인 일이지만, 긴가민가하면서 용기 내어 찾아온 최인훈의 입장에선 꿈만 같은 일이다. 실은 『새벽』이 문예지가 아닌 교양잡지라서 중편 소설분량을 연재가 아닌 한꺼번에 게재하기란 어렵다. 허나 연재 형식으로는 할 수가 없는 것이 1회만 나가도 분명 압력이 있을 테니까. 발행인이나 주위 직원들에게도 비밀로 하고 한꺼번에 이 소설을 다 싣기로 결심했다. 역시 운명적인 만남이다. 나는 대충 훑어보아도 분단시대 새 나침판 역할을 충분히 할 것임을 감지하고 가능한 정도가 아니라 대환영이었다. 분명 반대가 많을 것이며, 압력이 있을 것을 짐작했기 때문에 옆자리 편집실 직원들에게도 함구하고 있었다. 편집 마감일 밤에 혼자 인쇄소로 가서 인쇄에 들어갔다. 단편도 아니고 긴 중편 소설을 밤을 새우고 새벽녘에 조판작업이 완성되었다. 하늘을 날고 있는 기분이다. 극적인 역사의 밤이다. 뜬금없이 왜 다비데 군들이 떠오르는가. 가슴 벅차다.

이제 피난길의 애환들로 쥐어짜던 지겨운 소재들을 다소 누그러뜨릴 수 있겠구나! 이 소설이 문학의 소재를 변환시키는 역사적 기점이 될 수 있을 거야. 기대에 부풀었다.

따르릉~ 전화통에 불이 난다. 서점마다 단 몇 권이라도 있으면 더 달란다.

"역시 우리 독자들이야, 죽지 않았어."

어느 정도 빛을 볼 것이라는 예상은 했지만, 이 정도로 파문이 일 줄은 몰랐다. 그리고 신났다. 한 가지 예상이 적중된 것은 50년대를 장식했던 눈물겨운 피난길과 피난 생활의 주제에서 벗어나 새로운 60년대를 연다는 것. 피난의 아픔에서 분단의 아픔과 슬픔을 그려나가게 되는 것이다. 이 소설이 역사적 분기점이 될 것이라는 생각에 가슴 벅차다. 분명 그 분기점이다. 예상을 뛰어넘은 파문이다.

이런 상황에서 눈이 번쩍 뜨인다.

그래, 바로 이거야! '세계 전후 문제 작품집'을 구상하고 계획하면서 신구문화사 대표 이종익과 평론가 이어령 등 여러 문인이 논의할 때가 생각난다.

'시대에 부응하는 주제와 내용'

무언가 할 일이 있을 것 같다.

시대에 부응하는…. 바로 이거야! 생각이 필요하다. 변해야 한다. 아무도 만나지 않고 퇴근을 했다.

어머니는 요즘 아예 서울에 상주를 하신다. 어머니께서 간밤에 이상한 낌새를 느끼고 밤새 잠을 설치셨나 보다. 강 건너 같기도 하단다. 총소리는 강 쪽에서 일어난 것이 확실하지만 무서워서 불은 켜지 못하고 더듬거려 시계를 보니 새벽 3시가 넘었더란다. 살금살금 제일 먼저 아들 방문을 빼죽이 열어보니 곤하게 자고 있어서 다행이지만 분명 또 전쟁이 벌어지고 있는 것만 같아서 안절부절못하다가 우선 중요한 물건과 비상식량이 될 만한 것부터 챙기는 중에도 금방 빨갱이가 총을 들고 들어오는 것 같았단다. 산덕이 집으로 갈까? 우선 청주 집으로 가야지. 청주 집을 팔아서 서울의 셋방 신세를 면하려 했더니 아직 팔리지 않기를 잘했다는 생각까지 하셨단다. 조금은 조용해진 것 같지만, 아직 통금이 해제되지 않았는데 육중한 차 소리가 한두 대가 아니다. 4시가 조금 넘어서 마침 아들이 일어나서 화장실을 향하는데 얼른 따라가서 불을 못 켜게 한다.

"쉿!"

"왜 그러세요?"

귓속말로 하자 어머니는 또 입에 손을 대며 얼른 화장실 다녀오라고 손짓을 한다. 영문을 모르는 아들은 소변을 보고 나오면서 토끼 눈을 하고 그리 멀지는 않은 듯 느껴지는 거리의 총소리를 듣는다. 어머니에게로 다가간다.

"또 전쟁이 일어난 것 같다. 얼른 피난 준비하자."

"무슨 말씀이세요, 뜬금없이 전쟁은요?"

"시방 총소리는 멎었는데 아니 지금도 저 강 쪽에서 총성이 있네, 저 차 소리 들어봐. 아직 통금 중이거든, 저건 분명 군용트럭 소리야."

바깥을 내다보려고 신을 신자 한사코 붙들고 늘어지는 어머니 때문에 방으로 들어와 라디오를 켜지만, 주파수를 이리저리 돌려도 잡히지 않고 '지지지' 소리뿐이다. 또 총소리다. 또 조금 멎었다.

새벽 5시가 되자

라디오 AM 7100 KHz에서 방송이 시작된다.

도무지 무슨 말인지 모르겠다. 뜬금없이 '군사혁명위원회'의 발표란다.

나는 '아하, 쿠데타구나!' 짐작이 갔다. 얼른 받아 적을 준비를 했다.

친애하는 애국 동포 여러분! 은인자중하던 군부는, 드디어 오늘 아침 미명을 기해서 일제히 행동을 개시해, 국가의 행정, 입법, 사법 3권을 완전히 장악하고, 이어서 군사혁명위원회를 조직했습니다.

군부가 궐기한 것은 부패하고 무능한 현 정권과 기성 정치인들에게 이 이상 더 국가와 민족의 운명을 맡겨둘 수 없다고 단정하고, 백척간두에서 방황하는 조국의 위기를 극복하기 위한 것입니다. 군사 혁명 위원회는

첫째, 반공을 국시(國是)의 제일의(第一義)로 삼고, 지금까지 형식적이고 구호에만 그친 반공 태세를 재정비 강화할 것입니다.

둘째, 유엔헌장을 준수하고 국제협약을 충실히 이행할 것이며, 미국을 위시한 자유우방과의 유대를 더욱 공고히 할 것입니다.

셋째, 이 나라 사회의 모든 부패와 구악을 일소하고, 퇴폐한 국민도의와 민족정기를 다시 바로잡기 위하여 청신한 기풍을 진작할 것입니다.

넷째, 절망과 기아선상에서 허덕이는 민생고(民生苦)를 시급히 해결하고, 국가 자주경제 재건에 총력을 경주할 것입니다.

다섯째, 민족적 숙원인 국토 통일을 위하여, 공산주의와 대결할 수 있는 실력 배양에 전력을 집중할 것입니다.

여섯째, 이와 같은 우리의 과업이 성취되면, 참신하고도 양심적인 정치인들에게 언제든지 정권을 이양하고 우리 본연의 임무에 복귀할 준비를 하겠습니다.

동포 여러분, 여러분은 본 군사혁명위원회를 전폭적으로 신뢰하고, 동요 없이 각인의 직장과 생업을 평상과 다름없이 유지하시기 바랍니다.

우리들의 조국은 이 순간부터 우리들의 희망에 의한 새롭고 힘찬 역사가 창조되어 가고 있습니다. 우리들의 조국은 우리들의 단결과 인내와 용기와 전진을 요구하고 있습니다. 대한민국 만세, 궐기군. 만세.

– 군사혁명위원회 위원장 육군 중장 장도영

"장도영이면 육군참모총장이잖아!"

듣고 보니 한마디도 틀린 말이 없다. 두 주먹이 절로 불끈 쥐어질 정도로 흥분된다. 이제 우리나라가 제대로 되려나 싶기도 하다. 네 번째 경제 살리기와 여섯 번째 정권 이양 공약만 잘 지켜진다면 이보다 좋을 수가 없다.

조간신문을 기다려도 무슨 연유인지 궁금해 죽겠는데 신문이 오지 않았다. 아마 이 혁명 문제 다루려고 늦나 보다.

"무슨 일이냐? 빨갱이가 쳐들어온 건 아닌 성싶구나."

어머니는 잔뜩 긴장된 목소리다.

"군사 쿠데타가 있었나 봐요. 어머니."

"뭐라고? 쿠데타가 뭐니?"

"군대서 4·19 때처럼 혁명을 일으키는 거예요, 걱정하지 마세요, 국민들은 정상 근무하고 평상시 하던 대로 일 하라잖아요. 시민들에게 해코지하거나 시민을 잡아가는 일은 없어요. 나라가 하도 게으르고 무능하니까 바로잡자는 거랍니다."

"그래도 오늘은 무섭다. 너도 외출하지 말고 라디오 잘 듣고 시키는 대로 하자. 공연히 반대니 뭐니 하지 말고 찬성도 하지 마라. 그저 가만히 있자."

그제야 어머니는 언제 쌌는지 피난 보따리를 풀고 조반 준비를 하신다.

출판사 '새벽'이 폐간되어 딱히 시간 맞춰 출근할 일은 없지만, 문학 전집 발간에 편집과 기획을 맡았기 때문에 바쁘다. 출근 시간이 정해진 건 아닌 터라 평소보다 느직이 아침 식사를 마치고 어머니의 성화가 하도 간절하셔서 외출은 못 하고 있었다. 군용 헬기가 뿌리는 삐라가 마당에 떨어진 것을 주우러 나갔다가 늦게 온 『경향신문』을 들고 들어왔다.

서울뿐 아니라 이미 부산도 7시를 기해서 헌병 2개 중대가 시내 주요 시설을 점령하기 위해 움직이고 있단다. 대구는 이미 서울과 비슷한 시각에 군 쿠데타세력 수중에 떨어졌다고 한다. 경북 도청과 경찰국 등 주요 기관을 무장군인 수십 명씩 배치되어 있단다.

대통령은? 국무총리 장면은? 감금인가? 살아 있는 걸까? 궁금해서 견딜 수가 없다.

어머니께서 애타게 말려도 괜찮은 사유를 설명하고 안심시킨 후 오후에는 경향신문사로 갔다. 아무래도 소식은 신문사니까.

경향신문사 한창우 사장은 이미 사태를 알고 '군사혁명조직위원회'의 발표가 있기 전부터 국무총리 집무실 등 정부 요직과 연락을 하며 새벽 3시경에 지방에 나가있는 기자들과 발 빠른 기자들을 전부 비상 명령으로 요지마다 심어놓았단다.

국방부 장관 현석호가 장면을 피신시키려고 가던 중 총성을 듣고 경찰 총장 이태희와 합세해서 국무총리 집무실이 있는 반도호텔 809호로 갔으나 이미 장도영의 전화를 받고 기다리고 있는 중이었단다. 장면의 거부에도 불구하고 현석호, 조인원 등의 강력한 권유로 피신을 해서 장면은 붙들리지 않았다고 한다.

'군사혁명조직위원회' 부위원장이라는 박정희는 대통령집무실에서 윤보선 대통령을 설득하려 했지만 무언가 뜻대로 되지 않았단다. 거기까지는 현재 비상계엄이 내려졌기 때문에 기자가 허락 없이 출입을 못 한다. 내 짐작으로는 비상계엄령을 이미 지네 맘대로 선포해놓고 추인하라고 강요했을 터이다. 뜻대로 안 되었다는 걸 보면 거부당한 게다. 계엄령은 국가원수가 내리는 것이지 어떻게 대통령 추인도 없이 선포를 한 것인지 모르겠다. 대통령 입장에서는 이름도, 얼굴도 익숙하지 않은 체신도 작은 사람이 와서 이미 선포한 계엄령에 추인하란다고 쉽게 인장을 찍을 수가 없는 것은 당연하다. 경향신문 사장은 계속 전화로 상황을 전하고 이미 호외를 돌렸지만, 또 다음 호외를 준비한다.

"미8군 사령관 카터 매그루더가 어찌 조용합니까?"

궁금해서 편집장에게 물었다.

"안 그래도 이번 호외에 나갈 거요."

"UN군 총사령관 지위에서 그 휘하 모든 장병에게 장면 총리가 수반인 정당하게 인정된 한국 정부를 지지할 것을 요구한다."

이겁니다. 주한 미 대리대사 마셜 그린은

"합법적으로 구성된 한국 정부를 미국이 지지함을 명백히 밝히고 싶다."

이렇게 했지만

"지금 우리 사장 전화 왔네, 이 두 소식은 호외에 싣지 말라는 당부야."

그렇지, 상식적으로 생각해도 군사혁명조직위서 이런 내용은 막을 테지.

또한, 장도영에게 군사혁명위에서 계엄사령관을 맡아달라는 의뢰를 했으나 국무회의를 거쳐야 한다는 핑계로 시간을 벌어놓고 대통령을 찾아가 어떻게 할까 물었고, 사태 수습엔 장도영이 적격이라며 수락을 하자고 했다는 소식이다. 그렇다면 대통령이 계엄령을 인정한 것이다.

틈틈이 들어오는 소식이 당연한 것도 있고 의외도 있어 호기심이 발동하지만 미안해서 더 이상 버티지 못하고 나와서 신구문화사로 갔다.

전집 작업을 위해 매일 모이는 이들과 한참 동안 쿠데타 이야기에 눈에 정기가 돈다. 다들 의견 일치가,

"올 것이 왔다."

천성이 점잖고 올곧은 윤보선 대통령을 허수아비로 앉혀놓고 국무총리 장면의 행위가 해도 너무 한다는 것이다. 한편 그게 아니라 지금 제대로 민주국가로 체계를 잡지 못하고 우왕좌왕하는 것도 문제지만 그건 핑계일 뿐, 군 내부의 문제가 더 크다는 이론도 있다. 내가 생각하기도 전자의 문제에 후자가 기폭제 된 것 같다.

말하자면 지난해부터 벌이고 있는 정군 운동이 아직 마무리가 되지 않은 상태라서 주도자들과 반대하는 세력이 움직인다는 둥 위태롭다는 소문이 기자들 간에 오가던 중이다.

이 운동의 발단은 지난해 언론에서 촉각을 세웠던 일이라서 국민들도

아는 사건이다. 진급 적체에 따른 하급 장교들을 비롯한 군부 전체의 불만을 해소하기 위해 4·19 직후 이승만 정권과 밀착된 중장급 이상 장성의 퇴진을 요구하는 운동이다. 60년 5월 군수기지사령관 박정희 소장이 육군참모총장 송요찬 중장에게 부정선거의 책임을 지고 용퇴할 것을 요구하는 편지로부터 촉발됐다.

이어서 9월에는 육사 8기생을 중심으로 16명의 대령, 중령들이 최영희 연합참모총장을 찾아가 자진사퇴를 요구하고 결국 최영희 중장이 사퇴하는 '하극상 사건'이 발생했다.

이 문제로 인해 한미 간의 의견 대립은 당연하다. 미군 측은, 상급 장교의 퇴진을 요구하는 운동은 경험 있는 상급 장교들을 잃게 하여 한국군의 지휘 통솔에 지장을 준다는 입장에서 반대했고, 반면 최경록 등 장성들은 미군 측의 입장에 대해 '내정간섭'이라며 강력하게 반발했다. 이렇게 군정 운동이 군정 운동으로 끝나는 게 아니라 군 내부에서는 육사 8기생이 주축이 된 그 조직을 반대하는 세력이 나서기 마련이다.

낌새를 느낀 그들 조직은 아예 이대로 쭈욱 밀어붙여서 시원찮은 민주당 정권까지 장악하자, 그렇게 되면 군내부도 누를 수 있게 된다고 계획한 것이라는 의견이다.

서울의 거리는 살얼음판이다. 어머니가 종일 초조하실 것 같아 해거름에 집으로 가는 길에 또 호외다.

"국회와 민의원 참의원의 해산을 명한다.

일체의 정치 활동을 금한다.

국무위원과 정무위원은 모두 체포한다.

헌법기관 중 정치에 직접 관여하지 않는 대통령을 제외한 모든 구정
치인과의 협상을 배격한다."

쿠데타는 확실하게 성공했구나. 제발 혁명 공약 중 넷째와 여섯 번째
를 꼭 지켜주기를 기원한다. 아니나 다를까 집에 오니 안절부절못하던
어머니께서 마당까지 달려 나오신다.

"걱정하지 마시라니까요. 시민들은 안전해요. 전쟁이 아닙니다. 그러
니까 청주에 계시지 왜 올라오셔서 고생입니까요."

밤이 제법 이슥한 것 같은데 대통령 성명발표가 있단다. 밤 열 시 반
경이다.

"우리나라는 지금 중대한 시국에 놓여 있습니다. 오늘의 사태를 우리
가 어떻게 수습하느냐 하는 것에는 우리나라의 운명이 달려있습니다.
우리는 지금 이 사태를 무사히 수습해야 하고 공산주의를 막는 힘에 약
화를 초래해서는 안 되는 것입니다. 지금 전 세계는 우리를 주시하고 있
습니다. 이럴 때일수록 우리는 침착하고 냉정하게 이 나라의 일을 판단
해야 하며 희생 없이 최선의 방법으로 이 사태를 수습하는 데 우리의
성의와 노력을 다해야겠습니다. 나는 지금 이 중대한 사태에 처해서 혼
란 방지와 질서유지에 국민 여러분들이 노력해주시기를 간절히 호소하
는 바입니다. 더욱이 장 총리 이하 모든 국무위원은 한시바삐 나와서

이 중대한 사태를 성의 있게 합법적으로 처리하여주시기를 바랍니다. 군사혁명위원회의 말에 의하면 국무회의에 출석하는 국무위원의 신변은 보장한다고 합니다."

라디오를 듣다가,

"이게 뭐야, 별거 아니잖아, 난 또 무슨 획기적인 성명인가 했네, 허수아비 대통령답구먼. 결국, 반공을 위해서라도 군사혁명위에 찬성하라는 것이네. 국민은 넙죽이 엎드려 있어라, 오오라 이거구나, 피신해있는 장면과 국무위원들 나오게 하는 거."

아직은 이 상황에서 어쩌고저쩌고할 수는 없지만, 진행 과정을 보니 무능한 민주당 정부보다는 나을 것 같기도 하다. 그러나 나라가 자주 이런저런 혁명에 휩싸이는 것은 위험하다. 이왕에 이렇게 되었으니 제발 경제위기나 살려주소. 그리고 확실한 시기에 정권 이양 잘하소.

이때다 하고 기회주의자들은 두 손 비비기 바쁘다. 글쟁이들이라고 다를 바 없다. 여기저기서 찬양의 노래가 줄을 잇는다. 또한, 유명인사들의 지지성명도 줄을 잇는다. 장준하는 『사상계』 6월호에서,

"과거의 방종, 무질서, 타성, 편의주의의 낡은 껍질에서 탈피하여, 일체의 구악을 뿌리 뽑고 새로운 민족적 활로를 개척할 계기를 마련한 것이다."

라며 군사혁명을 지지하였고, 언론인 송건호도,

"제3공화국 민족적이다."

라고 평가하면서 박정희에 대한 지지를 표명하기도 하였다. 또한, 정변

한 달 뒤, 일제강점기 당시 제암리 학살사건을 폭로한 프랭크 스코필드 박사는 1961년 6월 14일 『코리언 리퍼블릭』에 「5·16 군사혁명에 대한 나의 견해」라는 글을 발표하였는데, 그는 투고의 첫머리에서 "5·16 군사혁명은 필요하고도 불가피한 것을 알게 될 것이다."라고 지적하면서 민주당 정권의 부정과 무능을 폭로하며 "한국에는 아직 진정한 민주주의가 시험된 적이 없다."라고 주장하고 있다.

맞는 말이긴 하다. 그러나 그 이유를 설명하지 않은 것은 아쉽다. 내가 늘 말하듯 양반의 나라 500년 동안 백성들은 자기주장을 잃었다. 곧바로 이어진 식민국 36년은 자기주장은커녕 숨쉬기도 눈치 보며 죽지 못해 살아온 국민들이다. 민주주의든, 공산주의든 배부르게 살 수 있다면 생각할 겨를도 없이 선택할 지경이었다. 국민 입장에서는 대궐에서 무슨 일이 벌어지든, 정부에서 무슨 일이 벌어지든 관심 둬 줄 겨를이 없었다. 주린 배 채우는 것이 급선무니까. 이제 우리도 한번 잘살아 보자고 대통령이 팔 걷고 앞장서니 여기저기 생기가 돈다.

몇 달을 지켜보니 생각보다 시민들은 잘 적응하는 것 같다.

아무리 옳다고 쳐도 어찌 자유당 안장 끼고 설치던 인간들까지 찬성을 외치는가. 가소롭다. 군사정권 초기부터 흔들리지 않고 방심하지 않게 이 나라 젊은이들이 건재함을 보여주면 좋겠는데 너무들 움츠리는 것이 안타깝다.

"너무 서둘지 말게. 이제 겨우 대여섯 달이야. 반년 동안 뭘 하겠어? 아직은 지켜보게. 이거 전집에만 신경 쓰게."

이종익 대표는 늘 성미 급한 나를 염려한다. 실은 나도 내가 답답하다. 다른 글쟁이들처럼 무사안일의 길만 가면 될 것을, 그 꼴을 보는 것만으로도 구역질이 나서 감당을 못하는 이 오지랖을 어쩌겠나.

영혼의 개혁도 좋지만, 노동으로 땀을 빼고 싶다. 내 손으로 땅을 파서 씨를 뿌리고 거두는 것도 좋고, 무엇보다 틈틈이 순박한 시골 분들과 생활하며 건강을 살펴드리고 아픈 데를 어루만져 주는 일도 보람 있을 것 같다. 조부님도, 아버님도 한의학 공부를 하셨다는데 이제 와서 생각해보면 현명하신 판단이긴 한데, 하시려면 확실하게 하셔서 제대로 실행을 하지 않으셨을까 싶다. 침술과 한의학, 우리 몸에 관한 공부를 하기 위해 틈틈이 도서관에서 산다. 오늘은 외가 쪽으로 친분이 있는 한의원 김 원장님을 만나 참고될 공부를 했다. 낮에 도서관에서 동의보감을 대여해 집에서 익히고 있다.

사실, 수양개 마을에 임야 약 13만 평 정도를 매입한 것은 단순한 그야말로 우연이다.

마침 군사정부가 '우리도 잘살아보자'는 홍보 피켓을 내걸고 일을 벌이다 보니 정부 제정을 위해 국유지 불하가 많다는 소식을 들었다. 지인의 소개로 연고는 없지만 마땅한 땅이 있다고 해서 단양을 한 번 둘러보았다. 단양역에 내려서 이미 지도를 보고 사전 공부를 했지만, 지인의 말대로 큰 내 강나루에서 나룻배를 타고 건너 조금 오르다가 지도를 펼쳤다. 금수산의 남쪽으로 길게 뻗은 끝자락 쯤에 서서 보니 건너 멀찌감치 슬음산이 정겹다. 설지 않고 늘 보던 모습처럼 이웃집 아지매 같다.

산새는 아름다운데 한국전쟁 당시 전사한 많은 유골이 아직 가족을 찾지 못하고 자연장으로 널브러져 있다는 사정을 알고 있어서 마음이 좀 거북스러워진다. 대한민국 정부가 애초부터 독재에 쏟은 열정의 반이라도 국민에게 나눴다면 이미 가족을 찾았을 유골들이다.

울타리도 없는 길가 외딴집 문을 노크했다. 젊은 내외분이 나오셨다. 인상이 정감이 갔다. 찬물 한 사발 얻어 마시며 방문 앞 툇마루에 걸터앉았다. 참 쉽고 편안하게 맘을 열어주신다. 이래서 시골이 좋다. 서울에서는 당최 마음과 마음이 통하지 않는다. 속과 겉이 달라도 아주 많이 다르다. 나도 많이 물들고 있다. 그런 내가 싫어서 벗어나고 싶은 것이다. 이런 동네 와서 땅 파고 씨앗 뿌리며 살고 싶다는 내 속맘까지 내보였다. 남편 옆에 나란히 앉아 있던 아주머니께서 왼팔을 덜어 50도 정도 올리고는 양지 손가락으로 가리키며 하는 말이,

"요기 바로 요 위에 저 산유, 나라 땅인데 팔려구 내놨다던데유."

그 말에 나는 벌떡 일어났다. 마당이랄 게 없고 바깥은 그냥 달구지도 다니고 드문드문 완행버스도 다니는 길이다. 내려서면서 멀지 않으면 한 번 가볼 수 있느냐고 묻고 싶었는데 두 분이 먼저 따라와 보란다. 올라가다가 입구엔 이 부부가 일구어 채마를 조금씩 심어 먹는단다. 그분 말대로 정말 '저기'가 아니고 '요기'가 맞다. 백 미터 정도 가자 큰 경사 없이 제법 평평한 야산이다. 읍내도 그리 멀지 않고 산새도 험하지 않아서 과수원 하기엔 안성맞춤이다. 골짜기서 내려오는 실개천이 마음에 든다. 금상첨화가 아닌가?

좀 서둘러 농협 대출도 받고 해서 등기부에 '신건호'라고 떡하니 찍었

다. 이미 나는 사과가 주렁주렁 달리는 상상으로 부풀었다. 돈을 벌기 위한 꿈은 아니지만, 그래도 흐뭇하다. 여기가 내 마음의 안식처다. 그 내외분께 부탁도 했지만, 집이 드문드문 있어도 마을이라 이장님과 마을 주민들도 인사하고 막걸리를 대접했다. 기분 좋다. 아직은 이장님과 마을 주민들에게 알아서 개간해달라고 맡겼다.

금천동 재숙 씨네 과수원보다 훨씬 넓은 과수원이 될 거야. 상상만으로도 흐뭇하다.

일어나라 청년들이여

군정이 벌써 두 해를 넘겼다. 작금의 현실에 몸을 사리고 있는 청년들이나 문학인들이 안타까운 나머지 우리들의 침묵은 비굴과 거세된 판단 같은 패배의 침묵이 아니고 무엇이냐. 그렇다. 아무리 뛰어난 지식인이며 재력과 권리를 구비했다고 해도 이런 패배의 비극에서 구출할 수는 없다. 오직 용기가 필요한 것이다.

나는 자신이 할 수 있는 모든 일에 최선을 다할 뿐만 아니라 거대한 총칼 앞에 맞설 수 있는 것은 역시 문인으로서는 글이라는 것을 안다. 다시 본연의 업무로 돌아와서 마음을 다잡았다. 본연의 업무라는 것은 하고 싶은 말을 맘껏 하고 때리고 싶은 충동을 글로 때리는 것이다. 이미 정권 이양의 약속은 두 번의 해를 바꿨다. 사상계와 현대문학을 통해 계속 젊은이들을 일깨우고 있으나 반응이 아쉽다.

누가 주인이냐

10여 년의 자유당 독재와 3·15 부정 선거에 불만이 마산의 어린 학생 김주열 군의 최루탄 꽂힌 동공에 서린 원한의 눈빛에서 폭발하여, 온갖 포악과 탄압을 일삼던 그들을 하루아침에 무너뜨린 4·19 의거. 전국의 방방곡곡에 메아리 쳐 합창하던 민권의 절규가 어찌 그 어느 한정된 일부분 사람들의 불만일 수가 있었겠는가?

남녀노소를 막론한 국민 전체의 절규였던 것이다. 전 국민의 다 같은 불만이요, 자신의 주권을 찾겠다는 다 같은 분노가 함께 폭발했기에 그토록 거대했던 독재의 아성을 무너뜨릴 수 있었던 것이다.

그렇다면 4·19 의거가 전 국민의 것이듯 5·16 군사혁명도 진정 조국과 민족의 번영을 위한 혁명이요, 약골정체弱骨政體를 무너뜨리고 올바른 민주정치를 모색하기 위함이라면 결코 군인들만의 우국이어서는 안 된다. 국민 전체가 관계해야 하는 개혁이라야 한다. 그런데 군인들은 자기들의 독점물인 것처럼 우리들을 얼씬도 못 하게 했다. 군인들이 주인이며, 국민들은 따라야만 하는 상황이 벌어졌다.

나라를 사랑하는 것도 민족의 운명을 좌우하는 사업도 자기들만의 권리며 의무인 것처럼 행동했다. 곧 우리나라의 참 주인인 국민들은 잠자코 따라야만 했다. 참으로 주객이 전도돼도 이만저만이 아니었다.

그러나 실상 따지고 보면 못나고 잘못한 것은 혼자 주인인 것처럼 따라오라고 한 군인들보다 4·19 의거 때의 용기와 정신으로 즉각 정권을 이양받지 못한 국민들 자신에게 책임이 있다. 언제나 자기를 상실하는 죄는 뺏는 자보다 빼앗기는 자에게 더 있듯이, 우리 국민에게 죄는 더 있는 것이다. 군인의 총칼 앞이라는 변명은 하지 마라. 곧 군인과 국민이 적이라는 말이 된다. 군인도 국민이며, 군인의 충성은 우리의 충선과 상통한다.

만약에 국민이 이제 정권을 이양하라고 요구했는데 총칼로 거부했다면 그야말로 가공할 독재가 아닐 수 없다. 우리가 지레 겁을 먹고 내놓으라는 말을 못한 것이다. 내 기억으로는 과거 정치의 악덕 밑에서 재미를 봤던 부패의 고질 환자처럼 미련하고 염치없는 몇 사람이 손을 내민 것 외엔 국민들 쪽에서 내놓아라 한 적이 없다. 반면 군인들도 이제 정권 가져가라 한 적도 없다.

특히 과거 부패정치를 일삼던 세대와 동서同棲를 하던 장년층이 물러난 뒤의 주인이 될 청년들, 즉 어느 모로 보나 군인들 못잖게 순수하고 국민의 이익과 권리를 사랑해야 할 청년들이 이 누란의 시기에 손발 걷어붙이고 조국의 역사와 현실에 참여할 기세가 엿보이지 않았으니 책임과 죄는 우리, 곧 청년에게 있다고 아니할 수가 없다.

'청년들이여! 제발 손발 걷어붙이고 일어나라!'

자다가도 외칠 것 같다. 애달프다. 가슴은 끓는데 반응이 없다. 이런 글을 연재한다고 해서 '옳소'를 외치며 따르는 사람이 줄을 서는 것도 아니요, 돈을 버는 것은 더욱 아니며, 인격적으로 존경을 받는 것도 아니라는 정도는 안다. 알지만 분명 옳은 길이요, 청년들이 일어나야 할 시점에 먼 산 불구경만 하는 세상이, 사회가, 인간들이 너무나 답답하고 애달프다. 이 나라 국민으로서 의무요, 권리이다. 사람이 사람으로서의 주어진 의무도, 권리도 포기하는 것은 인간이기를 포기한 것 아닌가? 나는 대다수의 사람들이 불가능이라고 하는 바위에 계란치기라도 행해야 한다는 생각이다. 자신이 옳다고 생각하는 주장은 굽히지 않아야 한다. 속으로는 옳다고 동의하면서 꿈쩍도 않는 것은, 아니 못하는 것은 536년이라는 긴 세월이 국민들의 용기를 다 앗아간 탓이다. 애석하게도 하고 싶은 말을 삼키며 살아온 우리 국민이다. 나만이라도 좋다. 계란으로 바위를 깨부수자는 것이 아니다. 또 바위 속에 계란을 넣겠다는 것도 아니며, 바위를 감동시키려는 것도 아니다. 바위에게,

"너의 독재를 이렇게 반대하는 국민이 있단다."

이 사실만이라도 알리자는 것이다. 겉보기엔 꿈쩍도 않는 것 같지만, 그 찐득거리는 깨진 계란의 아우성을 듣는다는 생각이며, 계란의 간절한 몸부림이 전달은 될 것임을 나는 믿는다.

무엇보다 국민의 수준이 높아야 한다. 온 국민이 지식인이었다면 우리가 일본에 의해 점령당하진 않았을 것이다. 시급한 문제임을 통탄할 즈음에 마침 문맹퇴치 운동과 의무교육제도가 이루어지고 있다. 그 바람에 우리나라가 교육열이 끝없이 높아지고 있다. 빈민층일수록 학구열이 더 높은 상황이 생기고 있다. 단순한 교육열이라기엔 지나쳐 보이기도 하고, 억제된 울분을 토하듯 온새미로 삶을 자식 교육에 다 바치는 부모들이 늘고 있다. 그것은 고학력 교육으로 자식의 신분을 상승시키고 싶은 서민층 부모들의 희망이기 전에 恨이었으니까. 자식 성공이 삶의 목표요 희망인 서민들은 오직 자식의 신분상승, 즉 성공의 길은 고학력

이라고 가슴 깊이 새겨져 있다. 대학교만 졸업하면 더할 나위 없이 성공인 줄 알고 입술을 깨무는 서민층 부모님들이다. 이런 자식 사랑 속에는 순수한 사랑보다는 자신의 恨이 담겨있다.

'나처럼 살지 마라.'

이 시대 부모들의 좌우명이 되었다. 또한, 질곡의 삶을 살아가는 부모의 삶을 보면서 자란 청소년들의 가슴에도 나는 부모님처럼 비참하게 살지는 않겠다고 뼈에 사무치는 결심을 한다. 이런 현상이 어떻게 생각하면 우리나라가 급성장하게 된 원동력이 되었는지 모른다. 그 급성장에 체한 것은 아닐까. 국가 성장은 물론이요, 개개인의 성장도 확연하다. 허나 성장이란 전반적으로 균형이 잡힌 성장이라야 한다. 급성장에 국민의 사고思考가 따라주지 못하고 현실 생활에서 생긴 문제점 등에 따른 경험이나 커리큘럼이 되지 않은 것이다.

지상 세미나 문제만 해도 그렇다. 서로 의견이 다르다고 해서 등지거나 상대의 발언에 귀를 막을 필요는 없다, 아니 필요 없는 게 아니라 적극적으로 상대의 지론을 듣고 왜 아닌지 왜 동의하는지 평을 하고 소통을 해야 발전이 있을 게 아닌가? 삼삼오오 끼리끼리 모여 큰소리치면서 밖에서는 쪽도 못 쓰는 구들장군들이다. 답답하기 이를 데 없다. 3·1운동과 4·19는 왜? 누구의 피를 흘렸으며, 누가 희생되었는가? 작금의 나날과 현실은 남의 일인가? 청년들이 이 긴요한 상황을 전문 정치가들에게 하청을 주고 '나 몰라라' 한단 말인가. 이 나라의 주인이 누구인가?

생각하며 울분을 참느라 두 주먹을 불끈 쥐고 걷는데,

"이보게 동문이."

목소리만으로도 뉘신지 아는 선배다. 대낮부터 술을 마시긴 좀 그렇고 선배가 방금 나오던 그 다방으로 되돌아 들어갔다.

"자네 표정이나 두 주먹을 보니 뭔가 잔뜩 화가 나서 금방 누구라도 칠 것 같구먼."

"요즘 젊은이들 뭐한데요? 사일구 정신은 어디 갖다 팔아먹었답니까? 글쟁이들은 또 뭐합니까? 나라가 잘못 굴러가면 젊은이들이 나서고 글쟁이들은 글로, 옳은 말로 계몽을 해야 하는 거 아닙니까? 양심적으로 깨끗이 정권을 이양하겠다는 공약은 어디로 갔단 말입니까?"

"이보게 자네의 그 애국심이나 정의에 불타는 정신은 이 나라 젊은이들이나 문인들이 다 본받아야 하는 거 맞어, 맞는데 말이야 하나만 생각지 말고 또 조급하게 생각지 말고 두루두루 생각 좀 하세. 군이 틀어쥐고 있는 나라가 독재라는 것을 온 국민이 다 알아. 그런데 그 독재가 나라를 공산주의에 넘기려는 것도 아니고, 과거처럼 일본에 넘어가는 것도 아니잖아. 자네 말처럼 단순하게 총칼이 두려워 움츠리는 것은 아니야. 지금 나라 경제를 살리겠다고 노력하잖아? 또 효과도 있고. 국민들이 부흥의 현장에서 생기가 돌고 있어. 독재라도 그것이 사리사욕이 아니고 국민을 위함이고, 또 실제 경제부흥이 이뤄지고 있다면 좀 더 기다려 보는 것이 순리일세."

화가 치밀어 있는 상태라 그런지 아님, 평소 하나님 부처님 같은 말만 하는 M선배를 알기 때문인지 솔깃하지 않고 귓결로 흘려들었다.

"형님, 그럼 계속 독재를 해도 좋다는 뜻입니까? 아무리 선의에서 나오고, 애국에서 나온 독재라 해도 독재는 독잽니다. 설령 그것이 자선이라고 해도, 박애에서 나온 독재라 해도 그것을 거부할 권리와 의무는 우리 모두에게 있어요. 현 군 정부의 애국심을 의심하는 사람은 없어요. 쇄신분골하는 헌신적인 봉사는, 박정희로 인해 몰락한 전 정객들의 입에서까지 존경한다는 말이 나오니까요. 그 애국정신을 나무라는 게 아닙니다. 근본적으로 자신의 신념과 명령으로 국민을 인간개혁 시키려 하는 것은 큰 착오지요. 또 하나 내가 염려하는 것은 현재의 박정희를 의심하는 마음은 눈곱만큼도 없으며, 지금 당장 끌어내리자는 것도 아닙니다. 문제는 나랏일도 해서 보람이 있고 잘 일어나면 좀 더 나은 어떤 일을 벌이고 싶고, 그 일이 잘되어 국민에게 크게 도움이 되면 또 더 나은 일을 벌이고 싶어진다는 거죠. 사람인지라 개인적으로 이득이 없는 나랏일이지만 자꾸 욕심이 생긴다는 말입니다."

"자네 말에 일리가 있긴 해. 허나 아직은 어쩔 수 없이 지켜볼 테니 나라 경제부터 살리고 어느 정도 민주국가의 틀이 잡히면 정당한 선거를 해서 이양하라고 해야지."

"아직은 우리나라가 민주국가로서 미비하다는 말은 맞아요. 그러니까 금지령에 따르고 준수하라면 착하게도 준수하는 거 아닙니까. 허나 이 정도 틀을 잡았으면 공약을 지켜야지요. 우물쭈물하다가 조선이 식민국이 되었습니다, 빼앗는 자보다 빼앗기는 자는 자기 상실의 죄를 책임져야 해요. 4·19의거가 앞장섰던 학생들만의 것이 아니라 국민 전체의 투쟁이잖아요. 5·16 군사혁명 또한 진정 조국과 민족을 위해 부패정치와 약골정체弱骨政體를 뭉개고 올바른 민주정치를 위해서라면 군인들만의 우국이어서는 안 되는 거 아닙니까? 그런데 군 정부는 지금 자기들이 아니면 나라가 없어지기라도 하는 것처럼 독점을 하고 있어요. 주객이 전도되어 국민들은 잠자코 따라오기만 하라잖아요. 제대로 민주주의 국가가 되려면 하루아침에 이루어지는 것이 아니잖아요. 우선 약속대로 정권을 이양해놓고 지켜보는 것이 순리라 생각해요. 또한, 이 나라 청년들이 살아있음을 보여줘야 해요."

후배의 말이 틀린 것은 아니라면서도 정의와 열정만으로 나대는 모습이 저어기 걱정스러운 선배 앞에서 나는 또 벅찬 가슴의 문을 열었다.

"혹 총칼 앞에서 어디 감히 입이라도 벙긋하겠느냐고 한다면 크게 잘못 생각하는 것이요, 그런 생각 때문에 현실이 이렇게 잘못되어가고 있는 것입니다. 군인의 적이 국민인가요? 아니잖아요. 국민의 적이 군인인가요? 아니잖아요. 우리는 지레 겁을 먹고 떨고 있는 겁니다. 만일 국민이 이제 정권을 내놓으라고 했는데 총칼 앞세워 정권을 쥐고 있다면 그야말로 도둑놈 같은 독재 아닙니까. 그런데 말입니다. 아무리 생각해도 과거 부패 정치의 악덕을 이용해서 재미를 톡톡하게 보던 몇몇 파렴치꾼들이 손을 비비며 내민 것만 눈에 띄고, 당당하게 저 독재 앞에 나서는 자가 없네요. 그러니 빼앗기는 자에게도 책임이 있다는 것입니다. 이제 부패 정권 밀어냈으니 정권을 내놔라! 군인은 군인 본연의 임무로 돌아가라!"

라고 외치며 나서야 한다고 주장하면서 애달픈 마음에 가슴을 친다.

특히 과거 부패정치마당에서부터 함께 춤을 추던 어른들이 물러나면 바통을 받아야 할 청년들이 이 누란의 시기에 몸만 사리고 있다는 것은 바로 독재의 책임은 우리 청년에게도 있다는 것이 내 주장이다. 이런 주장이 옳은 말이라는 것을 가슴은 인정하면서 현실은 지기를 펼 수가 없으니 억장이 무너지는 것이다.

"이보게 동문, 자네 말이 다 옳아. 그런데 말이야 내 생각은 제대로 민주국가가 되려면 지도자와 정치가들의 사고思考가 아무리 훌륭해도 국민 레벨이 아직 준비가 덜 되었다면 독재라도 해서 나라 경제부터 살려야 한다고 생각하네. 조선 오백 년 동안 우리 국민이 그야말로 폐쇄된 양반의 나라에서 굽실거리는 데 익숙해졌지. 그런 상태에서 곧장 36년을 식민국민으로 살던 국민이잖아. 그 식민도 지독하게 국민들의 근성까지 노예근성으로 각인시키려고 온갖 수법을 다 동원했잖아. 소수의 지식인조차 입으로는 자유가 어쩌고 민주주의를 부르짖지만, 현실을 보면 올바른 민주 국민으로서의 인식이 부족하잖은가? 지킬 건 지키고 주장할 건 하는 당당함이 없어, 소위 지식인들도 겨우 이론으로만 민주주의가 어떤 것인지 터득했을 뿐 일상 관습이 되질 못 했네. 지금 문맹퇴치를 위해 의무교육 실천하는 것은 아주 잘하고 있는 거야. 우리가 먼저 민주 국민의 수준으로 상승해야 한다고 생각해. 자유당 시절부터라도 참 민주교육을 했어야 하는데 참 민주주의가 몸에 배면 반공 교육은 따로 하지 않아도 된다는 자네의 주장이 백번 타당하네. 허나 여태진짜 민주주의를 알지 못하게 반공으로 방패를 했어. 지금 조금씩 국민이 개화되고 있다고 생각해. 믿고 기다려보자."

"어느 천년에요? 그러다가 우리 국민은 500년과 36도 억울한데 이젠 우리 국군의 총칼 밑에서 몇 년을 더 살아야 한단 말인가요?"

"아냐, 이제 겨우 3년 조금 넘었어. 우리들, 즉 국민이 참 민주주의를 터득하고 당당해질 때까지 말하자면 지식을 쌓고 세상 돌아가는 것 좀 알아야 한다는 거야, 우리 국민이 제대로 세상이 어떻게 돌아가는지 알 겨를이 없었잖아. 조선의 마지막 총독 아베 노부유끼가 떠나면서 남긴 말이 나는 가슴을 누르고 있네. 지들이 패해서 떠나지만, 조선은 승리한 것이 아니다. 그거 맞는 말이잖아. 서양 열강 국들에 의해서 해방된 것이지, 우리 힘으로 해방한 거 아니잖아. 게다가 준비 없이 해방은 되었지만, 한동안 얼마나 혼란스러웠어? 그나마 이승만 같은 일부 지식인들이 있어서 다행이었지만 결국 국민의 무지를 이용해 잘못 흘러간 거야. 또다시 그런 일은 없도록 하자는 거야."

"그래서 우리 청년들을 일깨워서 정신 차리자는 거 아닙니까? 그렇다고 이대로 먼 산 불구경하듯 맥 놓고 있자는 거요? 형님 난 그렇게 안 봤는데 차암 답답하네요. 군의 총칼과 양반의 세력이 다를 게 없어요. 우리 무식한 백성은 또 그렇게 굽실거리며 살라는 것 같아요."

"이 사람아, 아니야, 그건 아니야. 아베 노부유키가 장담한 내용을 자네도 알잖아. 조선인이 제정신을 차리고 옛 영광을 되찾으려면 100년이 더 걸릴 것이라 했어. 지들이 총칼보다 더 무서운 식민교육을 심어놓았기 때문에 조선인들은 서로 이간질하며 노예적 삶을 살 것이라고 말이야. 얼마나 소름 끼치고 무서운 말인가? 더 소름 돋는 것은 곧바로 정치한다는 인간들이 하는 짓거리 봤잖어. 여, 야가 서로 물어뜯는 꼴을 말이야. 그뿐만이 아니야 그 아베 노부유키가 맥아더 사령부의 심문에서 뭐라 했는지 알아?"

"알지요, 한국인은 아직도 자신을 다스릴 능력이 없기 때문에 독립된 형태가 되면 당파 싸움으로 인해 다시 붕괴될 것이다. 그 말을 어찌 흘립니까? 뼛속까지 사무치는데요. 그러니까 앞으로 이 나라를 이끌어갈 청년들이여 일어나라는 것이지요. 이미 진짜 식민교육에 물이 든 어른들이 모든 관습과 고정관념을 바꾸기는 어렵지만, 청년들은 일어나야지요."

"암, 청년들이 일어나야지, 허나 일어나는 것도 세상 돌아가는 현상을 똑똑히 알고 일어나야지. 지금 청년들 발등에 불이 더 급해. 공부하며 선진국에 가서 견문도 넓혀 와야 하고 참 민주주의를 터득해야 한다는 거야. 아직은 독재라도 경제부흥이 우선이라고 생각해. 아베의 말처럼 자유라고 풀어놓으면 위험해. 그리고 우리들 국민들과 야당의 레벨을 더 다진 다음에 건전한 선거로 민주국가의 대통령을 선출해야지. 옳은 민주정치를 하려면 국민과 야당이 현명해야 돼."

"형, 그러다가 아예 선글라스 나라가 되겠수, 때늦으면 후회해도 소용없수."

선배는 지나치게 서두르는 후배가 걱정이고, 후배는 한심할 정도로 안일한 선배가 답답해서 더 긴 대화조차 짜증 난다. 두 사람이 서로의 말뜻은 이해를 하며 일리는 있다고 생각하지만, 또한 서로가 지나치다고 생각한다.

나라도 역사도 현실도 모두 우리의 것이며, 모든 것의 그 자체가 되어 역사를 만들고 사회를 개혁하고 정의를 창조하는 임무를 도맡아 해야 할 우리가 도대체 언제까지 정신 놓고 있자는 것인가?

허긴 작금에도 정치 비평 좀 한다거나 하루속히 제대로 민주국가가 되기 위해서는 민간에게 정권을 이양해야 한다는 말을 했다가는 비평분자, 혹은 반국가분자라는 명칭으로 처벌당하는 꼴을 보고 듣는 청년들이 어찌 지기를 펴고 일어날 용기가 있겠는가.

경제 발전을 위해서 국민들의 정신 발전은 제자리걸음을 해야 하는가? 비굴하게 일상과 타협하고 적당하게 체념도 하면서 흐르는 시간에 맡길 수는 없다. 대한민국의 문인들이라도 정신 차리고 필을 움직여 현실참여에 힘을 합치면 좋겠다. 우리나라만큼 현실참여 정신을 외면하는 국가는 없을 것 같다. 자판장사꾼이 국으로 장사에만 신경 쓰지 않고 사회의 불공평함을 논하고 정치에 불평을 하면 곧바로 비웃음이 돌아온다.

"제까짓 게 뭐 안다고 잘난 척이야? 신세 망치려고 세상 참견이야 장사나 똑바로 하지."

조소거리다. 공무원이 나라 되어가는 꼴이 하도 답답해서 불평을 하면 바로 윗선에 불려 간다. 불똥이 떨어진다. 문단에서 누군가 각박한 사회와 방향감각을 잃은 역사적 현실에 자신을 내던져 칼럼으로 대결한다면

"되잖게 잘난 체한다, 안목이 짧아서 세계를 못 본다."

라는 등 송충이 피하듯 한다.

지금 바로 정권과 맞서자는 것이 아니다. 우리 국민이 이렇게 건재하다는 것을 보여주면서 긴 독재는 꿈도 꾸지 말라는 일종의 경고를 하자는 것이다.

이 사회가 이 국민들이 도대체 무슨 생각을 하면서 숨 쉬고 있을까? 생각하며 땅만 보고 걷다 보니 내가 근무하는 경향신문사다. 시인 동엽을 만나러 가다가 엉뚱하게 M선배를 만나고 되돌아오는 격이 되었다. 마침 사무실에 들어가니 동엽이 와있다. 조금 기다리면 수영 선배도 온단다.

"시집 『아사녀』 출간 축하하네. 축하주는 내가 사지. 벅적지근하게 출판 기념회는 못해도 그냥 넘어갈 수는 없잖아."

마침 시인 천상병의 전화다. 이 친구도 우리와 같은 생각이라 관철동으로 나오라고 했다. 그렇게 시인 몇 명이 관철동으로 가려고 나가는 중 소설가 이병주가 들어온다. 김수영 선배는 이병주를 환영하지 않는 사이다. 돈 많은 지주 아들이다 보니 주로 술값 계산은 맡아놓은 편이고, 그것이 김수영은 거들먹거린다며 껄끄러운 모양이다.

어쨌든 자리를 같이했다.

목소리가 높아지고 얼굴들이 붉어지는 것은 취기가 올랐다는 뜻이다. 김수영 선배답게 시집 『아사녀』를 논한다.

"자네 이번 시집 말이야. '우리는 헤어진 게 아녜요, 아녜요.' 하면서 부드러운 말로 시작해서 강인한 참여의식이 깔려있는 경제經濟를 할 줄 아는 기술이 숨어있어. 세계를 발언할 줄 아는 지성이 숨 쉬고 있고 죽음의 음악이 울리고 있네. 특히 「진달래 산천」은 시작부터 범상치 않아. 길가엔 진달래 몇 뿌리 꽃 펴있고 바위 모서리엔 이름 모를 나비 하나 머무르는…."

멋지다. 신동엽은 나보다 세 살 후배지만 친구로 지내는 사이다. 김수영(金洙暎)의 말과 같이 암담하였던 민족 현실을 의식하고 끊임없이 싸워간 민족 시인으로서 꿋꿋한 의지로 자신의 시 세계를 이룩하고 있다. 「진달래 산천」에 동엽의 울고 싶은 심정, 우글거리는 울화가 녹아있다.

"허나 나는 시를 모르는 사람이라 그런지 저쪽에서 나처럼 대가리가 빈 인간들이 「진달래 산천」을 걸고넘어질까 걱정이네."

이병주의 말에 김수영 미간의 주름이 굵어진다. 그래도 일리가 있는 말이다. 시를 접한 우리들은 속이 시원하지만, 부담감은 떨칠 수 없다. 내가 나섰다.

"허긴 심심하면 빨갱이로 몰아붙이는 족들이라 나도 신경이 쓰이긴 해. 그렇다고 시인이 시 하나 맘 놓고 못 쓴다면 이거이 민주국가냐? 오랏줄이 두려우면 시를 쓰지 말아야지."

"그럼, 당연하지 스스로 순수라 칭하며 내놓는 시를 봐봐. 그게 꽃노래나 하는 동시지. 지금 이 나라 국민이 심층에서 우려낸 시라고는 할 수 없잖아."

동갑내기 천상병 시인의 말이다. 통금시간 전에 집에 도착할 수 있는 시간을 최대한 활용하며 한풀이와 마시기를 거듭했다.

제9장

노총각 위원장 사퇴

_ 신기하도록 이상한 것은 폐결핵이 조용하다. 어머니의 성화로 틈이 날 때마다 병원에 가서 한 번 검사를 해야지 하면서 실제 한 번도 안 갔다. 물론 급하면 몇 번이라도 다녀왔을 터, 바쁘다는 것은 핑계가 맞다. 게다가 어머니는 뭐 번 선 자리를 마련하셨지만 내가 고집스럽게 윈고개짓이라 포기했다. 어머니는 결혼에 관심조차 없는 아들이 걱정이다. 아들의 폐가 조용하니 어머니는 이제 손자가 그리우신 모양이다. 그러나 내가 나를 안다. 이성 콤플렉스가 심해서 연애감정이 마치 신성모독이라도 되는 것처럼 거의 결벽증에 가깝던 증세가 지금은 많이 누그러졌지만, 아직 다 지워지지는 않고 있다. 누그러졌다는 말은 내가 아예 관심조차 두지 않은 탓일 수도 있다. 어릴 적부터 가슴과 뇌리에 누룽지처럼 붙어있는 열등의식은 그래도 활발한 출판일과 대인 관계로 많이 완화되었지만 완전히 씻어내지 못하고 있다. 어릴

적 어른들에게 앙기가 대단하다는 말을 자주 들은 적이 있다. 콤플렉스가 그 앙기를 더 강하게 한 것이다.

모처럼 일찍 집에 들어가니 어머니께서 기다리고 계신다.

"어머니, 왜 방에 들어가시지 않고 이렇게 마루에 계세요? 쌀쌀해요, 들어가세요."

"내가 너를 기다린 것이 하루 이틀이 아니다. 그래도 통금 전에 들어오는 너를 보니 다행이구나. 요즘 통 병원은 안 가냐?"

지금까지 살면서 내가 어머니를 위해 해드린 게 아무것도 없다. 하루도 편안한 날 없이 조마조마 애태우신 어머니다. 나도 마음 한구석에 어머니의 모습이 늘 짠하게 자리 잡고 있긴 하다. 그 짠함이 오늘은 뭉클한다. 70대면 뒷방 할머니시다. 그런데도 우리 어머니는 며느리조차 못 보고 있다. 청주 집을 비워두고 요즘은 여기서 살다시피 하신다.

"괜찮아요, 내가 생각해도 이놈의 폐가 조용한 것이 신기해요. 후배가 시집을 출간해서 축하주 한잔했어요. 어머니는 왜 기다리셨어요?"

"내가 아무리 생각해봐도 평생 네가 혼자 살 수는 없다. 내가 떠나면 누가 너를…."

하시다가 눈물을 닦으신 후 다시,

"내가 살아있을 때 결혼을 해라. 내 생각엔 '미쓰 남'이 적격이지 싶다. 왜냐면 숨길 게 없잖아. 학교 다닐 때부터 문학 공부한답시고 병실에 들락거리며 너의 병세나 우리 가정사까지 다 알고 있잖아. '미쓰 남'이 너를 많이 좋아하고, 너도 아주 싫은 것은 아니잖아. 어때?"

"네, 기정이 좋은 아이예요. 싫은 건 아니지만 어머니, 나이를 생각해 보세요. 모든 조건이 이건 아니잖아요. 내가 기정이를 굳이 데리고 온다 면 도둑놈 심보지요."

어머니는 웃으시며,

"역시 너답다. 너다워. 그런데 말이야, 기정이가 싫다는 걸 우리가 수 단을 부려서 데리고 온다면 너의 말처럼 도둑심보지. 그게 아니잖아. 나 도 눈치는 있다. 명분은 기정이가 문학 공부며, 너의 팬이라고 하지만 그 속을 모르겠니? 벌써 몇 년이냐 갸도 지금까지 널 바라보고 있는 거 아니냐? 갸가 싫다면 억지로 청하라는 건 아니다. 일단 갸를 만나서 의 중이나 알아보는 게 순리지 싶다. 내가 만나보랴?"

"기정이가 아직 세상물정 몰라서 그래요. 알았어요, 알았으니 들어가 세요. 감기 오겠어요. 그 문제는 생각해볼게요 약속해요."

어머니가 안방으로 들어가시는 뒷모습을 보며 언제 저렇게 늙으셨지. 나밖에 모르는 어머니에게 불효자 용서를 빌 면목도 없다. 여동생 정이 가 어머니랑 같이 있을 땐 덜 미안했는데 시집을 보내고 혼자 적적하시 니까 서울로 올라오셔서 매일같이 아들 짝만 찾으신다.

어떻게 사는 것이 잘 사는 걸까. 결혼이라는 것을 해야만 하는가.

정답을 원치도 않고 누군가 정답을 준다 해도 필요가 없다. 그것은 정 답이 아닐 테니까. 무조건 얼굴에 검버섯이 늘어나는 어머니 말씀에 귀 기울여야겠다. 나처럼 오기가 있는 사람이 콤플렉스가 있으면 오히려 상상을 초월한 용기로 돌변하기도 한다. 다음 날 바로 남기정을 불렀다.

조용한 다방에서 오랜만에 만난 두 사람은 사무적인 인사가 끝나자 금방 서먹해진다. 전에는 그렇지 않았는데 다른 목적이 있어서 만났기에 내 이성 콤플렉스 증세가 발동을 하는 것이다. 기다리던 미쓰 남이 먼저 입을 연다.

"무슨 일이세요? 저를 부르실 때는 뭔가 하실 말씀이 있으신 거 아녜요?"

"으응 음, 실은 어머니의 늙으신 모습을 어제저녁에 처음 제대로 보았어. 한 마디 한 마디 하시는 말씀이 내 속가슴을 후비더라. 그리고 엄마가 너를 간절히 원하셔. 나도…"

너무나 뜻밖의 말을 들은 미쓰 남은 당황한다. 원래 이런 일에 능수능란하실 분이 아님을 알기 때문에 이해는 하지만 어떻게 어머니를 앞세우시나. 아무리 다른 가족 없이 엄니 품에 싸여서 살아오셨지만 황당하다.

"선생님, 청혼이죠?"

"청혼이라기보다는 기정이 너의 의향을 묻는 거야."

대답을 하면서도, 야가 참 많이 성숙했구나, 저렇게 단도직입적으로 질문도 하다니 싶어 뜨끔했다.

"선생님 참 짓궂으십니다. 어떻게 그런 말씀을 어머니의 뜻이라고 하세요? 또 이렇게 덤덤하게 하실 수 있어요? 황당해요. 실은 선생님 향한 제 마음 삭이느라 참 많이 노력했어요. 하지만 선생님 연락받고 설레는 마음으로 왔는데, 그런데 겨우 어머니께서 절 원하신다구요? 참 섭섭합니다만 저도 같은 입장이라 할 말 없어요."

"같은 입장이라면?"

"저희 아버지를 꺾을 순 없을 거요. 내가 숙지막하니까 지금은 좀 덜 하긴 해도 걱정을 놓지 않으세요. 나보다 아버지를 설득하시지요."

"그렇구나, 부모 입장에서 누가 열세 살이나 많은 아저씨에게 딸을 쉽게 허락하겠나. 아버지만 설득하면 너는 ok?"

비로소 계면쩍은 웃음이지만 웃음으로 분위기를 살린다. 허나 원래 생각이 많은 편이라 좀 애매모호하다. 스스로 거절하기가 좀 머쓱하니까 아버지를 핑계 삼는 걸까, 아님 이 자리서 곧장 쌍수 들고 나설 수 없으니까 저러는 걸까? 감을 못 잡겠다. 허나 한 번 내뱉은 말은 끝까지 충실한 사람이 되어야 한다고 입버릇처럼 말하던 나다. 폐결핵도 이젠 다 나았고, 건강한 모습과 지금 사회에 중요한 역할을 하고 있다는 사실도 다 보여 드리고 싶어졌다. 그는 자신의 심정을 직접 말로 하려니 차마 낯간지러운 말을 어찌 면전에서 하는가. 다 듣지도 않고 쫓겨날 것 같다. 그래서 부친께 글로 쓰기 시작했다.

먼저 자신이 건강하다는 사실부터 밝혔다.

다음으로 기정이 여고 시절부터 자신의 팬이었으며, 팬쉽(penship)에서 조금씩 사랑으로 변한 걸 눈치채고도 묵인한 것은 자신의 병과 나이 차이 때문에 양심상 받아줄 수 없었다는 것. 그리고 이젠 직장도 있다. 등등 자그마치 200자 원고지 50매 분량의 글을 써서 들고 미쓰 남의 집으로 찾아가 부친에게 넙죽 절을 하고는 서로 안부만 전하고 편지를 드리고 나왔다. 자신의 행동에 스스로 놀랐다. 어디서 이런 용기가 솟았느냐고 자문한다.

편지를 찬찬히 꼼꼼하게 살핀 미쓰 남의 부친은 딸을 부른다. 여고 시절엔 아직 어려서 시 나부랭이나 쓰고 서울대 휴학 중이고 어쩌고 하니까 저러지 생각했다. 그래서 그냥 문학도 하지 마라, 폐병쟁이 만나지 마라 엄하게 다스렸지만 몇 년을 버리지 못하는 마음이라면 어쩌랴?

"거참 요샛말로 저널리스트라고 하냐? 그 논객다운 편지로구먼, 논리적으로 일사천리지만 세상에 자기가 젤 똑똑한 줄 알고 있어. 하지만 아니란다. 사람살이가 이론적으로 사는 게 아니란다. 매사에 이렇게 논리적으로 따지고 들면 가족으로서는 피곤해. 옜다, 읽어보고 단 한마디라도 거짓이 있다면 지적해라. 그리고 너의 솔직한 마음을 오늘 저녁까지 정리해서 애비 앞에 털어놔봐. 그동안은 내가 폐병쟁이에 나이 많아, 가난해, 애비조차 없이 자랐으니 하나도 제대로 갖춘 게 없어서 무조건 반대했다. 이제 완치하고 건강하다는 말 확실한지 내가 데리고 병원도 가볼 테니 거짓말할 생각 말거라. 그리고 저는 직장이 있다지만 그까짓 거 툭하면 그만두고 옮기는 걸 어떻게 믿을래? 또 여적지 먼 산 불구경하듯 꿈쩍도 않던 놈이 워째서 이런 짓을 하는겨? 니가 아버지 설득해달라고 꼬득인겨? 그동안 계속 만나고 지냈겨?"

"내 방에 가서 읽어볼게요."

남기정은 모른 척 일어나서 나왔지만, 아버지도 선생님의 근황을 잘 아시는 걸 보면 눈여겨 살핀 것이구나 싶다. 그에게 문학 공부를 하던 그때로 되돌아온 듯 잠자던 속가슴이 설렘으로 일렁인다. 맘속에서 쫓아내려고 참 많이도 애썼는데 다시 가슴 뛰게 하다니, 어머니 뜻부터 우선인 선생님이 섭섭하지만, 성품이라고 이해를 한다. 아버지께서 걱정하시는 가난은 옛말이다. 지금은 선생님 댁 가난하지 않다. 읽고 또 읽어도 가식은 없다. 그분은 원체 가식이 없는 분이시다. 의뭉스럽게 자기 목표를 위해 거짓 선언하는 그런 격 떨어지는 분이 아니다. 열여덟 소녀의 맹목적인 사랑으로 시작했지만 해를 거듭해도 그 맹목을 벗지 못하던 뒤를 돌아본다. 지금도 이 설렘이 맹목인가 아닐까 모르겠다. 설령 제대로 익은 사랑이 아니라 해도 선생님과 동행이라면 다 극복할 수 있을 것 같다. 밤새 생각하고 또 생각해도 그분을 멀리할 수가 없다. 오히려 부모님처럼 조건을 염려하는 내가 속물 같아 부끄럽다. 모든 조건이 설다고 해도 그분의 성품은 모든 조건, 힘든 문제들 다 극복해 주리라 믿는다.

　서른여섯 살 노총각 장가가는 날이다.

　12월의 추위에도 종로 시민회관에는 내로라하는 문인들이 하나둘 모인다.

　"저 사람 평생 혼자 살 줄 알았더니 장가를 가긴 가는구먼."

　"글쎄 말이야, 가야지, 전에 문학 공부하겠다고 찾아오던 문하생이라며? 저 사람 아닌 줄 알았는데 그런 재주도 있었어."

　"노총각 젊은 신부한테 빠져서 편집실 일에 등한시하는 거 아닌가 모르겠어."

　"부럽네, 부러워."

　제각기 한마디씩 한다.

이성에 관심을 가지고 연애를 한다거나, 같이 잔다거나 하는 것은 아주 불결하다고 느끼던 내가 드디어 결혼을 했다. 어떤 결벽증이 있건 말건 본능은 어쩔 수 없다. 다시 말하면 콤플렉스를 극복한 것이다. 그나마 어머니가 도화선이 되어 불이 붙은 것이다. 어쨌든 '노총각 위원장'이라는 별명 딱지가 이젠 사라졌다. 공초 선생이 작고하고부터 붙었던 별명이었다.

제10장

4·19 정신은 어디 가고

가슴은 불타는데 사회가, 청년들이 너무나 외면한다.

일본 강점기 때 몇몇 시인이 투옥당했던 불행을 기억한다. 그러나 그 외 많은 문학인이 일제에 보국報國했던 것도 기억한다.

강점기 시인들이 남겨 놓은 시 중에서 민족의 통분을 대신 울어준 시가 몇 편이나 되는가? 최소한 인간으로서의 자유를 억압받을 때 저항하는 시가 얼마나 되는가?

이 혼란한 사회에 금서 하나 없는 것조차 문단에 몸담은 1인으로서 창피하다. 『사상계』에 그 심정을 올렸다.

〈전략〉

현 군 정부 지도자의 애국지심을 의심하는 자는 없다. 이승만 노인의 애국심은 이제 와서 생각해보면 자기존대의 망상인가? 애국심인가? 의심이 갈지언정 박정희 장군의 충성심을 의심할 사람은 아무도 없다. 쇄신분골하는 헌신적인 봉사에 경의를 느끼지 않을 수 없다. 그로 인해 몰락한 전 정객들조차 그를 존경한다고 말할 정도다.

그렇다고 해서 그렇게 애국심에 불탄다고 해서 그 방법이 민주주의 원칙에 어긋나도 되는 것은 아니다. 박 장군 밑의 사람들이 그에 대한 과잉 충성도 난처하지만, 박 장군 본인의 국가나 민족에 대한 과잉 충성도 방법을 그르쳤을 때는 곤란한 것이다. 그런데 문제는 박 장군의 성의와 진심과 노력과는 다르게 그 방법에 대해서는 수긍할 수 없는 점이 한두 가지가 아니다.

심하게 말하면 그 방법은 전적으로 그르친 것이라고 할 수밖에 없다. 무력 쿠데타로 무능정권을 전복한 것이 잘못이라는 게 아니다. 그것은 위독한 환자의 수술을 위해 메스를 든 의사의 냉혹함과 버금간다. 또 화폐개혁의 실패나 요즘 물가앙등에 대한 실정을 말하는 것도 아니다.

근본적인 문제는 자기의 신념으로 국민을 인간 개혁시킬 줄 알았다는 점이다. 더구나 그 방법을 국민의 자발적인 방법으로 도모한 것이 아니라 명령으로 실행하려고 했다는 점이다. 민주주의의 대원칙이 '욕망과 평화를 갈망하는 모순투성이고 불완전한 인간들의 최대 공약적인 이익을 보장하는 제도'일 것인데 국민에게 금지와 준수만을 전제로 한 명령으로써 인간을 완전한 것으로 개혁하려고 했다는 것은 근본적인 착오였던 것이다. 이것이 원인이 되어 여러 가지 부작용이 발생하였으며 병폐가 생겼던 것이다. 국민들에게 감시당하고 있는 점이 바로 그것이다. 간섭을 받고 있다는 느낌을 갖게 하였고 나아가서는 국민 생활이 어딘지 모르게 거북스럽게 생각되었던 것이다. 한마디로 말해서 위정자에 대해서 국민의 당연한 권리인 비평을 못 하게 되었던 것이 가장 큰 잘못이었던 것이다.

이렇게 국민에게 언어가 봉쇄되었을 때 언어의 파수병인 시인들은 어땠던가? 그들은 자기들의 생명인 말이 봉쇄돼도 슬프지도 답답하지도 않았던 것이다. 아니 도리어 그들은 언어가 봉쇄되기 전의 그 많고 거창하던 언어와 현실 앞에서 질리고 겁이 나기만 했기 때문에 봉쇄되고 남은 유약한 감상언感傷言들을 몇 개 갖고 돌아앉아서 어린이 같은 언어의 세트 플레이만 하여 스스로 고고한 체하기도 했던 것이다.

더구나 이들은 명장의식은 강해서 언어의 비의를 캔다는 명분으로 뼈아픈 현실을 운운하는 몇 안 되는 시인을 오히려 언어의 내면성을 모르는 조잡한 시인이라고 욕을 하며 태연한 것이다.

필자가 이런 따위의 글을 보면 소위 이 나라의 시인 거개가,

"정치니, 현실이니, 민권이니, 자유니 위정자에 대해 비판이니 하는 것은 전력前歷 정객이나 고관, 또는 송요찬 씨나 김동하 씨나 혹은 미 국무성에 백이 있는 사람이 하는 것이지, 제 따위 무명 문약한 자식이 주제넘게 까불다 얻어터지면 꼴좋겠다."

야유를 할 판이니 이들이 쓰는 글들이 금서가 될 리는 없다는 것이 나의 지론이다.

독일의 금서 그 자체는 다시없는 비극이며 문화적인 손실이지만, 그것
은 독일 문화인의 살아있는 개성과 인격과 사상의 보증이었으며, 인간
존엄성의 산증인이었던 것이다. 계엄 정부 2년에 금서가 된 시인이 하나
도 없었다는 것은, 곧 나를 포함한 우리들의 가장 못나고 몰개성적인 점
을 증언하는 슬픈 상징이기도 하다."

이렇게 계속 주장하고 발표하지만, 반응은 이제 기대하지도 않는다.
쓰는 것도 중요하고 계몽도 중요하나, 출판계에 몸담고 정신이 제대로
박힌 인물들의 글을 발표해주는 것도 큰 역할이다.
지난해 64년도 경향신문 특집부장으로 있을 때 경향신문 필화사건에
연루되어 퇴직하는 바람에 신구문화사 주간으로 정식 근무를 한다. 그
동안 이종익 대표와 전집에 관한 일을 많이 하지만 적은 다른 데 두고
있었다. 이제 편하게 전집 일에 열중할 수 있다.
사실 많은 사람이 나를 두고 저항시인, 저항 에세이 하지만 실제는
저항을 위한 창작이 아니다. 정치든 문학이든 사회 부조리든 간에 현실
에서 잘못 되어가고 있는 부분을 지적해줘서 올바르게 가자는 간절한
부탁이요, 제보다.

63년 연말의 이야기다. 『경향신문』 64 신춘문예에 거의 만여 편 응모
작을 두고 혼자 밤을 새우다시피 해서 10편의 작품을 뽑았다. 최종심은
선배 조지훈 시인과 함께했다. 보고 또 봐도 신춘문예 당선작이라고 내

세울 시가 없다.

"형님, 아무래도 원점에서 다시 시작해야겠습니다. 경향의 체면에 맞는 시가 없어요."

"이렇게 되면 자네나 나나 판단력이 흐려져서 헷갈리는 수가 있어. 내일 하지."

못 들은 척 나는 다시 응모작을 모두 꺼내서 원점 심사를 시작했다. 그러잖아도 그날 박정희의 대통령 취임사를 듣고 점점 멀어져 가는 4·19정신 때문에 울분이 솟구치던 참이라 차분하지 못했는지 모른다. 읽어보고 또 읽고 몸도 정신력도 인내가 바닥난 조지훈 시인은 퇴장하고 또 혼자서 뒤적이다가 새벽녘에 잡은 것이 조태일의 「아침선박」이다. 이 또한 4·19의 민중 정신과 무관하지 않다. (발췌 - 신동문 평전, 김판수)

    …

    천둥이 울더라도 흔들리지 않는
    確固한 食卓은 없을까?

    爭取의 이빨을 내놓기 전
    낮에도 눈이 감긴 暗礁의 눈을 뜨게 할 순 없을까.

    …

어쩌면 그 날 박정희 대통령 취임식이라는 커다란 바윗덩이가 4·19 정신이 그립도록 부추기며 이 시를 불러 왔는지도 모른다. 새벽녘 「아침선박」을 들고 생각에 잠기다가 스스로도 참 신기한 일이구나, 새삼 감탄했던 일을 떠올린다.

지금 생각해도 60년 4월 19일이면, 휴전 협정으로 전쟁이 중단된 지 7년밖에 안 된 때에 의식주 문제만으로도 온 국민이 힘든 시기다. 그 어려운 상황에서 어떻게 그런 열망이 나왔을까 싶다. 가능성을 짚어 본다면 언론의 힘이 크다고 본다. 50년대의 언론사 주필들은 당대 최고 지식인들이다. 언론은 논설과 칼럼을 통해 민주주의를 각인시키고 지속적으로 민주주의 가치를 독자들에게 알렸다. 각 교양지, 문학지 등 월간지도 큰 몫을 했다. 문화와 언론의 저력을 보여준 것이다. 민주주의가 무엇인지 그 가치조차 신경 쓸 겨를도 없이 입에 풀칠하기 바쁜 사람도 틈틈이 신문은 읽고, 라디오 뉴스를 듣기도 한다. 또 미처 라디오도, 신문도 접하지 못한 사람도 주위 지인들로부터 듣는 귀는 있다. 그런 국민의 유일한 통구인 매개체를 탄압한 이승만 정권을 얌전하게 바라볼 리가 없었던 것이다. 그동안에 독재니 뭐니 신경 쓰지 못하던 사람들까지 열을 올리는 계기가 된 게다. 그런저런 조건들 다 생각할수록 4·19혁명은 세계 어디서도 찾아볼 수 없는 애국정신이다. 장엄하고 숭고한 애국정신을 자꾸만 등한시하려는 사회가, 정권이 너무나도 원망스럽다. 그 심층에서 「아침선박」을 낳은 것이다.

시 「아침선박」을 선택해서 읽고 또 읽어도 잘 된 선택임을 확신했던 것이다. 지금도 후회보다는 잘했다는 자신감이 크다.

작금의 나라가 잘못 되고 있다는 것은 아니다. 유례 없이 대통령이 우리도 잘살아보자고 걷어붙이고 나섰다. 애국이 느껴진다. 경제개발 5개년 계획을 선포하고 인력을 수출한다. 남편이나 자식을 산 설고 낯설은 독일로, 그것도 본국에서 홀대받는 광부로 떠나보낸다. 그렇게 벌어들인 외화는 지금 시멘트 공장을 짓고 비료 공장을 짓는다. 무능한 자유당 시대와 민주당 시대에 볼 수 없었던 현상은 온 국민이 생기가 돈다는 것이다. 2년 전이든가? 유엔이 조사한 자료에 의하면 대한민국이 120개국 중 두 번째로 가난한 나라란다. 120등은 인도였다. 대통령이 팔 걷어붙이고 나섰으니 경제개발 정책이 곧 놀라운 성과를 이루리라 본다. 아마 벌써 100등 안으로 들어 왔을지 모른다. 허나 내가 염려하는 것은 정책이 성공하면 재미가 붙어서 또다시 2차, 3차 정책을 내세워 장기 집권으로 갈까 그것이 염려된다.

시골 농부들이 얼마나 경제가 살아났는지는 모르겠지만, 몇몇 기업은 그야말로 대기업으로 성장하고 있음이 보인다.

지난해 독일을 방문한 박 대통령이 우리 광부들에게 눈물을 글썽이며,

"나라가 못사니까 우리 젊은이들이 이렇게 고생합니다. 여러분을 보니 내 가슴에서 피눈물이 납니다. 우리는 다음 세대에게 잘사는 나라를 물려줍시다."

라고 하며 손수건을 꺼내서 눈을 닦았다고 한다. 나도 대통령이 지금까지의 대통령들과는 많이 다르게 사심 없이 나라를 위해 혼을 쏟는 것은 안다. 잘하는 건 잘한다고 말한다. 다만,

'나 아니면 누가 이렇게 나라 경제를 살릴 수 있으랴? 내가 나서야 한다.'
라고 생각하는 그 자만심이 문제다. 혁명 당시 정권 이양을 약속했으니 국민을 무시하지 않는다면 약속은 지켜야 한다는 것이다. 이러다가 또 국민들이 정권 이양하라고 외치면 나라를 지키기 위해 존재하는 무기가 애국하겠다는 국민을 겨냥하게 될까 봐, 그것이 걱정인 것이다. 이제는 더 이상 피 흘리는 혁명은 없기를 바라는 마음이다. 참 민주 정신으로 평화롭게 정권을 이양하기 바라는 마음이다.

한때는 허약한 대통령이 답답해서 바람 조금 불어도 뒤집히는 비닐우산이라 했건만 암만 봐도 이번에는 강철우산 같으니 화살도 언어 폭탄도 꿈쩍하지 않을 것 같다. 또 젊은이들까지 꿈쩍도 하지 않고 글쟁이들은 뒷짐이다.

햇살과 바람, 산천과 인심이나 돌아봐야겠다. 100년 전 김삿갓이 야유하고 비판하던 세상살이, 그때와 지금이 얼마나 어떻게 변했을까?

제11장

김삿갓 자취를 찾아서

_ 돛대도 없고 닻도 없이 40여 년 세월이다. 흔히들 세월을 두고 흘려보냈다지만 김동연 그분은 김삿갓이라는 별호를 달고 세월을 그리 쉽게 흘려보낸 것이 아니라 눈보라처럼 맞으며 견디신 것이다. 마음으로 벌을 받으며 방랑하는 동안 죽고 싶어도 죽는 것조차 벌을 피하는 죄가 되니 죽지도 못하고 평생을 떳떳하게 고개 들고 하늘 한 번 바라보지 못했을 김동연, 그분의 발자취를 밟아보겠다고 길을 나섰다. 아랫녘 화순 땅의 동복이라는 곳을 찾았으나 어디서 세상을 떠났는지 영혼을 잃은 몸은 어디에 있는지조차 아무도 모른다. 동복 고을을 다 뒤져서라도 꼭 찾겠다는 마음으로 눈에 불을 켰다.

혹시나 싶어 무작위로 장꾼들에게 김삿갓이 어디서 죽었느냐 또는 무덤이 어딘지 물어보지만 부질없는 물음에 부질없는 답이다. 교장 선생님을 찾아보고 노인정과 면장도 찾아본다. 티끌만 한 단서 하나 얻지 못했다.

'그래, 뜬구름 되어 바람 부는 대로 흘러다니던 방랑객이 흔적도 없이 죽어 간 것은 오히려 방랑객다운 마무리 아닌가.' 찾는 목적을 내려놓고 죽장의 자국 따라 발걸음을 옮겼다. 터벅터벅 걸어갔을 좁은 계곡은 화순 탄광으로 인해 온통 검은 세상이 되었다. 삿갓을 쓰고 걷다가 잠시 앉아서 쉬었을 만한 너럭바위는 석탄가루 먼지가 쌓여 서있기도 거북하다. 그래도 무슨 말이든 말 한 모금 생각나서 흑인 같은 광부들이 담배 연기 뿜어내며 삼삼오오 모여 있는 곳으로 가본다. 마침 점심시간인가 보다. 그들과 잠시 몇 마디 주거니 받거니 한 것이 나를 괴롭힌다. 넉넉한 노동의 대가를 기대하는 것은 아니지만, 저 정도의 노동이면 그래도 식구들 끼니는 해결이 되어야 정상 아닌가? 누가 누군지도 모를 만큼 새카만 그들을 보면서 수난에서 수난으로 이어지는 우리들의 현 사회를 보는 것 같아 낭만을 찾아 길을 나선 자신이 참 부끄럽다. 예전에 삿갓 쓴 방랑객이 이 계곡의 품으로 들어올 때는 얼마나 평화로운 산천이었을까? 설마 그 아름다운 산천의 땅속에서 저런 검은 가루를 파낼 것이라고 상상도 못 했을 것이다.

죽장과 삿갓, 그리고 흰 구름 넘나드는 고개, 오늘은 어디서 얻어먹을까, 술 한 잔을 상상하며 걸음걸음 자국마다 고이는 恨. 현대인들은 낭만이요, 진정한 방랑이라고들 한다. 허나 생각해보면 그분은 낭만으로 시작한 방랑이 아니잖은가? 죽장을 짚고 걷던 그 자국에 고인 시들은 한탄과 슬픔의 시였다. 삿갓 들어 바라본 산천을 노래한 시가 아니다.

처음 출발부터 나는 방랑 나그네가 아니었다. 숙박비 챙겨서 자동차로 슝~ 달리는 것이 무슨 방랑인가? 스스로 비난을 하면서도 나선 걸음 되돌릴 수는 없다. 나주와 목포에서도 그냥 지나칠 리가 없으니 들렸다가 밤이면 끼적끼적 글로 남긴다.

담양에서도 대나무와 얼기설기 어우러진 서민들의 삶을 찾다가 뜻밖에 김삿갓을 닮은 또 다른 방랑객을 만났다. 김삿갓과 다른 점은 이분은 강한 목적이 있는 탐색이다. 고려 말 왕께서 죽성군竹城君이라고 봉하셨다는 정승 안원형의 22대손이 바로 그 죽성군의 묘소를 찾지 못해 평생을 방랑하였단다. 일본 강점기는 산에서 산으로 굶어가면서 숨어 헤맨 것이다. 끈질긴 집념으로 묘소를 찾긴 찾았다고 한다. 다행이다.

어디로 방향을 돌릴까 하던 중 진주 촉석루의 복원 소식을 듣고 곧장 진주로 향했다. 역시 진주는 강한 여인을 떠올리기에 어울린다. 이곳에서 재밌는 이야깃거리도 만나고, 역사의 비극 속에 휘말린 비운의 여인도 만났다.

우리나라의 마지막 파르티잔 김순덕 여인이다. 활짝 핀 꽃이어야 할, 갓 서른의 여인. 마침 내일이 그녀의 첫 공판 날이란다. 호기심도 호기심이지만 시민들의 수다에는 한 사람도 그 여인을 옹호적으로 말하는 자가 없음이 가슴 아프다. 일자무식에 여자로서의 매력이 없다는 둥, 깊은 산골 동굴 속에서 남자 파르티잔과 10여 년을 살면서 어떻게 아무 짓거리도 없을 수 있느냐고 떠들어 댄다. 그래도 의사의 검진까지 해서 아무 관계도 없었다는 것은 정상이 아니라고도 한다. 허벅지에 총상을 입어 대퇴부 주위를 몽땅 잘라내서 어쩌고저쩌고하면서 한 여인의 운명을 도마 위에 얹어 놓고 자기들 입맛에 맞춰서 잘근잘근 씹는다.

민족의 비극을 혼자 떠안은 것 같은 비운의 여인이 한없이 가련타. 여자의 길을 다 빼앗기고 청춘은 동족상잔의 비극에 묻혀버린 그 여인을 만나고 싶다. 담당 검사에게 전화를 하고 형무소로 찾아갔다. 미결수의 면회는 불가라는 걸 알지만 사람 사는 세상 법규도 사람이 만들었으니 그 틈새도 사람이 만들 수 있으리라. 소장에게 애원했다. 기자로서도 아니요, 단순한 호기심도 아니며, 조국의 슬픔을 나누고 싶은 시인의 입장에서 외면할 수는 없지 않느냐고 사정을 했다. 소장의 안내로 여감방 입구까지는 같이 갔으나 대통령도 더는 들어갈 수 없다며 나를 세워두고 소장은 혼자 들어가버린다. 한참 만에 나온 소장의 말은 시인이 만나러 왔다니까 시인이 뭐냐고 묻더란다. 당신처럼 슬픈 운명의 사람들에게 위로를 주고, 슬픔을 시로 써서 많은 사람에게 전달도 하는 사람이라고 했단다. 옆에서 다른 죄수들이 만나보라고 등을 밀어도 몸이 불편하다며 사양하더란다. 직권으로 데리고 올 수는 있다지만 손사래를 치고 돌아서 나오면서 공연한 자신의 행동이 그 여인의 마음에 파문을 일으킨 것은 아닐까 후회가 된다. 사람 만나기를 껄끄럽게 여기는 고통을 감히 짐작 못 한 것이 죄스럽다. 진주는 용감하고 특별한 여인들이 많은 고장인가보다.

4·19 이후 줄곧 가보고 싶었지만 가지 못했던 마산을 돌아보기 위해 밤차를 탔다. 마산은 3년을 군인 신분으로 요양 생활을 한 곳이라 제2의 고향 같기도 하다. 그래서 나에겐 인심 좋은 도시로 각인 되어 있지만, 일반적으로 야당 기질이 다분한 고장이라고 말한다. 허나 나는 야

당 기질이라는 말이 맘에 안 든다. 정부나 사회가 잘못되어 가면 용기 있게 앞장서서 개선을 요구하는 것은 민주주의 사상이 제대로 정착된 시민이기 때문이라고 생각한다. 3·15 의거 화제와 4·19혁명의 발원지라고 할 수 있는 위대한 민권혁명을 발생시킨 곳이다. 마산이 가까워질수록 심장의 박동이 빨라진다.

날이 밝자마자 김주열 군의 시체가 떠올랐다는 부둣가로 갔다. 아, 이렇게 쓸쓸할 수가! 명색이 부두인데 배는 한 척도 없고 창고 뒤 해변엔 파도에 밀려온 지푸라기들이 떠다닐 뿐이다.

시민들의 가슴에서 웅얼거리던 폭정과 부정선거의 분노를 태풍처럼 한꺼번에 폭발시킨 김주열의 시신, 최루탄을 눈언저리에 꽂은 채 수면으로 떠오른 청년, 그는 돌팔매질로 풀지 못한 억울함과 분노를 죽어서까지 몸부림쳤던 것인가. 기어코 그는 대한민국의 역사를 뒤집어 놓는 불씨가 되었다.

그날 서울거리에서 호외를 보며 심중에서 솟은 시 구절이 생각난다.

…

(전략)

그 초롱초롱한 눈망울에
눈물이 모자라서 더 울라고
눈물을 재촉하는 탄환을 꽂고
쓰러져간 소년의 죽음이

당신들의 가슴엔 감각이 먼 슬픔인가

(중략)

누구를 지키자는 조준으로
마구다지 쏘아붙인
총알 총알 총알
그 총알이 밉지 않은가
…

쓸쓸하다 못해, 슬프다 못해 아픈 부둣가에서 어떤 위압적인 기류에
휩싸이고 있을 때, 부두를 안내하던 분으로부터 애를 녹이는 이야기를
받았다.

그날, 화산 폭발처럼 시민의 분노가 터지던 날 형사도 사람일진대 어
찌 분노가 없으랴. 허나 형사도 가족을 책임진 가장이니 직책상 지서를
지킬 수밖에 없었다. 그의 어린 딸은 말을 못하고 듣지도 못하는 장애아
였단다. 어린 딸이 열심히 돌을 주어다가 치마에 싸서 궐기 군중들에게
제공하는 광경을 본 엄마가 말렸더니 딸은 울면서 엄마의 치맛자락에도
돌을 싸주며 애원했단다. 남편이자, 아버지를 향해 던지는 돌을 두 모
녀는 손톱이 닳도록 주어다 줬단다. 결국, 그 형사는 희생되었다는 아픈
이야기를 전달하는 사람도 전달받는 나도 말없이 손수건을 꺼냈다.

산천이라면 두말 필요 없이 자연의 아름다움이 떠올라야 할 것이지만 우리나라 현실은 그렇지 못해 슬프다. 그래서 큰 기대 없이 민둥산으로 유명한 마산에서 진해로 가는 큰 재를 넘다가 저어기 놀랐다. 마치 산림 적화山林赤化와 산림녹화山林綠化의 경계 같다. 나도 모르게 어떤 특권 지역에 들어선 느낌이다. 별천지처럼 산림이 우거진 것은 반갑고 기분이 좋지만, 어쩐지 군에 의해서 지켜진 산과 나무라는 생각에 한 쪽 마음은 슬프다. 군의 요새 지역이니 당연히 산림도 지켜야 하지만 진해가 군 항으로 개항되면서 일본인의 손에 의해 나무가 심어지고 지켜졌다는 생각에 속이 편치 않다. 우리나라 전체 산이 이렇게 산림이 아름다울 수도 있었다는 아쉬움이 크다.

이국의 풍경 같은 군 통제구역 안에 한 단계 높은 통제가 있으니 바로 대통령 별장이다. 집무실도 아닌데 저렇게까지 국민과 두껍게 경계를 해야 하는가? 저러니 대통령 자리에 앉기만 하면 독재를 당연시하는 게지. 씁쓸하다.

여수에서 만난 날씨는 김삿갓을 불러온다.

나그네들은 비나 눈이 와서 가던 길이 여의치 못하면 낯선 객사에서 낮잠 아니면 선술집에서 텁텁한 대폿잔이나 기울일 수밖에 도리 없다. 40년을 방랑한 김삿갓이 나그넷길에서 비와 눈으로 인한 서러움이 몇천 번일까? 어쩌다가 횡재수가 맞아 떨어지는 날 만나는 대포 한잔은 걸신들린 듯 마시며 속울음을 들이킨 건 또 몇천 번일까.

「자탄自嘆」이라는 시를 읊을 때, 그 심정을 우리가 반이라도 알까?

...

아 슬프다 천지 간에 남아로 태어나
제 평생이 어떨지 아는 자가 누구냐

물에 떠서 삼천리 파도자국뿐이요
글을 써서 40년 헛소리만 했다

청운은 힘으로 이루기 어려우니 원할 바 아니요
백발이 됨도 오직 정해진 길이니 슬퍼할 것도 없다

원향의 꿈을 안고 놀라 일어나 앉으니
삼경에 밤새들만 남녘 가지에서 슬피 운다.
...

낙동강 하류 강마을 대폿집에서, 온갖 몸부림으로 천리를 흘러 온 낙동강이 바다로 귀의하는 하구에 가랑비를 뿌려주는 장면을 바라보고 있다. 무언가 장엄한 시라도 한 수 솟구치면 좋으련만 왠지 마음에 진폭이 없다.

...

갈 길은 멀고
해는 저물고

길은 비에 갇히고

호주머니는 비어가고

여수는 날씨 탓이다.

...

　진주에서도 느꼈지만 대체로 아랫녘 여인들이 대찬 구석이 있나 보다.
남포동 거리를 헤매다 보니 전봇대에 영화 광고 포스터가 붙어있다. 집
을 나선 후 처음 영화나 한 편 보려고 영화관을 찾다가 마침 지나가는
스무 남살은 됨직한 처녀에게 물었다. 묻긴 했지만 내심 조심스러웠는데
아주 명쾌한 표정으로,

　"그렇습니꺼, 나도 그거 보러갑디더, 따라오이소."

　하며 옆에 서서 나란히 걷는 게 아닌가. 오히려 내가 어리둥절했다.
게다가 부산이 처음이냐 어디서 왔느냐는 등 거침없이 질문 공세다. 극
장 안에서도 전부터 알던 사람처럼 옆자리에서 영화장면마다 자기 소견
을 말하는 것이다. 서울에서도, 청주서도 이런 경우는 처음이다. 아가씨
가 씩씩하고 시원하다. 영화가 끝나고 그냥 돌아서기가 좀 객쩍은 생각
에 차 한잔 권했더니 가야 한다며 깔끔하게 인사를 하고 돌아선다. 나
도 꾸뻑 인사를 하고 손을 흔들었다.

　분명히 대한민국이며 부산인데 내 민족인데 이방인들의 집합소 같은
곳에도 가보았다.

　감천동 산비탈에 다닥다닥 붙은 판자촌이 마치 갯바위에 붙은 굴 딱
지 같았다. 태극도 신봉자들이다. 대화는 해 보았지만, 불쌍하고 한심

해서 더 이상 말도 섞기 싫었다. 서양의 인디언 원주민들은 지혜롭기나 하지.

이제 슬슬 물 좋고 인심 좋기로 유명한 밀양으로 향했다. 예부터 함경도 감사보다는 밀양의 원님을 선택했다는 곳이니만큼 기대를 하고 왔다. 여기저기 검푸른 송림이나 이름난 사찰과 명소 등 역시 살기 좋은 고장임을 자연스레 보여준다.

밀양에는 '석화'라는 문학 동인회가 있는 것을 알고 있었기 때문에 서너 군데 다방을 다니며 수소문했지만 그 회원이든, 아니든 문인을 만나지 못했다. 역시 이곳에서 묵을 생각 없이 지나가는 여정이라 마음이 급했던가 싶다. 그래도 지역신문 기자들을 만나 웃을 수도, 울 수도 없는 어이없는 여담을 들었다. 예부터 잘 사는 사람이 많은 곳이라 대도시에서 유학을 한 유지들도 많다. 속된 말로 잘난 사람이 많다는 것이다. 그래서 선거 때마다 입후보자가 전국의 톱이란다. 보통 10대 1이며 넘을 때가 많단다. 치열한 경쟁에는 승리를 위한 치열한 전략과 방법 또한 전국 어디서도 보지 못하는 선거판이 되기도 한다는 것이다. 심지어는 고등학교 학생운영위원장을 뽑는데 입후보한 학생이 소견발표회에서,

"내가 당선되면 실습을 없앤다. 그리하면 실습비도 없어지니까요. 후원회비도 없앤다. 사친회비도 없앤다."

당선된다고 학생 신분으로 어찌할 수 없는 공약을 난발하자 담임이 불러서 실천도 못 할 공약이라고 타이르자,

"국회의원 후보들은 실천할 수 있는 공약만 합니까? 일단 귀에 쏙 들

어오는 말로 표를 유혹하고 보는 거지요.”

하도 어이없는 말이라 기가 막힌 선생님은 극구 말리고 학생은 제 고집대로 하다가 결국 법적 문제까지 불거졌다고 한다. 그런데 더 어이없게 하는 것은 그 학생이 몇 해 전에 산에서 매를 한 마리 사로잡아 길러서 청와대로 보냈는데, 박 대통령으로부터 가상타고 표창장과 금일봉을 받았단다. 그 연유로 대통령 ‘빽’이 있다고 으스대는 것이란다.

국민학교 선거도 아주 당연한 것처럼 거침없이 선거란 실력이나 능력보다 술책과 매수라는 인식이 각인되어 있으니 이 얼마나 뼈저린 현실인가? 이 슬픈 현상은 어른들로부터 배운 것이라 아이들에게 면목이 없다.

대구를 거쳐 가야산에 들어섰다.

가야 촌 둔덕에 뚝뚝 잘린 소나무 그루터기들이 야속한 도벌꾼을 고발하듯 나를 향하지만 그래도 아직 송림은 울울하다. 내가 다닌 곳 중에는 송림이 제일이다. 산중 노독이 심하지만, 고개 들어 무심코 앞산을 바라보니 땀에 젖은 이마를 산앵山櫻의 가지가 닦아준다. 산벚들은 꽃을 활짝 피우고 유혹한다.

일주문, 천왕문, 구광루 등을 지나니 대적광전이다. 꼬마 스님을 꾀어 문이 닫힌 대장경각을 들어가보았다. 국간國刊 사간寺刊의 경판들이 기름진 인각印刻을 유지하고 있는 것이 신기했다. 고려의 국난을 방어하기 위해 정성을 들여 이룬 불공이라는 생각을 하면 엄청난 문화재 앞에서 송구하지만 고소苦笑를 머금는다.

법당 앞에 문득 서있으니, 남산의 갈매빛이 이마에 어스름히 물들고 있다. 나도 모르게 입선 삼매에 들어 졸음을 머금어 본다. 에라, 법당의 본존 목불아, 이내 심사나 달래어다오.

겨우 한 달의 나그네였건만 일 년처럼 지루하다. 40년 객지 방랑의 김 삿갓이 객수客愁병에 걸렸다면 미친 원귀가 되었으리라. 갑자기 서울이 그립고, 벗이 그립고, 술과 차도 그립다.

배낭 하나 없이 주머니에 몇 푼 넣고 감히 김삿갓의 발자취를 더듬겠 다고 나선 내가 얼마나 경솔하고 부끄러운 행동이었는지 모른다. 처자 식을 외면해야 했던 그 심정, 고향을 버리는 심정, 무엇보다 열린 출세 의 길을 버리고 떠난 그분의 심정을 백분지 일도 모르면서 우매하게도 현실도피니, 책임감 없다는 둥 했으니 엎드려 사죄라도 해야 할 것 같 다. 뱁새가 황새를 흉내 내려다가 가랑이가 찢어졌나 보다 많이 지친다. 충청도, 강원도, 경기도는 다음 기회로 미루고 서울행 열차를 탔다. 겨 우 달포도 못 되어 지쳐서 특급에 몸을 실은 자신이 얄밉고 그분에게 사죄라도 하듯이 그의 사향思鄕의 시를 외우며 흔들린다.

고집불통, 그러나 농세弄世의 시인 김삿갓이여, 안녕.

제12장

행동한다 그러므로 존재한다

_ 달포 만에 돌아오자 만삭의 아내보다 더 반기는 벗들, 선배 김수영과 후배 신동엽 그리고 천상엽도 내가 왔다는 소문 듣고 찾아왔다. 이병주와 한국일보 기자 정달영도 청담동 해장국 집으로 왔다. 내 벗들은 적어도 양심을 속이거나 비겁한 자는 아니다. 순수 문학이라는 타이틀로 양심을 가리고 손바닥 비비는 글을 쓰는 자들은, 그야말로 순수 애국정신으로 바른말하는 나를 저항시인이네, 골통 파네 하고 있다. 나는 무조건 저항을 하자는 것이 절대 아니다. 문제 없이 잘하고 있는 윗선에 왜 저항하며, 잘 운영되고 있는 정부에 무엇 때문에 저항을 하는가? 박수를 보내야지.

내게 저항이라는 단어를 갖다 붙이지 마라. 나는 저항아가 아니다. 올곧게 바른말로 상대의 단점을 고쳐주려고 용기를 내고 안타까워하는 것이다. 사람이 양심을 지니고 있으면서 어떻게 잘못 굴러가는 상황을 보고도 뒷짐질 수 있는가? 내가 좀 다치는 한이 있어도 바로잡아주려고 애를 쓰는 것이 나의 본심이다. 하물며 내 가족이 몸담고 내 벗들이 몸담은 나라가 잘못 굴러가는데 어떻게 자신의 안위만 생각하며 먼 산 불구경하듯 외면을 할 수 있을까? 아무리 깊이 생각해도 이해가 되지 않는다. 좀 움직이며 살라고 소리 지르고 싶다. 존재를 느끼려면 행동을 하라고.

미국의 과학자들이 만든 해양문화 영화 한 편을 삽화로 가져와본다.

알래스카 어느 섬에는 생식기生殖期가 되면 세계의 해구들이 모여든다. 먼저 수놈들이 상륙한다. 수놈들의 평균 체중은 380kg이 넘는다. 그 지방 덩어리 육중한 덩치를 뒤뚱거리며 자기 자리를 잡는다. 고여 오른 정력의 덩어리 같은 전신에서 풍기는 기품은 일기당천一騎當千의 늠름함을 갖고 있다. 그들이 상륙하고 2, 3일이 지나면 암컷들이 모여들기 시작한다. 파도를 타고 몰려드는 암컷 무리는 온 바다를 새카맣게 덮은 듯 수만 마리가 된다. 수놈들은 이 광경을 보면 전망이 좋은 곳에 네 다리를 떡 버티고 앉아 암놈을 향해 포효한다. 그 늠름한 자세와 우렁찬 포효가 수놈으로서의 위용을 과시하는 척도가 되기 때문에 그들의 포효는 실로 피를 토하는 것 같이 처절하며 버티고 앉은 자세 또한 허세 부리는 인간 못지않게 우쭐거린다.

뭍에 오른 암놈들은 앞다투어 마음에 드는 수놈을 찾아 우왕좌왕한다. 보다 늠름하고 듬직한 사나이 낭군을 찾는 것이다. 이 아수라장 같은 광경도 얼마 후면 끝이 난다. 수놈 한 마리에 암놈이 많은 팀은 200 마리요, 적은 팀은 50마리 정도로 소속이 완료된다. 그리하여 섬에는 군데군데 수놈 한 마리를 중심으로 모인 수많은 암놈의 집단이 수백팀이 생기게 된다.

일단 한번 소속된 암놈은 딴 수놈에게 못 간다. 그렇게 그들의 처절하도록 적나라한 생식작업이 개시된다. 그런데 이 해구들의 세계에도 부정사건이 발생한다. 간혹 암놈이 딴 집단으로 달아나는 일이 생긴다. 자기 집단의 중심부 높은 바위에 올라앉아 수많은 제 아내를 지키던 수놈은 도망가는 간부姦婦를 발견하면 쏜살같이 달려간다. 이때 저쪽 집단의 수놈이 자기에게로 도망 오려는 정부情婦를 환영하기 위해 달려나온다. 결국, 수놈끼리 치열한 결투가 벌어진다. 피투성이가 되어 싸우는 본부本夫와 정부情夫를 태연하게 구경하는 그 부정한 암놈. 수놈들의 싸움에는 협상도, 휴전도 없다. 한 놈이 패배를 인정하고 도망갈 때까지 계속된다. 본부가 이기면 부정한 아내의 목덜미를 물고 끌고 와서 초죽음을 시킨다. 정부情夫가 이기면 정부情婦를 앞에 세우고 맞아들여 우선적으로 사랑을 베푼다.

드디어 새끼들을 낳기 시작한다. 새끼도 수놈과 암놈의 비율이 5대 200 정도며 새끼 때부터 암수가 분리되어 자란다. 수놈들은 물웅덩이에서 서로 싸우는 장난을 하며 자란다. 종일 서로 물어뜯고 뜯기는 것이 일과다. 그렇게 자라서 수 새끼들이 거의 40여 kg, 사람으로 치면 사춘기 정도로 자랐을 때 그들의 아버지 수놈들은 그 육중한 정력도 탕진되어 100여 kg도 못되게 줄어 빈 껍질이 되어버린다. 이때 수 새끼 다섯 마리가 아버지에게 도전한다. 집단의 패권을 아비로부터 뺏는 것이다. 아비는 다섯 마리의 새끼들에게 결국 만신창이 피투성이 빈사 상태로 도망쳐 나와 기약 없이 대해大海 쪽으로 사라진다. 얼마 못 가 기진맥진 숨지고 만다. 이 몸서리쳐지도록 잔인한 생명의 질서를 관철한 수놈은 허망하지만, 자기가 잘 산 완벽한 삶이 되는 셈이다.

그런데 이 생태계에 재미있다고 보기엔 좀 슬픈 색다른 이야기 장면 이 있다. 처음 백여 마리의 암놈을 차지하고 생식작업을 시작할 무렵 시 원찮은 열종劣種 수놈은 아무리 안간힘을 다해 외쳐도 거들떠보는 암 놈이 없는 경우다. 영영 짝을 얻지 못하고 홀아비가 된다. 미친 듯 이리 저리 헤매며 암놈을 찾지만 이미 건장한 수놈에게 소속된 암놈뿐이다. 못난 홀아비가 가까이 오면 암놈은 곧바로 남편에게 일러바쳐 쫓기는 광경을 구경한다. 결국, 열종의 수놈은 모든 해구가 보이는 부근에는 얼 씬도 못 하고 눈에 띄지 않는 한적한 곳에서 혼자 방황할 수밖에 없다. 바위 사이 같은데 끼어서 졸고 있다. 다소간 지니고 있던 정력을 풀지 못해 바위에 몸을 부비거나 부딪치기도 해서 처리할 밖에 없다. 그리고 는 기진맥진하여 졸음 아닌 졸음으로 몸을 도사린 채 눈을 감고 생각 에 잠긴다. 마치 인생의 무상함을 명상하는 철학가처럼. 그는 별의별 짓 을 다하고 깨달았을 것이다. 암놈이란 무정한 것이다. 그래서 왜 사느냐, 왜 죽는 것이냐, 마침내 생각에 시달린 그는 우연한 사고로 그 앞에 암 놈이 나타나도 소유하려고도 않게 된다. 그리하여 암놈 거느리고 으스 대던 모든 수놈이 바다로 쫓겨 가는 것을 지켜본다. 또 다 자란 새끼들 과 더불어 모든 해구가 세계 각지로 생활을 찾아 바닷물 속으로 사라진

뒤에서야 느린 걸음으로 그 섬을 둘러보고 천천히 바다로 사라져 간다. 마치 세상의 온갖 표상을 비웃음으로 관조하는 철인哲人 같은 태도로.

이 삽화에서 간단하게 추출할 수 있는 두 가지 삶의 유형을 본다. 하나는 생명과 본능의 운명대로 와서 치르고 가버리는 형이고, 또 하나는 생명과 본능을 이행 못 하고 다만 그것을 비평하고 사색하다 끝나는 형이다. 즉 전자는 생명이 무엇이냐는 것을 미처 깊이 생각해보기 전에 그것을 구사하여 그 생명의 씨를 남기며 사라졌고, 후자는 생명을 구사할 수가 없었기 때문에 생명이란 무엇이냐는 것을 되새겨 생각하다 도태되어버리고 말았다.

이렇게 지극히 간단하게 분류할 수 있는 생명이 두 가지 분류, 즉 너무나 본능적인 하등동물인 해구의 경우를 두고 고등동물인 인간의 유형을 논하는 데 이용해서는 안 될지도 모른다. 그러나 인간의 경우도 그 생활 유형을 따져가 보면 궁극에 가서는 앞의 예와 다른 것이 하나도 없다.

인간의 역사가 모든 다른 동물의 역사와 구별되는 것은 문화와 발전의 과정을 가졌다는 점이다. 그 발전과 문명은 사고력을 가졌기 때문이었다. 해구가 천년만년을 두고 본능의 되풀이를 하고 있는 동안 인간은 본능의 되풀이에 그치지 않고 스스로의 생활을 편리하게 하기 위해 두뇌를 쉬지 않고 활용하였던 것이다. 인간들의 부단한 두뇌 활용- 이 활용이라는 말이 갖는 의미가 중요하다. -은 결코 그들의 본능을 저지시킨 것이 아니라 본능행사의 새로운 자극이 되고, 또 본능의 촉수로서 움직였다. 따라서 그들의 본능은 더욱 정밀해지고 예화 됐다. 그러기에 그들은 쉬지 않고 더욱 발전했다.

그러나 자의든, 타의든 기능의 어느 부분이 파괴되어서 행동이 부자연하여 남들처럼 따르지 못하게 된 자들은 처음엔 그런 자신을 슬퍼한다. 나중엔 앞서 전진하는 자들을 비판하고 마침내는 자기 나름의 구실을 마련하여 자위하는 철학을 창안해낸다. 그것은 흘러가는 물이 고여서 썩은 웅덩이처럼 특유의 냄새를 풍기게 된다.

지난날의 많은 사상이나 철학 속에는 고여 썩는 웅덩이 물의 고약한 냄새 같은 정체된 생명의 현상을 많이 볼 수 있다. 이들의 사상이나 철학은 생명의 운영이나 문화의 발전에 도리어 악영향을 주고 있으면서도 많은 인간을 매료하고 있다.

심지어는 부단한 발전을 거듭하는 철학이나 문명을 냉소하고 그 운명을 예언하는 것 같은 권위적인 입장에서 인간들을 사로잡고 있다. 정체停滯와 패배의 그 사상이 인간을 그렇게 사로잡는 것에는 이유가 있다. 극도로 예화 된 본능과 진화된 생명은 그것이 진화되면 될수록 발전하면 할수록 보다 많은 노력과 긴장이 없이는 따라가지 못한다. 그러기에 이 대열에서 처지는 수효 또한 굉장하다. 도리어 더 많을지도 모른다. 그 많은 낙오자는 박수로 정체의 철학에 공명한다. 그래서 도리어 전진하는 인간의 문명을 위태한 곡예를 보는 것 같은 태도로 비웃는다. 그렇게 비웃으며 뒤처진 자기의 입장을 안전하고 달관한 것이라고 자위한다.

오늘날 인간의 운명과 문명의 내일에 위기가 닥쳐올 것을 경계하는 사상이 있어 인간의 행동과 업적을 비판하고 견제하는 것은 문명이 갖는 과학 정신의 당연한 생리이다. 극도로 발전한 물질문명과 사회조직이 인간을 분업화시켜 개체의 인간적 종합성을 파괴하려고 한다든가. 과학력의 거대한 팽창이 인류의 근멸을 초래할지 모른다든가 하는 과학 정신의 자가 반성은 어디까지나 진보를 위한 행동인 것이다.

이런 기화에 편승하여 정체의 철학, 즉 사색을 위한 사색들이 불난 집에 부채질하는 격으로 메커니즘의 포로가 된 오늘날의 인간은 사색을 잊고 맹목적 행동으로 줄달음한다느니 핵무기의 위험 앞에서 과학의 꼭두각시가 되어 맹목적인 발전에 광분하고 있다느니 하면서 인간의 발전과 문화를 중단시켜야 할 것처럼 떠들고 있다. 그러나 역사와 세계는 결코 리그전 같은 것이 아니다. 토너먼트 같은 것이다. 결국, 도태되고 말 것은 정체의 철학, 즉 사색을 위한 사색의 인간일 것이다.

그들이 아무리 독한 향취를 가지고 피로에 지친 사람을 사로잡는다 해도 결국은 자승자박의 사색으로 벌레 먹힌 생명을 두고 우는 발악에 불과한 것이다. 승리를 얻는 것은, 아니 승리라기보다 결과를 소유할 수 있는 것은 행동하는 인간뿐인 것이다.

행동하는 인간이라면 얼핏 해석하기를 영웅이나 독재자 같은 거보적인 사람 혹은 이성 없이 맹목적인 충동으로 움직이는 인간을 말하는 것으로 해석하는 사람이 있을 수 있다. 내가 말하고자 하는 행동은 그런 특출한 행위를 말하는 것이 아니라 생명의 정당한 수단을 수행하는 행동을 말한다. 인간인 경우, 그 예화 된 본능과 발달한 문화생활에 순응하여 그것을 생활화하는 것이 곧 행동하는 인간인 것이다.

그런 현대인의 행동을 우려하고 불안해하는 것이 사색하는 인간들인 것이지만, 실상은 언제나 더 불안하고 초조한 것은 행동을 하는 인간보다 생각에만 골몰하고 있는 인간들인 것이다. 또 욕심이 많은 것도 사색하는 인간 쪽이다. 행동이란 결코 구속하는 것이 아니다. 따라서 그것은 미구에 종식할 것을 목표로 한 수락이다. 다시 말해서 행동은 멸망을 전제로 한 짧은 현실인 것이다. 거기엔 과욕도 허욕도 없다.

위대한 철학가 데카르트가 "나는 생각한다. 그러므로 존재한다."라고 했다.

나는 생각이 다르다. 생각에 빠지는 인간은 도태되고 만다. 그러나 행동하는 인간은 존재한다. 하등동물이든, 고등동물인 인간이든 행동하는 인간은 정상 궤도를 열심히 돌며 후세를 위하고 또 그 후세로 이어가며 존재가 든든하다. 허나 정상 궤도를 따라가지 못하고 낙후된 생명들은 회의를 느끼고 정상 궤도를 열심히 돌며 움직이는 인간에 대해 생각도 없는 인간이라고 평을 하며 하등동물과 다를 바 없다고 비웃거나 안타깝게 볼 것이다. 자신은 사상가이며, 생각하는 존재로서 동물본능으로 살아가는 당신들과는 차원이 다르다는 자부심으로 산다. 허나 결과를 본다면 동물본능을 외면하고도 인간이 존재할 수 있을까? 결국, 퇴화되지 않고 진화하여 존재하는 것은 행동하는 인간이지, 생각하는 인간이 아니다.

복잡한 사회에서 낙오되지 않으려고 동분서주하고 온갖 지식을 얻으려고 신문지 들고 돋보기를 들이댄다거나 텔레비전 앞에 매달리는 시민들의 생활을 어리석은 행동이라고 비웃는 철학자가 있다. 그래서 그런 번잡함에서 벗어나려는 듯 어둑어둑하고 구석진 방에 자리 잡고 앉아 가느다랗게 눈을 감고 인생을 달관했다는 듯 사색의 반복을 거듭하고 있다. 내 눈에 어리는 영상들은 역사 속에 있는 여러 철인哲人들의 괴벽진 생활태도와 인생 자세일 뿐이다.

이 두 종류의 사람을 행동인과 사색인의 표본인 양 말하는 사람이 있다. 허나 결코 분류될 수 없는 동일류이다. 어느 하나도 건전한 의미에서 행동의 인간은 아니라고 생각한다. 하나는 착란된 신경으로 낙오에서 벗어나려고 안간힘을 쓰는 것이고, 또 하나는 아예 전진하는 인간 생활에 대하여 백안시의 태도를 취한 채 패자전의 시기를 노리는 사람에 불과하다.

오늘도 한눈팔지 않고 인생을 전진(행동)하는 인간들은 언제나 바쁘기 때문에 병적인 감상으로 인생을 애수하고 있을 틈이 없다.

그들의 온갖 수족과 두뇌는 내일을 발굴하고 오늘을 향유하기에 충당되어있을 뿐이다. 그들은 지극히 순수하게 생활을 받아들이고 인간의 운명을 실천하는 것에 지나지 않는다. 그리하여 그 끊임없는 행동의 진폭이 일정한 코스에서 쇠태하면 불평 없이 멸망의 순간을 기다리는 숭고한 인생인 것이다. 그는 이미 새삼스러운 후회도, 미련도 없이 죽을 수 있는 것이다.

젊어서 꽤 난봉꾼 노릇도 하고, 사고도 저지르며, 사회적으로나 가정적으로 풍파를 일으켰던 사람, 그러기에 얼굴에 곡절 많은 사연이 굵은 주름으로 자국이 잡힌 사람이 늙어서 넉넉한 융화력과 이해력으로 사람과 가족을 대하며 죽을 마당에 가서는 웃음을 보이며 죽는 경우를 볼 때가 있다. 이 사람에게 유별난 고급 철학이 있는 것도 아니며, 평생을 믿고 바친 종교가 있는 것도 아니고, 남들이 부러워할 학식이나 재력이 있는 것도 아니건만, 그 모든 것을 가진 자보다 여유롭고 편안하게 임종할 수 있는 이유는 따로 있다. 그가 일생을 원 없이 하고 싶은 짓 다 했으니 미련 없이 흡족하게 떠날 수 있는 것이다.

그러나 산다는 것에 대하여 구구한 해석도 많고, 남이 사는 모습에 대한 비평도 많으며, 또 자기의 인생에 대해 반성과 후회를 거듭하다 보면 결국 인간으로서의 행동다운 발걸음 하나 제대로 내 밟아보지도 못하면서 인생을 보다 많이 아는 양하는 소위 명상가, 즉 사색을 위한 사색의 사람은 죽어도 한이요, 살아도 한이기에 죽는 마당에도 유언을 남긴다거나 부탁이 많다.

언제나 말이 없는 사람은 그날그날을 완벽하게 생활하고 심신의 힘을 다하여 행동을 한 사람이라고 할 수 있다. 총탄이 빗발처럼 쏟아지는 전선에서 포복을 거듭하며 승부의 순간을 향하여 육박해가다가 총탄에 맞아 피를 토하고 쓰러져가는 병사가 부르짖는 소리는 '만세'라는 말 뿐이지만 후방에서 병역을 기피한 자는 갖가지 변명과 이유를 나열하며 비열한 목숨을 잇기에 여념이 없는 법이다.

해구의 삽화에서 들었던 해구의 생애에서 보듯 정상적인 수놈의 생애가 암시하는 것처럼 당연한, 너무나 당연한 삶의 과정을 가는 자의 모습이 무상한 것인지 모른다. 그러나 그것을 조용히 수락하고 간 과학자

아인슈타인이 임종 때,

"사월이 오면 봄이다."

라고 한 말은 너무나 아름답고 깨끗하며 그리고 너무나 완벽하다.

62년도에 신구문화사에 발판 잃은 인간들이라는 타이틀로 다음과 같은 내 주장을 올린 적이 있다. 일본의 '다자이 오사무'가 쓴 『사양』의 주인공 남동생의 유서를 삽입했다.

발판 잃은 인간들

모든 것은 멸한다. 인간의 육체만 멸하는 것이 아니라 온갖 사상도 시간 속으로 묻혀버린다. 미와 추, 진과 위, 선과 악, 영웅도 졸부도 악마와 신도, 신? 신도 묻히고 멸하는 것일까?

어찌 감히 단언할 수 있을까만 세상의 모든 것, 과거의 모든 사실, 더욱이 오늘날 가속도적 온갖 권위와 가치가, 그리고 신념과 이치가 변하고 퇴색되는 꼴을 볼 때, 거기 신이라는 절대가 절대일 수 있는지 의심하지 않을 수 없다.

이 모든 것이 변하고 멸한다는 것은 오늘에 비롯된 것은 아니다. 그런데 그 모든 것의 실추가 오늘날처럼 가혹하고 무자비하게 노출된 때는 없을 것 같다. 어떻게 생각하면 그렇게 모든 것이 그 본연의 가치를 상실하고, 혼돈 내지는 상극의 대립을 하고 있는 것이 현대의 특징인지도 모른다. 따라서 현대는 스스로 조화를 잃고 자학의 컴포지션을 일삼고 있다. 심지어는 엄연한 형상마저 주관 없는 변형을 감행 당하고 있다. 그래서 현대인이 현대를 살아가는데 하나의 굳은 신념을 가질 때 도리어 시대 역행적인 자기 모습을 발견하는 것만 같은 이상한 정신착란증을 일으키게끔 되어버렸다. 그렇기 때문에 그들은 뚜렷한 신념, 즉 충성·효도·우의·박애·협동 같은 것에 자기를 헌신하는 것을 경멸한다. 또 지조·절의·희생 같은 미덕을 비웃는다. 더구나 영원 순수 구도니 하는 조화를 부정한다. 그들은 보다 찰나적이고 현금적인 것에만 자기를 위탁하려고 한다. 그것이 설사 마취상태의 쾌락이라도 환영하려고 한다. 거기에는 정신적 이완밖에 남는 것이 없다. 그런데 이런 무질서는 민주주의의 근본 개념인 자유가 갖는 속성의 운명인지도 모른다. 왜냐하면, 인간들이 보다 굳은 신념이나 뚜렷한 의욕을 갖고 사회를 규율하고 역사를 재단하고 세계를 개혁하려고 할 때는 자연히 전체주의적인 긴장을 하게 된다.

그런 전체주의적인 긴장 상태에서는 자유가 침체되는 불편을 모면할 도리가 없다. 그러니 긴장과 노력을 회피 내지는 거부하는 심리가 발생하게 되며, 나아가서는 굳은 신념이나 뚜렷한 가치조차도 부정 혹은 외면하려고 하는 것이 현대인의 생리가 된 것이다.

그렇게 된 데는 이유가 있다. 과거의 인간들이 자기의 생애를 바쳐서 종사하고 헌신했던 그 어떤 정신적 업적도 가치도 역사와 문명이 보다 발달한 후세의 안목으로 볼 때는, 인지가 완전치 못했던 데서 기인한 미숙한 관념이 날조한 가치였고, 사업이었던 것임을 알게 되며, 그런 가치를 지주처럼 굳게 믿고 종사했던 과거인들의 허망한 종적을 눈치채게 되었으니 그런 보람 없는 되풀이를 거듭하려고 하지 않는 것이 당연할 밖에 없다.

이렇게 가속도로 변모하고 불변의 가치가 없어진 현대에는 그런 현대에 알맞은 변장술과 몰인정한 기계주의적인 적응성을 갖지 못한 인간들, 즉 과거의 가치 관념과 권위의 비호 밑에서만 생존이 가능하도록 성장한 인간들은 지금 멸종의 피날레를 부르지 않을 수 없게 되었다. 그것들이 인간 아닌 존재일 때는 다만 멸해가는 사상에 지나지 않겠지만, 그것이 의식을 가진 인간일 때, 그 슬픔과 괴로움은 배가 될 수밖에 없다.

이것은 산업혁명 때, 민주혁명 때, 그리하여 문예부흥 때도 나타난 현상이었지만, 제2차 세계대전 이후 식민지 정책이 붕괴되어감에 따라 과거 수천 년을 이어오던 귀족계급이 멸종됨에 이르러 그 슬픈 몰락의 그림자가 새삼 사람들의 눈에 띄게 되었다.

2차 대전을 전후로 하여 분명히 지구는 그 양상을 달리하게 되고 말았다. 지도상 채색의 변화도 변화려니와 그 지구상에 생존하는 인간들의 내부에 깃든 사상들도 지나간 역사의 그 어느 때보다도 격심한 변색을 하게 된 것이다. 그런 변화는 좋게 말해서 발전인데 그 발전의 대열에서 제외된 낙오자들의 비가悲歌는 분명히 세기의 엘레지가 아닐 수 없다.

그들은 자기 자신도 어찌할 수 없게 과거의 유물로 뒤처지고 잊히는 슬픔을 감수 아닌 감수로 맞이하여 한숨짓고 있다. 이 멸종의 주인공들이 인간들의 감상을 자극하지 않을 리가 없다. 발전과정에 있는 인종 혹은 계급인들에게 있어서도 자기 내부의 한구석에 과거와 실오라기 같은 인연이라도 갖게 마련인 이상 당연히 슬픈 공감을 느끼게 되는 것이리라.

이런 주제를 문학상에서 다룬 것이 전후문학의 주된 경향이었다고 할 수 있다. 그리하여 많은 문학가는 여러 가지 유형의 멸종 모습을 그렸다. 또 문학사조도 생기게 되었다. 비트 제너레이션이니, 로스트 제너레이션이니, 실존의 문학이니, 부조리니, 네오리얼리즘이니 하는 전후의 모든 문학사조도 따지고 보면 전개한 사상에서 파생한 것에 불과한 것이다. 그런 중에도 보다 인간들로 하여금 슬픔의 공명을 자아내게 한 것은 전쟁으로 하여금 과거와 단절된 현재에 서서 당황하게 된 인간형과 어찌하지 못하고 자멸하게 된 소위 사양족斜陽族이 전후에 두드러지게 눈에 띄게 된 두 멸종형인 것이다.

그런 것을 묘사한 문학작품 중에서도 가장 감명을 준 것의 하나로 일본의 '다자이 오사무'가 쓴 『사양』을 들지 않을 수 없다. 사양족이라는 유행어가 생긴 것도 이 작품에서 기인된 것이다. 주인공의 남동생이 자살하기 직전에 쓴 유서를 읽어보면 몰락해가는 귀족들의 슬픔이 무엇을 의미하는가를 알 수 있다.

나는 내가 왜 살아가지 않으면 안 되는지 그 까닭을 전연 알 수가 없는 것입니다. 살아있고 싶은 사람들만이 살면 좋을 것입니다. 인간에게는 살 권리가 있는 동시에 죽을 권리도 있을 법합니다. 나의 이런 생각은 조금도 새로운 것도 아니며, 이런 아주 당연하고 그야말로 프리미티브 한 것을 사람들은 공연히 두려워하면서 솔직하게 입 밖에 내서 말을 못할 뿐입니다. 살아가고 싶은 사람은 무슨 짓을 해서라도 기필코 꿋꿋하게 살아내야 할 것이며, 그것은 참으로 멋지고, 인간으로서의 영관榮冠 이라고 하는 것도 아마 틀림없이 그 근처에 있는 것이겠지만, 그러나 죽는다는 것도 죄는 아니라고 생각합니다.

나는, 나라고 하는 한 포기 풀은 이 세상의 공기와 햇빛 속에서는 살아가기가 힘든 것입니다. 살아가기엔 무언가 한 가지가 결여되어있는 것입니다. 모자라는 것입니다. 오늘날까지 살아온 것도 그것으로 온갖 힘을 다한 것입니다.

나는 고등학교에 들어가서 내가 자라왔던 계급과는 아주 다른 계급 속에서 자라온 강하고 억센 풀인 친구들과 처음으로 교제하면서 그 세력에 밀리거나 지지 않겠다고 아편을 사용하면서 반미치광이가 되어 저항했습니다. 그리고 군인이 되어서, 역시 그곳에서도 살아가는 최후의 수단으로 아편을 먹었던 것입니다.

누님은 나의 이런 심정을 모르실 것입니다. 나는 야비해지고 싶었던 것입니다. 강하게, 아니 강포하게 되고 싶었던 것입니다. 그리하여 소위 그것이 민중의 벗이 될 수 있는 유일한 길이라고 생각했던 것입니다. 술 같은 것으로는 도저히 허사였습니다. 언제나 어찔어찔하도록 현기증을 일으키지 않고는 못 견디었던 것입니다. 그러기 위해선 아편 이외엔 아무것도 소용이 없었습니다. 나는 집을 잊어버리지 않으면 안 된다. 아버지의 피에 반항하지 않으면 안 된다. 어머니의 다정함을 거부하지 않으면 안 된다. 누님에게 냉정하지 않으면 안 된다. 그렇지 않고는 저 민중의 방으로 들어갈 입장권을 얻을 수 없다고 생각했던 것입니다.

나는 야비해졌습니다. 야비한 말투를 하게 되었습니다. 그러나 그것은 절반은 아니 60%는 가련한 임시 처방이었습니다. 서투른 잔꾀였습니다. 민중으로서의 나는 역시 뽐내고 공연히 빼고 하는 마음을 놓을 수 없는 사내였던 것입니다. 그들은 나와 아주 골수까지 터놓고 놀아주지는 않을 것이었습니다. 그러나 다시 버렸던 살롱으로 새삼스럽게 갈 수도 없습니다.

지금으로써 나의 야비함은 설사 그것이 60%의 인공적인 임시방패라고 하더라도, 나머지 40%는 진짜인 야비가 되어 있는 것입니다. 나는 소위 상류계급 살롱의 비위 거스르는 품위에는 먹은 것이 다시 넘어올 것 같아서 잠시도 참을 수가 없게 되어버렸고, 또 높으신 분이라든가 당당한 저명인사라든가 하는 사람들은 나의 품행이 나쁜 것에 정나미가 떨어져 추방해버릴 것입니다. 버렸던 세계로 돌아갈 수도 없고, 민중에게서는 악의로 가득한 아리송한 친절의 방청석을 얻고 있을 뿐인 것입니다.

어느 세계에서나 나와 같은, 말하자면 생활력 약하고 결함이 있는 풀은 사상도 개뿔도 없는, 다만 스스로 소멸해갈 운명의 것일 따름인지도 모릅니다만, 그러나 나에게도 조금은 할 말이 있는 것입니다. 도저히 나로서는 살아가기 힘든 사정이 있음을 깨닫고 있는 것입니다.

'사람은 모두 같은 것이다.' 이런 것이 도대체 사상입니까? 나는 이 묘한 말을 만든 사람은 종교가도, 철학자도, 예술가도 아닌 것 같이 생각됩니다. 민중의 술자리서 발생한 말입니다. 구더기가 솟듯이 어느 사이엔가 누가 말하기 시작한 지도 모르게 굼실굼실 끼기 시작하여 전 세계를 덮고, 세계를 난처한 것으로 만들어버린 것입니다.

이 묘한 말은 민주주의 하고도, 또 마르크시즘하고도 전혀 무관계한 것입니다. 그것은 분명히 술자리에서 추남이 미남자를 향해 내던진 말일 것입니다. 아무런 가치도 없는 바가지입니다. 질투입니다. 사상도 아무것도 아닌 것입니다.

그러나 그 술자리의 강짜의 노성怒聲이 이상하게도 사상인 것처럼 표정을 하면서 민중 사이를 확보하고, 민주주의 하고도 마르크시즘하고도 무관계일 터인데도 어느 사이에 그 정치사상이나 경제사상에 얽혀들어서 이상야릇하고 천한 꼴이 되고 만 것입니다. 메피스트라도 이런 엉터리없는 방언을 사상과 바꿔친다는 재주는 차마 양심이 부끄러워서도 주저했을 것입니다.

사람은 모두 같은 것이라는 그 말이 얼마나 비굴한 말인지, 남을 천하게 하는 동시에 스스로를 천하게 하고 아무런 프라이드도 없고 온갖 노력을 포기시키는 것 같은 말, 마르크시즘은 노동하는 사람의 우위를 주장한다. 똑같은 것이라곤 말하지 않는다. 민주주의는 개인의 우위를 주장한다. 다만 백정 놈만이 그런 말을 한다.

"헤헤, 아무리 뽐내봤자 다 같은 인간 아닌가?"

왜 같다고 말하는가? 노예근성의 복수.

그러나 이 말은 실로 외설猥褻하고 징그럽고, 사람은 피차에 겁내고, 온갖 사상이 간음 당하고, 노력은 조소당하고, 행복은 부정되고, 미모는 더럽혀지고, 영광은 갯바닥으로 굴러떨어지고 온갖 세기의 불안은 이 묘한 말 한마디에서 발생했다고 나는 생각하고 있습니다. 기분 나쁜 말이라고는 생각하면서도 나 역시 그 말에 위협당하고 겁을 먹은 채 무엇을 하려고 하나, 멋쩍고 늘 불안하고 두근거리는 전신을 처리할 바 모르고 차라리 술이나 마약의 현기증으로써 잠시 동안의 침잠을 얻고 싶어졌고 그리고 엉망진창이 된 것입니다.

약한 탓이겠죠. 어딘가 한 가지 중대한 결함이 있는 풀이겠지요. 그리고 뭐니, 뭐니 하면서 시시한 핑계를 나열하고 있지만, 결국은 근본이 놀고 싶은 것이고, 게으른 자의, 색골의, 제멋대로의 향락이라고 예의 그 백정 놈이 비웃을지도 모릅니다. 그리고 나는 그런 말을 들어도 지금까지는 다만 창피해서 어물어물 수긍하고 있었습니다만 나도 죽음에 이르러서는 한마디 항이 비슷한 것을 말해놓고 싶습니다.

누님,

믿어주십시오.

나는 놀아도 조금도 즐겁지 않았습니다. 쾌락의 임포텐츠인지도 모릅니다. 나는 다만 귀족이라는 자기의 그림자에서 떨어지고 싶어서 미치고, 놀고, 거칠어진 것이었습니다.

누님,

도대체 우리에게 죄가 있는 것입니까? 귀족으로 태어난 것이 우리들의 죄입니까? 다만 그 집에 태어났기 때문에 우리들은 영원히, 말하자면 유다의 집안 식구들처럼 기를 못 펴고 사죄를 하고 부끄러워하면서 살아가야만 합니까?

(중략)

누님,

나에게는 희망의 지반이 없습니다. 안녕히 계십시오.

결국, 나의 죽음은 자연사입니다. 사람은 사상만으로는 죽을 수가 없는 것이니까. 그리고 한 가지 매우 멋쩍은 부탁이 있습니다. 마마의 기념품인 삼베 옷감, 그것을 누님이 내가 내년 여름에 입도록 고쳐 만들어주시었지요, 그 옷은 내 관 속에 넣어주십시오. 나는 입고 싶었습니다.

밤이 밝아집니다. 오랫동안 수고를 많이 끼쳤습니다.

안녕하십시오.

어젯밤의 술도 말짱히 깨었습니다.

나는 맨정신으로 죽는 것입니다.

다시 한 번 안녕하십시오.

누님,

나는 귀족입니다.

좀 긴 인용문을 읽으면서 망해가는 귀족들의 비애에 자기도 모르게 눈시울이 글썽해지는 것을 느끼게 된다. 그런데 여기서 느끼는 것은 멸해가는 온갖 것에는 무엇인지 모르게 일종의 순수성이 있다는 것이다. 이 주인공만 하더라도 그가 현실과 역사에 자기를 적응시키기만 하면 망하지 않을 것인데, 자기를 자기 아닌 타자와 적응시키지 못하는 순수성이 결국 자기를 멸망시킨 것이다.

우리가 아름답다고 하고 또 슬프다고 하는 모든 사상 속에는 이상하게도 순수함 때문의 고립이 자아내는 정감을 갖고 있는 법이다. 따라서 진화라고 하는 사물의 존속 유지에는 부단한 자기 부정과 타자와의 유화가 있어야 가능한 것인데, 자기만을 순수하게 고수하려고 하면 자연히 멸종하는 모양이다.

아이누 인종은 상대上代에는 비할 데 없이 용감하고 지혜로운 인종이었다고 하는데, 잡혼을 거부하고 풍습의 교류를 스스로 막고 있는 동안에(그것은 자신들의 문화를 자랑으로 여기고 고수하려고 한 때문이다.) 이제 완전히 퇴화한 인종이 되었으며, 인류학계에서 그들의 보호 번식을 꾀하는 어떠한 노력도 주효 없이 멸종일로를 달리고 있다고 한다. 이렇게 순수하기 때문에 멸망해가는 사양 귀족들의 슬픔이 현대의 슬픔의 하나라고 하면 전쟁으로 하여 현실과 자기와의 거리가 단절되어 발 디딜 곳을 모르는 인간들의 고통이 또한 슬픔의 하나라고 하는 수가 있다.

20세기에 생존하는 사람으로서 전쟁을 경험하지 않은 사람은 사람이 아니라고 하는 말이 있다. 20세기 초두에서 오늘에 이르기까지 큰 전쟁으로는 1차, 2차 양 대전을 비롯하여 미개민족 간의 다툼, 혹은 인도 중공 간의 국경분쟁 등등 끊일 사이 없는 전쟁의 포성을 경험하지 못한 사람은 지도상에 없는 고도孤島에나 사는 인종일 터이니 어찌 그것을 사람이라고 할 수가 있겠는가? 그렇게 불가피하게 겪은 전쟁이 준 상처는 사지의 파괴보다도 정신적 분열이 더 심한 것이었다.

집을 잃고 부모 처자를 잃은 슬픔이지만, 보다 더 큰 비극은 자아를 상실하고 정신적 안정을 빼앗긴 슬픔인 것이다. 그들이 전쟁의 가열한 현실에 호가 당한 끝에 심리적 균형을 잃고서 돌아온 고향은 그것이 고향일 수 없으며 처자가 정상적인 애정으로서의 처자가 될 수 없는 것이었다. 그들의 마음은 어딘가 모르게 거칠어졌고, 사나워졌고, 또 겁에 질린 짐승처럼 되어서 발악적인 범죄를 저지르게 되어있는 것이다. 전쟁 뒤에는 사회악이 격증하는 원인이 여기에 기인하는 것이다. 이것의 치유는 적어도 1세기가 걸린다고 말한 정신병학자도 있다.

이런 전쟁 희생자가 전후문학의 큰 소재가 된 것은 당연 이상의 당연이다. 그런 많은 문학작품 중에서도 독일의 극작가 칼 비트링거의 『은하수를 아시나요』가 지닌 내용은 특이하다고 할 수 있다.

주인공이 전쟁이 끝난 뒤에 고향에 돌아와 보니 자기가 전사한 것으로 되어있고, 자기의 재산은 공공사업으로 처리 되었다. 약혼자는 남의 아내가 되어있고, 호적도 말살되어있다. 즉 자기라는 근거가 없어진 것이다. 거기서 그는 자기를 증명할 도리가 없다. 자기는 분명 존재하고 있지만, 존재하는 것이 아니었다. 법적인 자기 상실이다.

그런 상태에서 방황하다 보니까 마침내 정신적 자아상실을 하게

되어 정신병원에 수용되고, 그는 은하수에서 온 사나이로 취급받는다
는 너무나도 어처구니없고 또 너무나도 당연한 20세기적인 현상이 빚
어내는 이야기이다. 그가 자기를 증명하기 위해 하는 말은 전부가 거짓
으로 취급되며, 그는 자기의 신분증명서가 없기 때문에 외인부대에서
전사한 병사의 것을 갖고 있었으나 그 전사자가 전과자였기 때문에 감
옥살이를 대신 하게 된다. 그런 후에는 일자리를 구할 수 없으니까 저승
길을 재촉하는 일 서커스의 오토바이 타는 일을 한다. 그것은 이미 저
승에 적을 둔 사람이 되는 것이며, 인간적이고 현대인인 온갖 권리와 대
우는 받을 수 없는 그런 상태라도 감수해야만 했다.

　이런 비극은 동서양 어디에서나 일어난 비극이며, 그들은 다시 회복
할 길 없는 현대병 중환자가 되어 앓다가 죽어가고 마는 것이다. 그렇게
망해가는 모든 것들은 더없이 슬프고 분한 일들인데 그런 슬픈 모습들
이 또 다시없이 아름다운 정서로서 인간들의 가슴을 도려낸다. 이것이
미적 감각이 되어있다.

　참으로 오늘날에 있어 아름다운 것은- 그것이 가령 비정상일망정 오
늘 우리의 감정구조는 그렇게 병들어 있는 것이다. -바로 멸하는 것이
부르는 슬픈 몸짓 슬픈 노래 슬픈 발자국인지 모른다.

　발판을 잃고 헤매는 군상들, 그것은 모든 생존하는 목숨의 운명인지
도 모르지만, 오늘날 몸부림도 너무나 애통하게 망각의 오늘로 묻혀가
는 인간들의 운명 속에 현대적인 미가 있고 진실이 있으니 그것이 또한
현대의 해학이 아니고 무엇이랴?

　모든 것은 멸하는 아름다움인가?

내가 「멸하는 것의 아름다움」이라는 타이틀로 이 글을 쓰면서 애곡리에 매입한 산야에 마음 쏟아야겠다는 생각을 했던 기억이 난다. 신문사든, 문학잡지사든 간에 가는 곳마다 가족이나 벗들의 마음은 편안하질 않다. 남들처럼 정부에 눈치 보고 사회에 눈치 보면서 게재할 글을 선택한다면 그럴 리가 없는 일이다. 허나 양심을 속이면서 독자들의 알 권리를 묵살한다는 것은 있을 수 없다. 내 목숨은 이미 내놓은 것이다. 나는 목숨에 연연하지 않는다. 아내도 그런 사실을 알면서 결혼을 결심했으니 당연히 이해할 것이라고 생각한다. 그런데 아내의 배가 불러오자 내가 자라던 어린 시절이 문득 떠오른다. 아비 없는 홀어미 자식이라 어머니께서 얼마나 긴장했던가? 어머니는 평생을 나 때문에 긴장의 연속으로 사셨다. 그 필요 이상의 정성으로 인해 나는 배짱도 용기도 다 사라졌다. 오로지 궤도를 벗어나지 않는 모범생이어야 했다. 심지어는 보이지 않는 속내까지 정상으로 자라지 못했다. 어떤 일을 하려고 할 때마다 어머니부터 생각해야 했다.

　'내가 이 친구랑 놀면 어머니가 화내시지 않을까?'

　늘 행동 하나하나에 어머니부터 생각했다.

　그래서 이젠 틈틈이 애곡리에 사과나무를 심고 곧 태어날 아기에게도 든든한 아버지 역할도 해야겠다는 생각이다. 지인들은 나를 두고 가정에 등한시한다지만 나도 나름대로 어머니를, 아내를, 꼬물꼬물 팔 운동하는 딸까지 많이 사랑한다. 멍하게 있는 시간이면 가끔 스치는 예감이 내 아이에게는 무능한 아비가 될 가능성이 있다는 것이다. 아비의 존재가 없는 것보다는 있는 아비가 나을까 생각하다가 혼자 웃었다.

64년을 마무리하면서 돌아보니 좀 다사다난했다.

우선 우리 딸 수정이가 태어났다. 아기를 보면서 어깨가 자꾸 무거워진다. 또 나 어릴 적이 생각난다. 아비 없는 자식이라 어머니의 긴장, 말로 표현할 수 없는 서러움, 내 자식에게 고스란히 물려줄 수는 없지 않은가? 나보다는 더 나은 환경 만들어줘야겠다는 마음은 어쩔 수 없는 남들과 같은 부모 심정이다.

사건 또 하나는 인민 혁명당 사건이다.

한일 국교정상화를 위한 한일협정 체결이 본격적으로 논의되고 있었고, 그 때문에 대학가를 중심으로 협정 체결에 반대하는 6·3사태가 일어났다. 이에 박정희 정권은 그 사태를 무력으로 진압하면서 비상계엄령 선포라는 초강수를 빼 들었다. 양심적인 수많은 사람이 끌려가 모진 고초를 겪었다. 그래도 수그러지지 않고 악화되자 8월에는 중앙정보부가 이른바 '인민혁명당(인혁당) 사건'을 발표했다.

'북괴의 지령을 받은 비밀지하조직이 국가전복을 꾀하려고 반정부 간첩활동을 했다.'

라는 것이 그 사건의 골자다. 그런 혐의로 언론인·교수·학생 등 혁신계 인사들 41명이 구속되는 사건이 일어났다. 나도 지난 5월 『경향신문』에 몸담고 있으며, 중앙정보부에 끌려가 조사까지 받는 고초를 겪었다. 결국, 적부심으로 나왔다. 적부심이라면 나를 연행할 것이 아니라,

"이러이러한 일로 적부심사를 하기 위한 조사가 필요하니 동행해주세요."

라고 미리 설명을 하고 데려가야지 이런 경우가 무슨 민주주의 국가인

가 싶어 억울했다. 약한 자의 서러움은 꿀꺽꿀꺽 삼키자면서 더 이상 정의 앞세워 주먹 쥐는 행동은 삼가달라는 아내의 뜻이 간절하지만, 그것은 비겁자가 되는 기분이다.

내가 연행당한 이유는 독자투고 중 "북한에서 쌀을 수입하자."라는 구절이 있다는 것이다. 앞과 뒤를 생략하고 딱 그 구절만 내놓으니까 이상하긴 하다. 그 일로 『경향신문』에서 사퇴를 했다.

속에 천불이 날 때마다 나는 애곡리로 간다. 거기에 가면 수양개 마을 사람들과 야산을 개간하고 사과나무를 심고 같이 막걸리도 마시며 오가는 언어들이 그야말로 삶의 철학이다. 이장과 배 씨에게 어지간한 건 알아서 하라고 했더니 참 잘하신다.

새벽부터 이내가 내릴 때까지 흙에서 흙과 한 덩이가 되어 땀과 흙이 범벅이 되도록 일을 한다는 것이 그리 호락호락하지는 않다. 그러나 도시인처럼 기계가 움직이는 것 같은 그런 생활과는 다르다. 흙이 덜 묻은 팔꿈치 쪽으로 땀을 닦는 짧은 시간에 도시 사람은 맛보지 못하는 즐거운 쾌감이 있다.

애곡리 사람들과 있으면 편안하다. 저 사람이 무슨 뜻으로 저런 말을 하는 걸까 생각하지 않아도 된다. 단순하고 순박한 사람도 좋고 흙도 좋다. 식구들은 안 오느냐고 묻지만, 어머니도 아내도 한 번 다녀가더니 애곡리서 사는 것은 원치 않는다.

내가 동문으로 초라하게 실려 나가기 싫어서라도 목숨 구걸하지 않을 것이지만 가족을 보면 가슴에 불이 난다. 그렇다고 권력에 눈치 보며 여과시키는 글은 못 쓴다. 그런 글을 저주한다. 차라리 안 쓰면 몰라도 양심이 시키지 않는 글은 안 쓸 것이다. 지난번에 중정에 강제로 잡혀갔을 때만 해도 혀를 깨무는 한이 있어도 아부성 발언은 하지 않기로 맹세했고, 양심에 부끄럼 없이 행동했다. 그뿐만이 아니라 비굴한 글은 쓰지 않겠다고 맹세했고, 실천했다. 필을 들고 쓰지 않을 수는 없고, 나를 의지하는 아내, 나를 보고 방긋거리는 딸에게 영화 필름 재생하는 듯, 나와 같은 삶을 물려줄 수는 없다.

내가 청년들을 일깨우고자 하는 것은 어떤 혁명을 일으키자는 것이 아니다. 국민을 무시하지 말고 국민을 민주적으로 의식하도록, 즉 국민의 건재함을 보여주자는 뜻이며, 절대 무조건적인 저항도 아니다. 권력이라는 맛을 알면 자신도 모르게 중독되어 벗어놓기 어려운 것이다. 그렇게 중독되어 총칼 앞세우기 전에 아름다운 민주주의 꽃인 국민의 손으로 정권을 이양하자는 것이다. 앞서 말했듯이 국민을 지키기 위해 존재하는 무기가 국민을 향해 위협하는 불상사를 미리 방지하자는 것이다.

청년들이여, 제발 애국이 무엇인지, 애국의 길과 방법을 곰곰이 생각하라. 아무리 잘 헤쳐나가고 있는 지도자라도 국민 입장에서의 충언이 필요한 것이다. 잘못되어가는 것은 지적해야 한다. 입 다물고 가만히 있으면 지도자의 애국심이 자만으로 부풀어 욕심으로 변하기 마련이다. 그런 부작용을 방지하자는 것이다. 국민을 우대하는 마음이 있다면 국민에게 스스로 만든 약속은 지켜야 한다. 약속 불이행은 상대를 무시하는 것이다. 하루속히 국민이 국민의 주권을 찾고 참 민주주의를 익히면 좋겠다.

소설 『광장』의 파문을 기억하며 찾던 중 또 역사의 주요 획이 될 반가운 원고를 만났다.

언젠가 『국제신보』 주필 이병주가 필화 사건으로 구속될 때 그에게 소설을 권했던 기억이 있다. 이병주는 내 말대로 2년 반을 감옥살이를 하면서 소설을 구상하고 쓰기 시작했다고 한다. 옥고를 치르고 나온 이병주는 원고 뭉치를 들고 나를 찾아왔다.

"소설이란 말입니다. 써보니께 매력 있어요. 세상을 향해 하고 싶은 말을 등장인물 입을 통해 시원하게 소리 질러요. 또 다른 말 하고 싶으면 맘대로 인물 만들어, 맘대로 장소 옮겨, 옛날로 갔다가 미래로 갔다가 참 매력 있던데요."

이병주는 무언가 말을 할 동안 나는 이미 읽어 내려가면서 무릎을 치고 또 쳤다. 기존의 시대 소설과는 판이하게 다른 것이다.

"이거 선배 울고 싶은 대로 실컷 울었구려."

"아녀, 절반도 못 울었어."

그의 소설은 사상의 자유가 얼마나 중요한가를 말해주고 있다. 소설의 형식이나 내용이 지금까지의 작품들과는 파격적이다. 그리고 실험적임이 마음에 더 반갑다. 법정을 이야기 속으로 끌어들이는 이상적인 공간을 이집트 북부 알렉산드로스 대왕이 세운 고대도시 '알렉산드리아'

로 설정했으니 얼마나 획기적인가? 알렉산드리아는 지중해 연안의 문화 중심지였다. 곱게 정권 이양하겠다는 공약 6번은 어디로 사라지고 독재로 치닫고 있는 현실을 견디는 사람들의 숨 막히는 울분을 대신 울어주고 있다. 이 얼마나 기다리고 기다리던 울음이며, 고발인가? 터질 듯, 터질 듯 터뜨리지 못하는 국민의 울음을 대신 울어주는 소설이다. 이것이 문인의 역할이다.

어디가 좋을까 누가 적당한가 생각 끝에 『세대』 편집장 이광훈을 찾아갔다. 약간 망설임이 엿보이지만, 내가 누군가 한번 물면 놓지 않기로 정평이 나 있는 신동문이야.

드디어 1965년 6월호 『세대』는 소설 『알렉산드리아』를 품었다.

이것은 이병주가 소설가로 등단하는 첫 작품이 된다. 원래 저항성이 강한 글은 인기가 상승하게 되어있다. 그것은 대리만족 현상이다. 자신이 표현할 용기는 없고 남이 내놓으면 『광장』을 품은 『사상계』처럼 어떤 억압에도 관심을 끊을 수 없는 것이다.

나의 작품 선택의 예리함은 자타가 공인하는 바다. 기분이 좋으니까 자찬도 아끼지 않는다. 음울한 사회의 억압에서 무언가 목마르고 답답할 때 시원한 탄산수를 제공한 것이다. 이런 문인들이 좀 많았으면 좋겠다. 정부의 장관들보다 더 나라를, 국민을 움직일 수 있는 역할이다. 아무래도 독재가 길어질 것만 같아 불안한 시대에 큰 변화를 가져다줄 획기적인 소설 『알렉산드리아』는 내가 출판계에 몸담은 것에 자부심을 갖게 했다. 사회가 하도 답답해서 땅으로 돌아가고 싶어 애곡리로 아주 내려갈까 하던 참이었는데 주저앉는 계기가 되었다. 내가 눈앞의 풍요를

꿈꾸는 사람이었다면 절대 이런 혁신적인 소설이 세상으로 나오지 못했을 것이다. 내가 꿈꾸는 세상은 제대로 된 민주국가에서 제대로 된 민주 국민으로 살면서 자유롭게 당당하게 사는 사회다.

1965년 또한 시대에 부응하지 못해 몸부림치는 그야말로 순수 양심적인 문인들의 수난 시대다. 3월이다. 『현대문학』은 남정현 소설 「분지糞池」를 품었다.

소설 「분지糞池」는 활빈당의 수령으로서 양반계급제도의 타파와 부패한 조정의 무리를 신출귀몰하는 둔갑술로 혼비백산하게 하고 비천한 대중들을 구제한 홍길동의 비법과 정신을 이어받은 10대손인 홍민수, 아버지는 독립운동으로 나라를 위해 몸 바쳤으나 어머니는 미군에게 강간당하여 죽음으로까지 몰리고 여동생 분이와 남매가 수난의 시대에 희생물이 되는 기구한 운명을 그린 소설이다.

내가 보기에도 제목부터 이미 특이하다. '똥의 나라?' 정부에서 그냥 두지는 않을 것이라 짐작은 했다. 이 소설을 검찰은 반공법에 적용하여,

"남한의 현실을 왜곡 허위선전하며 빈민 대중에게 계급 및 반정부의식을 불식 조장하고, 북괴 6·25 남침을 은폐하고 군 복무를 모독하여 반공의식을 해이케 하는 동시에 반미감정을 조성 격화시켜 반미사상을 고취하여 한미유대를 이간함을 표현하고 있다."

라는 이유로 남정현을 기소하였다. 이런 기소를 받아들인 법원은,

"이 작품을 읽은 독자 중 많은 사람에게 반미적·반정부적 감동을 일으키게 하고 심지어 계급의식을 고취할 요소가 다분하다."

라고 판시함으로써 남정현에게 유죄판결을 내렸다. 즉 요약하면

첫째, 반미요, 두 번째는 반정부며, 셋째는 계급의식 고취이다. 이 가운데 가장 먼저 내세우고 있는 요소가 '반미'라는 점에서 문화정책에까지 '미국'을 의식하고 눈치를 보는 것이 참말로 속에 천불이 난다. 예술만이라도 자유롭게 영혼을 불사를 수 있으면 좋겠다. 결국, 『분지』가 필화를 겪을 수밖에 없는 주된 이유가 '반미' 아닌가?

반공법은 언론을 억압하고 통제하는 데 큰 역할을 한다. 특히 '찬양, 고무 등'에 관한 반공법 제4조는 사상과 학문의 자유는 물론, 언론과 표현의 자유 등 헌법상 보장된 국민들의 기본권을 억압하고 탄압하는 전형적인 악법이자 독소조항이다.

나는 지금까지 반공법에 대해 잘 알고 있는 줄 알았는데 이렇게까지 갖다 붙이고 성립시킬 수 있는 건지 몰랐다.

그렇게 소설 『분지』가 문학작품 반공법 기소 1호가 되었다. 누가 봐도 승복할 수 없는 판결이지만 상고 한다고 해서 공정한 재판을 할 리가 없으니 상고를 해서 무슨 소용이냐고 포기하는 힘없는 국민이 슬프고 또 슬프다. 이렇게 주저앉아야 하는가, 승산 없음을 알면서 싸워야 하는가? 모두가 전자를 택하고 때를 기다리자고 하지만 나는 후자를 권했다. 실은 남정현이 소설 『분지』 이전부터 미국에 무비판적으로 추종하는 무리를 비판해왔다. 그 사상이 『분지』를 기점으로 전면화된 것이다. 이런 경우 또 다른 분지가 쑥쑥 고개를 내밀어야 한다. 허나 오히려 더 몸을 사린다. 내가 걷고 있는 길이 옳다면 목숨이 있는 한, 주장을 하고 작품을 쓰는 그 정신을 우리 청년들이 본받으면 좋겠다. 소설 『분지』는

신문지상에 올린 칼럼이 아니다. 단순히 이야기 형식의 문학 작품이다. 친미도, 반미도 아니며 시대에 따라 주변의 일들을 이야기로 엮었을 뿐이다. 아무리 이현령비현령이라도 구태여 그것을 반공법으로까지 끌고 간다는 것은 일종의 독재로 가는 경고이지 싶다. 더 깊은 독재가 되기 전에, 더 깊이 미국의 노예가 되기 전에 제발 청년들이 일어나서 우리가 건재함을 보여주기를 바란다. 이 나라의 주인은 바로 우리 국민임을 명심하면 좋겠다. 양반의 나라, 식민국의 힘없는 백성이라는 굴레에서 어서 빨리 벗어났으면 좋겠다.

작금의 사회와 역사의 중추적인 청년들이 학생이라고, 공무원이라서, 기술자니까, 나는 무식해서, 나는 농사꾼이라서 등 이유가 되지 않는 구실로 사회참여를 외면하고 있다는 것은 어처구니가 없다. 내 나라를 군경에, 아니면 전문직업으로 삼고 있는 정치꾼에게 넘겨주겠다는 것인가. 나는 사실 소설 『분지』는 물론이요, 『광장』이나 『알렉산드리아』 같은 작품이 더 많이 탄생하길 간절하게 기다린다. 그래서 출판계에서 일하는 것이고 기다리기만 하는 것이 아니다. 나도 도서출판 신구문화사에서 편집과 기획, 주간으로 일하면서 출판계에 무언가 보람 있는 일에 열중했다. 『세계전후문학전집』, 『세계의 인간상』, 『한국의 인간상』, 『현대한국 문학전집』, 『현대세계 문학전집』 등 출간에 집중했다. 보람 있는 일이었다.

오랜만에 기분 좋게 퇴근을 했는데, 웬만해서는 편찮으셔도 티를 내지 않는 분이신데 어머니께서 병원엘 다녀오셨단다.

"어머님이 다리를 다치셨어요."

아내의 말에 놀라서 들어갔더니 괜찮다고 걱정하지 말라는 말씀부터 하신다. 그러면서 간신히 입술을 깨물며 저녁 드시러 나오신다. 가을 날씨가 화창하고 바람도 없으니까 손녀 수정이 데리고 나가셨다가 잠시 이웃 아주머니랑 인사 주고받는 사이 아장아장 찻길로 나가는 걸어가는 걸 보시고 놀라서 급하게 뛰다가 인도와 차도 사이 층에서 발목을 접질리며 넘어지셨다고 한다. 갑자기 말로 표현을 할 수 없도록 아프셨단다.

"봐요, 어떤지."

하고 치마를 걷어 올리는데 장딴지가 많이 부어올랐다. 만져보니 돌덩이같이 단단하다. 비장근이 파열된 것이다. 병원에서는 장기간 물리치료밖에 방법이 없단다. 내가 바로 침통을 들고나오니 어머니께서 손사래를 치신다. 병원에서 물리치료하고 왔다고 하시며 극구 반대다. 딱 세 군데만 침을 놓겠다고 한참 동안 설득을 해서 복사뼈 뒤쪽과 아킬레스건 사이의 곤륜崑崙혈에 침을 놓고, 오금 한가운데의 위중委中에, 종아리에 힘을 주면 人자 모양으로 갈라지는 중앙부 승산承山에 침을 놓았다. 그리고 가장 딱딱한 부위를 이시혈로 잡아 침을 놓았다. 그리고는 바로 어머니에게,

"일어나 보세요."

했더니, 어머니는 사람 놀리느냐고 나무라신다. 아니라고 일어나보시라고 손을 당겼다.

"이상하네, 통증이 이렇게 금방 나을 수가 있냐?"

하시며 일어나시더니 언제 그랬냐는 듯 걸으신다.

"주무시기 전에 붓기도 싹 빠질 겁니다."

어머니도 의외라는 듯 흡족해하신다. 허지만 나는 이 일이 있고부터 많은 생각을 했다. 내 어머니에게 침을 놓는 것이 일반 환자들에게 보다 훨씬 더 긴장되고 훨씬 더 조심스럽다는 것은 침술자의 마음가짐이 잘못된 것은 아닐까. 딴엔 그동안 모든 환자에게 차별 없이 똑같이 온 정성을 다했다고 자부했었다. 그런데 그게 온 정성을 다한 것이 아니었단 말인가. 내가 나를 모르겠다. 어찌 생각하면 사람인데 당연한 것 아닌가 싶기도 하다. 위험한 혈에 수침하는 것도 아닌데, 이렇게 긴장하고 조심스럽긴 처음이니, 이러면 안 된다는 결론을 내리고 노력한다.

"문인들 작품 발굴하랴, 시 창작하랴, 좀 바쁘냐? 게다가 침술이며, 뜸 뜨기 약초 등 한방 공부까지 하는 거 볼 때는 말리고 싶었다. 말려도 듣지 않는다는 것 알기 때문에 못한 게지, 이 정도 경지까지 온 줄은 몰랐네, 우리 아들 장허네. 그러느라고 요즘은 시 창작이 뜸한 게야?"

"그렇게 되네요, 창작도 중요하지만 좋은 작품 발굴하고 전집 만드는 것도 문학 발전에 아주 큰 기여랍니다. 뭐 하나 준비하는데 비난을 감수하고 지금 연재 중이에요."

"비난을 각오한다는 것은 너도 저항이 아닌 순수?"

"그게 아니고 시 형식 문제요, 그리고 모작요."

내가 처음 시에 관심을 가질 때부터 형식에 얽매이지 않고 자유로운 모더니스트 시인 이상 님의 시를 좋아했다. 형식이 없는 형식의 시 「오감도烏瞰圖」를 보고 재밌어서 나도 그런 식으로 「모작조감도鳥瞰圖」를 『세대』지에 연재했다. 요즘 사회 돌아가는 꼴을 비꼬고 대통령을 비꼬는, 제법 통쾌한 표현이다. 이상 선생님도 「오감도烏瞰圖」를 발표하시고 이런 기분이었을 것 같다.

「모작조감도」 제1호 부분

십삼인의청년이도로를질주하오.
(막다른골목에서청년이된것이오)

제일의청년이데모를하오.
제이의청년도데모를막으오.
제삼의청년도데모를하오.
(중략)
제십삼의청년도데모를하오.
(중략)
십삼인의대인이대낮에몽정을하오.
(중략)
제일의대인이후회를하오.
제이의대인도후회를하오.

(중략)

제십삼의대인도후회를하오.

이어서 「모작조감도」 제3호 부분

선글라스쓴사람을무서워하는사람이무서워서선글라스를쓴사람은선
글라스를못벗으니까안쓴사람은더욱무서워하니까쓴사람은더욱질은선
글라스를쓰게되고안쓴사람은더욱더무서워한다.안쓴사람이더욱무서워
하면쓴사람도더욱무서워하면안쓴사람이더욱더무서워하면쓴사람도더
욱더무서워하면영원히무서워하는천재만난다.

풍자와 위트, 이상 선생님이 「오감도」를 쓴 후의 기분을 알고도 남는
다. 재밌다.

「오감도」는 시인 이상(李箱)이 조감도(鳥瞰圖)의 징표를 부정적으로 바
꾼 신조어(新造語)이다. 1934년 여름에 『조선중앙일보』에 총 15편이 연재
되었다. 이 작품이 발표되자 난해 시로 일대 물의를 일으켜 독자의 비
난을 받고 중단되었다고 기록되어있으나 나는 못내 아쉽다.

파격적인 작품으로 종래의 시의 고정관념을 시원스럽게 깨뜨린 시가
아닌가?

"이 작품들은 전체적으로 긴장·불안·갈등·싸움·공포·죽음·반전

(反轉) 등 자의식 과잉에 의한 현실의 해체를 그 기본 내용으로 하고 있다. 특히, 「오감도」 제1호는 사람들이 서로를 두려워하는 절망적인 상황을 역전(逆轉)의 눈으로 그리고 있다는 점에서 대표적인 작품이라 할 수 있다.

'13'이라는 숫자의 반복적 사용, 반전에 의한 부정, 신조어 사용 등으로 이루어진 이 시의 표면적 의미는 매우 단순하다. ① 13인의 아해가 도로를 질주한다. ② 13인의 아해가 모두 무섭다고 한다. ③ 그 중의 어느 아해가 무서운 아해이든 상관없다. ④ 13인의 아해가 도로를 질주하지 않아도 좋다.

이 시는 ①과 ④, ②와 ③이 각각 대응을 이루고 있는데, ①의 내용을 ④에서, ②의 내용을 ③에서 뒤집고 있다. 길은 막다른 골목이라도 적당하지만, 또한 뚫린 골목이라 하여도 무방하고, 13인의 아해가 도로를 질주하고 있으나 그들은 질주하지 않아도 좋은 것이다. 이런 뜻에서 13은 13이 아니어도 상관없다." 〈백과사전 발췌〉

이와 같은 내용을 담고 있는 이 시는 처음부터 비구상(非具象)의 언어, 곧 현실 없는 언어로 이루어져있다. 즉, 구체적인 현실이나 대상 없이 그 자신의 내면에서 그러한 것을 구축하는 언어인 것이다. 따라서 시 작품 안에는 반논리(反論理)가 구축한 반현실(反現實)의 현실이 있을 뿐이다.

반 논리 그리고 반 논리의 언어를 통해서 새로운 삶의 세계를 찾고, 그로부터 인간 가치의 회복을 모색하고 있는 것이 이 작품의 심층적 의미라 할 수 있다. 문제는 13인의 아해가 서로를 무서워하고 있다는 사실이다. 내가 현실에서 절실하게 또 안타깝게 온 마음으로 느끼는 점은 바로 불신시대다. 그만큼 남을 믿지 않고 서로를 무서워하는 현대인의 인간관계를 인식함으로써 불신이 짓밟아놓은 인간의 회생을 모색하고자 하는 꿈을 역전의 시선으로 노래한 이상 선생의 「오감도」가 독자의 비난으로 중단되었다는 사실이 더 가슴 아파서 되새김을 하고 일깨우고 싶기도 했다.

민중이 어쩌고 국민이 어쩌고 하면서 두루뭉술하게 대충 내뱉는 말에다 소신이니 지조니 하는 친구들, 왜 스스로가 무식하고 용감한지를 알려 주면 이쪽을 회색분자 취급하여 눈초리가 찢어지는 친구들.

퇴계退溪가 율곡栗谷에게 보낸 편지글 한 줄이 떠오른다.

"오직 이 理라는 것은 알기는 어렵지 않으나 행하기가 어렵습니다. 행하기는 어렵지 않으나 참됨을 쌓고 오래 힘쓰는 것은 더욱 어렵습니다.
(惟此理 非知難而行難 非行難而能眞積力久爲尤難)"

설마 시를 해석할 줄 모르는 걸까? 너무 바빠서 시를 보지 못했을까? 도대체 쓰다 달다 반응이 없다. 애써 때렸는데 맥 빠진다. 그냥 단순한 말장난인 줄 아는가 보다. 재미없게.

"무슨 일인가?"

퇴근 후, 화도 풀 겸 한잔하자던 김수영이 부축을 받으며 간신히 들어온다.

"삐거덕 했어, 별거 아냐, 앉아서 좀 주물러주면 괜찮을 거야."

금시 검붉게 부어올라 있다.

"이봐 미쓰 박, 붕대는 있으니까, 요 옆 점방에 가서 식초랑 밀가루 조금만 사와."

입으로는 지시를 하면서 손은 이미 아프다고 소리를 꽥꽥 지르는 사람의 발목을 사정없이 만지는 신동문이다.

"이봐, 동문이 뭐하는 거야, 나 장난치는 거 아니야."

김수영의 발악에 저만치있던 편집국 여직원이 거든다.

"우리 편집장님도 장난 아닙니다. 아주 용하다는 의원보다 더 용하답니다. 우리 사장님은요 의심 끼가 많으셔서 극구 거절하셨지만, 고질병이라고 포기했던 10년 묵은 체증도 시원하게 뚫어 주셨거든요."

어찌 되었든 간에 맡겨보는 수밖에 없다.

"뼈에 붙어있던 힘살이 삐거덕하면서 제자리를 잃은 겁니다. 요놈들을 제자리에 갖다 붙이고, 놀란 피는 침과 부황으로 빼줘야 하는데 우선 부황이 없으니, 치자 대신 식초를 조금 탄 물로 밀가루 반죽을 해서 여기 붙여두자는 거요. 의원에서는 보통 식초가 아닌 치자로 하지만 급하니까 식초를 쓴 거요. 냄새는 알아서 처리하시오. 실은 울혈이 심한 편이라서 침을 좀 많이 놓았어요."

"난 또 일부러 침을 많이 찌르는 줄 알았잖은가."

침착한 치료가 끝나자 통증이, 없다고 해도 과언이 아닐 만큼 경미해지자 김수영은 재미있다는 표정으로 장난스럽게 농담도 한다.

"그나저나 자네 몸에 직접 찔러가면서 의술을 배운다는 것은 이미 소문을 이미 알고 있었지만, 그 목적은 저마다 생각이 다르다네. 자네 성품에 의원을 차릴 생각은 아니잖은가."

"지금이 조선 시댄가요? 의원은 얼토당토않아요. 전문적인 교육과정을 거치고 국가에서 실시하는 고시에 합격해야 자격증이 나오는데, 알잖아요. 나는 그런 거 딱 질색이라는 거요. 그러니 애당초부터 의원을 차리는 건 아니구, 봉사밖에 없지요, 무료봉사요."

"누가 말리겠나, 그 고집을."

하면서 일어나는 김수영을 향해 단호하게 한마디 한다.

"오늘 절대 술은 금지사항이오."

허나 염증을 우려한 마음에 술자리는 취소하자는데 고집을 피우던 김수영이 나를 꺾지는 못한다는 걸 알기에 돌아설 줄도 안다.

몸이 아픈 농민들 고통 들어 주고 마음이 아픈 농민들의 마음 고통 들어주며 노동으로 하나 되는 공동생활도 좋을 것 같다. 허나 그건 아직 꿈일 뿐이다. 지금처럼 들락날락하지 않고 아예 여기 일들 다 정리하고 애곡리로 들어가서 살 계획이니까 그때 상황에 따라야 한다. 어쨌든 뽕나무가 잘 자라서 누에를 치게 되니 주민들도 정을 붙여 좋아한다. 첫 사과 수확이 걱정했던 것보다는 괜찮은 편이라 자신이 붙는다. 큰 이변이 없는 한 곧 애곡리에 뿌리를 내릴 수 있겠다.

내가 아무리 내 소신껏 살아왔다고, 세상 그 누구의 눈치도 보지 않는 시인이라고 하지만, 어머니와 처자식의 눈치는 보인다. 나도 피눈물은 있다. 아니 그 누구보다 피눈물이 뜨겁다. 어머니께서 나를 어떻게 키우셨는지 뼈저리게 기억하니까. 어린 시절 시리고 아팠던 내 속가슴의 응어리가 아직도 꿈틀거리기 때문에 더 가족이 소중하다. 못난 아비라도 생존하고 있어야 한다는 걸 가슴 깊이 새기고 있다.

바른말 하는 나를 눈엣가시로 보는 그룹에서 내가 애곡리 땅을 사들인 걸 두고 하는 말이, 제아무리 잘난 척 떠들어도 중정의 안방에서 당하는 고문에는 어쩔 수 없다고들 수군거린단다. 잘 알지도 못하면서 함부로 남의 말 하는 우매한 것들, 격 떨어지는 인간들을 상대로 어쩌고저쩌고할 가치조차 없다는 생각에 대꾸도, 해명도 하지 않았다.

내가 서울을 벗어나고 싶은 것은 무엇보다 애곡리 사람들이 좋다. 서울의 인간 세상과는 비할 바가 없이 사람 사는 맛이 난다. 애곡리서 며칠 있다가 올라오면 머리 굴리기 바쁜 서울의 인간들이 딱하기도 하다. 그래서 더 벗어나고 싶은 것이다.

또 있다. 서울을 벗어나고 싶은 무게가 있는 이유 중에는 세상의 변화다. 말에 의해 구속당하게 되는 현실이 안타깝다. 말에 의해 옥죄는 느낌, 말로 인해 감옥처럼 묶여버리는 현실이 아주 싫다. 우리가 하루하루 정직하게 살아갈 때, 그 정직함을 있는 그대로 말로, 글로 담아내면 액면 그대로 해석을 하지 않고 비비 꼬아서 비판을 한다. 자기네 잣대로 격 떨어진 비판이다. 그래서 진솔한 말, 진솔한 글쓰기가 점점 희박해진다는 것이 슬프다. 공허한 말이나 글보다는 실제 몸으로 살아가는 삶을 중시하고 싶다. 벌여놓은 일만 마무리하고 아주 간다는 것이 자꾸만 늦어진다. 올해는 무엇보다 이병주 소설 『알렉산드리아』 출간이 제일 기분 좋다. 이제는 세계 전후문학전집, 한국 문학전집, 세계인간상, 한국의 인간상, 현대세계 문학전집, 현대한국 문학전집까지 출판을 끝냈으니 마음이 홀가분하다고 할까 무거운 짐을 제자리에 잘 내려놓은 기분이다.

사회 돌아가는 꼴이나 정치판으로 눈길 주지 않으면 나한테는 기분 좋은 66년도가 될 것 같다.

둘째를 가져 만삭의 아내를 볼 때마다 무척이나 쑥스럽고 어머니 마주하기가 거북했다. 그래서 차마 말은 못하고 될 수 있으면 내가 있을 때만이라도 어머니 앞에 나타나지 않기를 바라기도 했다. 다행히 아들을 낳았고 순산이다. 이름을 '南秀남수'로 출생신고를 했다.

'너의 날개를 맘껏 펼칠 수 있는 생을 살아라.'

기원하면서 첫 대면을 했다. 이 말은 내가 날개를 펴지 못함이 아쉬운 것으로 해석하는 사람이 있을 것 같다. 부인하지는 않겠다. 녀석이 제법 눈동자에 총기가 반짝인다. 성격 또한 만만찮을 것 같다. 우리 마누라 기정이 고생 좀 하겠구나 싶다. 내 아버지도 나와 첫 대면 하실 때 나를 위한 기도를 하셨을 테지. 큰 인물 되기를 비는 마음으로 建浩라 하셨지만, 아버님의 뜻에 많이 엇나간 아들이 되고 말았다.

요즘 시간 여유가 좀 생겨서 번역을 했다. 내가 번역해서 출판한 『요가』가 베스트셀러다. 주머니 사정이 조금 나아지면 그것이 저축이 아니라 남은 대출금 완불하고 애곡리 땅으로 간다. 어머니도, 아내도 애곡리에 관해서는 큰 반대도 없고, 찬성도 없이 그냥 '내 멋대로 하라'다.

노동이라는 것이 얼마나 사람을 진실 되게 하는지 빗물 같은 땀을 흘려본 사람은 안다.

땅에서 진리를 배우고 땅과 함께 살아가는 사람들에게서 순수함을 배운다. 내 노동의 대가로 얻는 모든 것에 소중함도 배운다. 노동에 열중하는 것은 말 대신 존재를 찾으려는 뜻이다.

정직한 하루하루를 그대로 정직하게 담아낼 수 없고, 말에 의해 구속당하는 세상에는 노동이 제일 정직하다. 내가 속한 이 나라에서 사람이 주체가 된 구조에 부조리 없이 웃으며 살기가 이렇게도 어려운가, 앉아서 공상만 할 것이 아니라 현실적인 꿈을 안고 실천하고 싶다. 나를 둘러싼 사회가 온통 거짓이고, 그 세계의 가치가 왜곡되어있다는 것을 깨달았을 때 지식인은 어떤 태도를 취해야 할까? 내가 평생을 외쳐도 귓구멍 열어주는 사람이 없다. 내 존재를 말살하지 않고, 내 존재를 찾는 길은 거짓 없는 노동이다. 사회가 점점 사람의 말에 참된 인간성이 엿보이지 않아지고 있어서 안타깝다.

내 노동으로

내 노동으로
오늘도 살자고
결심을 한 것이 언제인가

머슴살이하듯이
바친 청춘은
다 무엇인가.
돌이킬 수 없는
젊은 날의 실수들은
다 무엇인가.
그 여자의 입술을
꾀던 내 거짓말들은
다 무엇인가.
그 눈물을 달래던
내 어릿광대 표정은
다 무엇인가.
이 야위고 흰
손가락은
다 무엇인가.
제맛도 모르면서
밤새워 마시는
이 술버릇은
다 무엇인가.
그리고 친구여
모두가 모두
창백한 얼굴로 명동에

모이는 친구여
당신들을 만나는
쓸쓸한 이 습성은
다 무엇인가.
절반을 더 살고도
절반을 다 못 깨친
이 답답한 목숨의 미련
미련을 되씹는
이 어리석음은
다 무엇인가.
내 노동으로
오늘을 살자
내 노동으로
오늘을 살자고
결심했던 것이 언제인데.

나는 진정한 삶의 의미를 노동과 침술에서 찾으려는 것이다. 땅과 함께 살아가는 예월리 사람들과 어우렁더우렁 거침없이 웃으며 두 팔을 뻗고 싶다.

아버지께서 떠나실 때 여동생 정이가 선물이었다면 어머니는 떠나시면서 셋째 수진이가 선물이다. 나는 참 궁금하다. 세상의 모든 아버지는 자식이 태어날 때 어떤 기분일까? 수진이의 출생은 나에게 많은 생각을 줬다.

우주의 섭리랄까? 세상의 순리대로 태어나서, 세상의 흐름에 맞춰서 공부하고, 흐름대로 결혼하고, 아이 낳고, 가족들 굶기지 않으려고 발버둥 치다가, 벗어나고 싶다면서 벗어나지 못하는 생. 나도 별수 없어.

서울대 합격 통보를 받은 날, 그날의 신건호 가슴에는 이런 못난 아버지가 되리라고는 상상조차 안 했다. 꼬물거리는 수진이를 보면 가슴이 터질 것 같다. 내가 여태 뭘 했는가. 병마가 내 발목을 잡았다고 핑계를 들이밀고, 이제는 가족을 핑계로 내세울 것인가? 그래도 최선을 다해야 재. 암, 그래야 재. 어머니는 나에게, 주는 것은 가르치지 못하시고 받는 것에 익숙한 나쁜 놈을 만들어놓으셨다. 영화 필름처럼 돌아가는 지난날들 하나하나가 어머니의 숨결이요, 손길이다.

어머니, 당신에게 건호는 생명이요, 사는 이유였지요. 저에게도 어머니는 병마에 시달리면서도 살아야 하는 이유였답니다.

어머니만 생각하면 죄인이 되는 불효다. 어머니는 늘 건강하시고, 늘 곁에서 나를 지켜주시는 줄 알았다. 오래오래 건강하게 사시면서 옆에 계시게 해달라는 기도 같은 거 할 생각도 못 했다. 어머니도 사람이라는 생각을 못 하고, 아들 건호를 두고 떠나실 수도 있다는 생각도 못 했다. 겁나고 싫은 것은 생각조차 거부하는 것이 인간의 본능인가? 아들에게 좋다는 음식과 보약까지 챙기실 때마다 철없이 짜증스러웠다. 삶을 고스란히 건호에게 쏟아붓는 어머니로 인해서, 자유로울 수 없다고 생각하는 철부지였다. 성인이 되어서는 뜻대로 되지 않는 인생 벗어놓고 싶어도 어머니의 손은 늘 나를 잡고 계셨다.

　어머니를 배웅하고 돌아서는 발걸음이 천방지축 제멋대로다. 지휘자 없는 합창단처럼 갈팡질팡. 생각해보면 모든 생명의 어미는 새끼를 품에 안고 싶은 마음이 본능일진데 그 본능을 참으시고 엄격한 길을 선택하신 어머니의 고충을 어찌 말로 다 표현하랴. 병마에 시달리는 자식을 바라보는 어머니의 심정은 얼마나 애가 타셨을까? 그런저런 모든 것 눈곱만큼도 생각 못 하고, 우리 엄마도 엄하지 않고 친구들의 어머니처럼 자상하시면 좋겠다고 생각했다.

　68년도는 영원히 잊을 수 없다. 어머니께서 떠나시고, 딸 수진이를 맞이한 희비가 큰 해였다. 그뿐만 아니라 애곡리 개간에도 의외로 수난이 많다. 기계들을 싫어하는 습성이 있기도 하지만 기계가 들어올 수도 없는 곳이다. 일일이 손으로 개간하느라 더디기도 하다. 게다가 별의별 생각지 못한 일을 다 겪는다. 주민들이 송충이 독이 올라 고생을 하는가 하면 또한 정부 주도로 새마을 운동을 시작해서 주민들이 그쪽도 이쪽도 한쪽에서만 일을 할 수 없어 더 더디게 되었다.

　내가 여기 땅을 사들일 때는 과수원을 꿈꾸었다. 금천동 재숙이네 과수원보다 더 넓은 과수원을. 사과도, 포도도 심지어는 고구마 농사조차 그리 호락호락하지 않다. 한 머리는 개간을 하면서 또 한 머리는 농장이랍시고 이것저것 심는다.

　우여곡절 끝에 뽕나무가 제법 누에를 먹일 수 있게 되어 양잠도 시작해서 기대를 했으나 너무 한 가지에 매달리는 것도 불안하다. 누에고치 판로에 문제가 생겼다. 내가 완전히 애곡리로 들어가면 무엇이든 적극적으로 해야겠다. 젖소 같은 축산업은 어떨까?

어릴 때부터 좀체 누구를 부러워한다거나 시샘은 하지 않는 사람이다. 시샘이란 건 스스로 자신의 자존심을 건드리는 것이다.

오늘, 뜻하지 않는 선망의 인물로부터 만나자는 청을 받았다. 미국 브라운대학 유학을 마치고 또 하버드대학원의 석사요, 지금은 종합문예지 『창작과 비평』의 대표며, 편집 주간이다. 이 시대 부친께서 사법과 행정 고시에 다 합격하고 지금은 변호사이며, 집안은 조상 대대로 지역유지로서 존경의 대상이다. 심지어 백부께서는 민립공익법인으로 종합병원을 창립하신 분이다. 무슨 일일까? 또 미국으로 공부하러 간다는 소문은 들은 바 있으나 설마 나를 자기 후임자로?

"안녕하십니까? 바쁘신 줄 아는데 시간 내주셔서 고맙습니다. 백낙청입니다."

나보다 십여 년이 넘는 후배라는 건 알지만 그래도 그렇지 어쩜 이렇게 귀공자 소년 같을까? 뽀얗고 윤기 있는 피부는 그의 일상의 윤기를 말해주는 것 같다.

"안녕하세요. 말은 많이 들었고, 백 선생의 이론에 공감하지만 처음 대면이군요. 신동문입니다."

"저두요. 선생님의 업적과 존함은 많이 들었고, 박수를 보냈습니다.

또 공감했습니다. 진즉부터 뵙고 싶었는데 늦었습니다. 단도직입으로 결론부터 말씀드리면, 제가 이루고 싶은 뜻이 있어서 공부를 좀 더 하기 위해 미국으로 갑니다. 그래서 많이 생각도 했고 주변 분들의 추천도 많으시고 해서 선생님을 찾아왔습니다. 저보다 더 잘하실 것이며, 제 뜻과 선생님의 뜻이 일치한다는 것이 저를 안심시킵니다. 진심으로 정말 진심으로 부탁합니다. 창비를 맡아주십시오. 거절은 말아주십시오."

"이영희 선생도 있잖수."

"실은 이영희 선생님께서 제일 강력하게 추천하셨습니다."

"한 가지 묻겠습니다. 창작과 비평 창간호 권두 논문을 나는 마음에 담고 있어요. 문학의 현실참여를 주장하며 기존의 순수 문학 이데올로기를 강력하게 비판한 그 논문에 표명된 문학관을 백낙청 개인의 것이 아니라 지금까지처럼 앞으로도 견지될 '창비'의 기본 노선으로 합니까?"

그는 벌떡 일어서서 두 손으로 내 손을 잡는다.

"바로 그겁니다, 역시 선생님이십니다."

"솔직하게 말하자면 자네 집안의 분위기로 본다면 완전히 집안을 배신하는 꼴이 되니까 아직도 반신반의하는 거요."

"다들 그렇게 봅니다. 집안 어른은 어른이고, 난 내 나름대로 생각과 이론이 있는 거지요. 思考 방향이 다르다고 해서 배신이 될 수는 없어요. 나는 내 부모와 집안 어른을 존중합니다."

부친과 백부가 머리 首수 착할 善선 '수선사'라는 간판을 걸고 아주 보수적인 도서만 출간하고 있는 출판업계 집안 아닌가? 환경이나 외모와는 전혀 다른 도전적인 면이 나를 설득시킨 것이다.

내가 창비에서 가장 먼저 관심 있게 접한 것이 백낙청이 내세운 『민족 문학론』, 『시민 문학론』, 『분단체제론』, 『근대 극복론』 등이다. 반갑고 나를 신나게 하는 논리다.

백낙청이 유학에서 돌아왔으나 서울대 교수로 재직하면서 창비의 편집 일을 하고 있다. 내가 발행인, 즉 대표지만 신구문화사에서 작업하는 만해 한용운 선생님 전집 작업에 마음을 쏟고 있다.

백낙청 교수에게 창비 주관으로 한용운 문학상을 제정해서 해마다 참신한 시인을 발굴하자고 건의했더니 쉬이 동의를 했다. '창작과 비평사'에서 제정한 '만해 문학상' 심사위원들의 심사숙고 끝에 제1회 수상자로 신경림의 시집 『농무』를 선정했다. 이 사회가 아주 양반의 나라보다 더 독재가 되고 있는 건 아닌지 저어기 걱정했는데 그래도 숨통을 틔우는 문인이나 평론이 있어서 얼마나 다행인지 모른다.

무엇보다 반갑고 내 가슴과 내 귀를 번쩍 열어준 글은 역시 이영희의 「전환시대의 논리」이다. 이영희야말로 지식인으로서의 사명을 다한 애국자다.

"소위 국가기밀이나 국가 이익이라는 것이 민주사회의 국민을 시종일관 기만하는 정부체제와 세력에 의해서 이용될 때, 그 집권자와 집권세력의 기만을 폭로하는 것 이상으로 애국적인 행위는 있을 수 없다. 지성인으로서 최고의 덕성은 인식과 실천을 결부시키는 것이다." (26쪽)

감옥을 애처가 처갓집 드나들 듯하면서도 자신이 인식하면 실천하는 그야말로 애국 아닌가?

미국이 베트남 전쟁에서 발을 빼려고 상황을 살피고 중공은 유엔에 가입하는 국제 정세에 선글라스는 영구집권의 디딤돌인 유신헌법을 통과시켜 놓고 언론, 출판, 집회, 결사의 자유를 깡그리 억압하면서 반기를 들지 못하게 눈을 번득이는 이때에 이영희는 전환시대를 쓰고, 창비는 출간하면서 내가 무사하리라는 생각은 눈곱만큼도 없었다. 어떠한 고난이 오더라도 작금의 지적 암흑시대에 소위 지성인이 청맹과니가 될 수는 없는 것인데 이영희의 속 시원한 글을 어찌 외면하랴.

> "진실을 가장 잘 알고 있는 국민이 가장 국가를 위할 줄도 안다. 진실은 비판을 낳는다. 어떤 사회도 어떤 정부도 비판의 여지 없이 최선이거나 만능일 수는 없기 때문이다. 그럴수록 민주제도는 진실, 비판, 개선의 끊임없는 과정을 걸어갈 수 있다. 진실이 알려지는 것을 두려워하는 사회체제나 정부는 반드시 비판에 견딜 수 없는 체제나 정부이다. 그러기에 비판을 봉쇄한다. 비판이 허용되지 않는 사회는 개선과 향상이 없고, 그 결과는 더 한층 타락이며, 타락한 제도를 유지하려는 지배세력은 탄압에 호소하는 악순환 속에 침체할 수밖에 없다." (28쪽)

오늘에 잘못됨을 바로잡지 않으면 그것이 내일 우리를 구속할 것이라는 그의 사관은, 곧 지식인의 사관이어야 한다는 주장이다.

이미 마음의 준비는 하고 있던 참이지만 중앙정보부 안방은 참 진저리쳐진다. 사흘간의 고문은 날이 갈수록 이들의 수법도 악랄해지는 것을 알게 되었을 뿐이다. 내 주장은 아예 글을 안 쓰면 안 쓰지 가려가며 눈치껏 쓰는 것은 있을 수 없다. 차라리 목숨을 내놓겠다는 것이 내 진심이다.

고문과 압박에도 나는 지식인이요, 지식인으로서의 애국을 다하는 것에는 변함이 없다. 겨우 한 달여 만에 또 중정으로 가야 했다. 이유는 이유가 되지 않는 것이 이유다.

나 신동문은 출판업에서 손을 떼면 뗐지, 종사하면서 마땅히 진실을 숨기거나 거짓을 출판할 수 없으며 애국심이 우러나는 글은 외면하지 않는다.

나는 내 주관과 내 양심에 어긋남 없이 각오하고 선택했다. 직접 출판업에 몸담지 않아도 지금 만해 문학 전집을 준비하듯 작품 발굴은 하면 된다. 않겠다고 해놓고 다시 하는 것 또한 나로서는 있을 수 없는 행위이며, 나 자신이 허락지 않는다. 나는 죽는 날까지 불의와 손잡는 일은 없을 것이며 눈치껏, 아닌 소신껏 살 것이다.

내 꿈을 다 펼치지는 못했지만 할 만큼 했다. 청년들이 조금만 더 나라 생각, 사회 생각을 했으면 좋겠지만, 청년들을 나무랄 수는 없다. 발등에 떨어진 불 끄기에 정신없는데 어쩌겠는가? 그러나 나는 청년들을 믿는다. 1960년 4월 19일, 그날의 아우성처럼, 나라가 위험에 처하면 그때 그 4·19 정신은 솟구칠 것이라고 믿는다.

첫날밤이다.

어머니도, 아내도 명색이 이사하는 거니까 가봐야 하는 거 아니냐고 하지만 야단법석 싫다고 했다. 책가방 하나 달랑 들고 왔다.

자주 다니러 왔을 때의 밤과 아주 옮겨와서 자리 잡은 밤이 다르다. 밤에도 끊이지 않는 풀벌레 소리, 처음 들어보는 이상한 새 소리는 설지만, 정이 가는 소리다. 내가 처음 애곡리에 와서 수양개 마을 이장을 만나고 주민들을 만날 때가 이랬지 낯설지만 깊은 정을 느낀 사람들이었어. 그런데 이건 뭘까?

서울을 벗어나고 애곡리에 몸을 뉘면 편안할 줄 알았지만, 이 증세는 어떻게 진단해야 하나? 벗어났지만 시원하지 않고 그리던 애곡리에 새롭게 삶을 담았는데 편안함보다는 구름이 낀 듯이 흐린 마음이다. 할 일은 산더미고 일손은 모자라고 양잠이든 과수 농사든 속속들이 연구를 했어야 하거늘 너무 바쁜 서울 생활은 그런 틈을 주지 않았다. 기업처럼 자재가 들어와서 만들어지고 상품이 되어 판매까지의 로테이션을 세심하게 연구 검토 했어야 하는 것을. 시장성조차 탐구가 부족했다. 무엇보다 새마을 운동 같은 뜻밖의 문제로 믿었던 일할 사람조차 구애를 받고 있다. 이런저런 궁리를 하는 중이다.

몇 시나 되었을까 캄캄한 밤중에 후다닥 사람이 뛰어오는 소리에 생각도 멈추고 귀를 기울이니,

"선생님, 선생님!"

귀에 익은 목소리다.

얼른 일어나 촛불을 켰다.

"무슨?"

우리 농장에 가끔 일하러 오시는 분이시다. 무슨 일이냐고 물어볼 틈도 없이 침통을 챙겼다. 얼마나 뛰었는지 땀에 흠뻑 젖었다.

"집사람이 갑자기 배를 움켜쥐고 데굴데굴 굴러유. 너무 아푸니께 말도 못 해유. 걍 눈이 뒤집히것시유."

더 들을 것 없이 위경련으로 생각하고 침통을 들고 같이 뛰었다.

"저녁에 뭘 먹었어요?"

"딸년이 속을 씨겨서 저녁을 좀 늦게 먹었시유, 몇 술 뜨지도 못했시유."

"두통은 없구요?"

"머리가 너무 아파서 눈도 못 뜨겠데유."

"윗배를 움켜쥐어요, 아랫배를 움켜쥐었어요?"

"가슴 밑에유."

편치 못한 마음으로 한술 뜬 모양이다. 위경련이 맞구나. 아주 심하게 속상해하면서 음식을 먹거나 화가 난 상태로 먹으면 위장이 연동운동을 제대로 하지 못하면서 위액만 쏟아내니까 그럴 수가 있다. 요즘 가뭄으로 물이 줄어 징검다리로 물을 건널 수 있어서 다행이다. 가면서 생각했다. 통증부터 가라앉게 합곡부터 수침을 할까. 아니다, 발바닥 이내정부터 다스려야겠지. 도착하자마자 이런저런 생각할 겨를 없이 그래도 일단 맥은 짚어봐야 하니까 움켜쥔 손을 잡아당겨 맥을 보았다. 짐작한 대로다. 합곡을 다스리면 진통은 빠르지만, 그보다 더 급하다. 예의며 체면 생각할 겨를 없다. 발부터 잡아당겼다. 위장의 기를 끌어내리는 것이 시급하다. 이내정 혈에 수침을 했다. 우선 수건을 찾아와서 아내의 땀을 닦는 동안 잔뜩 힘을 주어 움츠렸던 팔다리가 스르르 풀리기 시작한다.

"살았시유, 선생님 살았시유, 얼굴에 핏기가 생겨유."

남편의 수다에 제법 생긋이 미소를 띠운다. 그렇게 위장이 안정된 것 같아서 몇 가지 주의해야 할 점만 말해주고 나왔다.

"오늘 선생님이 서울서 안 오셨으면 나 홀애비 될 뻔 했지유. 우리 집 사람 살리려구 딱 날 잡아 오셨시유. 생명의 은인이지유."

하면서 계면쩍게 뒷머리를 만진다.

그렇구나, 이미 짐작을 하고 배운 침과 뜸이지만 앞으로 꼭 필요하다는 것을 첫날부터 체험한 것이다. 이런 오지에 산다는 것이 낭만만은 아니라는 것도 절절하게 체험했다.

혼자와도 된다니까 기어코 우겨서 나를 바래다주고 갔다. 오면서 아마 고맙다는 소리를 열 번은 넘긴 것 같다.

잠을 설쳤지만 습관대로 동살이 퍼지기도 전에 기상을 하고 나오니까 이미 아주머니 내외분은 마당을 쓸고, 아침 준비를 하고 있다. 마당이래야 밭과 경계도 없는, 밭인지 마당인지 구분도 안 되는 것이지만 쓸고 나면 훤하다. 아마 내가 인기척에 일찍 일어났나 보다.

지난밤 잔뜩 움츠리고 몸부림치던 여인이 침 한 방에 스르르 풀리는 모습을 보는 것은 얼마나 큰 보람이요 축복인가. 생각할수록 뿌듯하다. 독재라는 병을 시로 다스리지 말고 침으로 다스릴 것을, 아주 독침으로. 한방에 생기를 찾는 환자처럼 말이다.

생각보다 농사짓는 일이 여러 갈래로 어려움이 닥친다. 침과 뜸으로 가난하고 아픈 농민들을 돌보고 살피는 것이 더 어렵고 힘들지만, 이렇게 한방에 효과가 나타나지 않는가? 시를 짓는 것보다 몇갑절 보람이 있다. 불과 몇 달 사이에 소문이 나서 읍내서는 물론 강원도에서도 찾아오고 아랫녘에서도 소문 듣고 여기까지 찾아온다. 주로 공짜라서 찾는 분들이다. 환자들이 많이 오는 것은 그만큼 몸이 아파도 제대로 병원을 찾지 못하는 시골 가난한 농민이 많다는 의미이기도 하다.

농사에 관해 아무것도 모르는 내가 땅을 개간할 때도 뽕나무를 심어서 누에를 칠 때도 자기일 남의 일 가리지 않고 진심을 담아 열심히 하는 수양개 사람들의 모습은 내가 반하지 않을 수가 없었다. 그래서 나도 침과 뜸으로 보답을 하는 것이다.

모르면 무엇이든 용감하고 쉽게 도전한다. 사과나무의 습성이나 약점과 강점 등 딴엔 공부를 한다고 전문가의 도움을 받고 교육을 받았으나 역부족이다. 될 수 있으면 농약은 하지 않으려는 내 생각 또한 무지였다. 농약 없이는 과일 수확을 못 한다는 것도 늦게 깨달았다. 포도는 좀 다를 줄 알았지만 역시 마찬가지, 몸 사리지 않고 정성을 다 주면 되는 줄 알았다. 또 과수가 일손을 이렇게 많이 요구할 줄도 몰랐다. 일손이 모자라도 한참 모자라는 판국에 나는 찾아오는 환자들을 외면할 수 없으니 참으로 난감한 일이다. 그래도 소출한 과일을 트럭으로 실어 낸다는 것은 얼마나 흐뭇한 일인지 모른다.

불편하기로 더할 나위 없는 멀고 먼 오지까지 찾아주는 벗님들이 있어 농촌생활에 한층 활력을 주긴 하지만, 더러는 여유롭게 앉아서 대화도 나누지 못하고 내가 환자를 돌볼 동안 농장만 둘러보고 있을 땐 미안하다. 안 그래도 바둑판, 바둑판 하는 바둑 친구들은 바둑판 달라고 조른다. 바둑판을 사서 들고 오는 벗들은 도로 들려서 보낸다. 농막에서 바둑은 절대 금지다. 두 사람이 바둑을 두고 옆에는 구경하는 사람들이 둘러서거나 둘러앉은 광경은 농사일에 방해만 될 뿐 농촌에서는 어울리는 모양새가 아니다. 눈앞에 없어서인지 그다지 생각도 없다.

무엇보다 귀찮은 객은 나를 절필한 은둔 시인이라는 개념으로 찾아오는, 덜 자란 피라미 기자들이다. 하긴 명색이 시인이라 불리는 자가 시는 발표되지 않고 오지 중에도 오지에 와서 묻혀있으니 앞뒤 못 보는 참새들이 그렇게 재잘대는 데는 무리가 아니긴 하다.

내가 청주에 있을 때나 군 복무 중 「풍선기」를 쓰던 무렵엔 시를 열심히 짓던 시절이다. 막상 상경을 해서 자리 잡으면서 출판사 일을 하다 보니 눈앞에 있는 보석 같은 작품들을 눈치 보느라 발표를 못 하고 있는 상황에 기가 막혔다. 묻혀있는 보석 찾아 발표하는 일에 전념하면서도 각종 전집을 출간하는 작업에 몰두하는 동안 자신의 시 창작보다 더 보람을 느꼈다.

군 시절의 「풍선기」도 그렇고, 「아! 다비데군들」 또는 「내 노동으로」 이 시들은 바로 현실이었다. 절절한 현실에 맞닥뜨린, 그야말로 애간장 녹이는 현실 앞에서 터져나온 울음이다. 시는 현실이다. 헌데 서울에 자리 잡으면서 나의 현실은 출판 관계였다. 그 상황에서 무슨 시를 기대하느냐, 말장난을 기대하는가? 내 앞에 꽃이 없었고, 풀이 없었는데 무슨 꽃노래가 나올 수 있는가? 자연히 시 창작이 뜸해진 것일 뿐이다. 이미 서울 생활에서부터 시를 못 쓴 것이라는 설명이다. 그러니 갑작스러운 절필이 아니다. 내가 왜 필을 꺾느냐. 지금까지 누차 기자들이 다녀가거나 출판사 관계자들과 문인들이 와서 질문했지만, 손님 대접 차원으로 짜증 내지 못하고 참으며 함구했다.

그런데 갓 제대한 새파란 기자 하나가 말도 못 붙이게 했지만 하도 끈질기고 또 제법 말귀도 알아듣는 것 같아서 내버려뒀다. 옛날 내가 근무했던 경향신문의 기자다. 동생처럼 붙임성 있게 다가오곤 했다. 그날도 낚시 핑계로 왔다가 마침 카메라를 울러 멘 낯선 기자가 오는 걸 보고 따라 올라와서, 은둔이 어쩌고 하니까 연설이라도 하는 것처럼 내 역사를 설명하는 것이 가관이었다.

"중앙정보부의 고문 후에 은둔이라는 소문도 아저씨를 헐뜯고 싶은 입방아다. 애곡리 땅을 사들일 때는 중정에 한 번도 가본 적이 없는 62년도며, 경향신문 필화 사건으로 처음 중정에 간 것은 64년도라는 사실 하나만으로도 은둔이 아님은 확실하리라 생각한다."

내가 직접 말한 것도 아닌데 낯선 기자로부터 핀잔을 듣고는 꾸뻑하고 가버리는 참새들과는 다른 청년이다. 새파랗지만 혜안을 가졌고, 깊이 있는 생각을 하는 것 같아서 믿고 더러는 속내를 보일 때도 있다. 어쩌면 몸이 약해지니 마음도 약해진 것인지 모르겠다. 요즘 젊은이들답지 않고 제법 사려도 깊고 끈기 있는 청년이다. 그래서 내가 약초도 찾을 겸 몸도 단련할 겸 산을 자주 오르는데 가끔 같이 가는 사이가 되었다. 하루는 소백산 깊숙이 들어갔다가 아주 반가운 꽃을 만났다. 그때 그 꽃이다. '라일락' 깊은 산 속에서 유별나게 향이 짙은 라일락이라니, 나는 소중하게 침술 방 천장에 매달아 놓았다. 어찌나 향이 좋은지 찾아오는 환자들도 좋아한다. 그러잖아도 환자 중에는 일하다가 땀내를 풍기며 오는 경우도 있어서 문 열어 환기시키는 정도로는 부족했는데 얼마나 상쾌한지 모른다. 그때, 재숙 씨 퇴원하고 꽃병만 빈 병실에 덩그러니 있던 그 꽃. 잊은 줄 알았는데 추억을 몰고 오는 꽃이다.

하필이면 새마을 운동인가 뭔가 때문에 일손은 더 모자라고 나도 몸이 말을 안 듣다 보니 과수들이 딱할 정도로 초라하다. 눈물겹도록 불쌍타. 금천동 과수들이 선하다. 나름대로 나는 계획이 있었다. 예부터 간직한 꿈. 광범위한 농장의 꿈조차 이 지경이 된다.

내 몸에 지금 또 다른 생명체 암세포가 승승장구하고 있다. 이 녀석이 二生二死를 모른다. 내가 죽으면 저도 죽는다는 이치를 모르고 야금야금 나를 죽이고 있다. 농장에 과수들도 나를 따라 시들거린다. 하지만 농장이 문제가 아니다. 몸이 아파도 병원조차 제대로 갈 수 없는 농민들을 어쩌나 보통일이 아니다. 그보다 더 큰 문제는 김일성보다 더한 독재가 되어가고 있는 나라가 애를 태운다.

군에서 바통을 받았다.

나는 고 박정희 전 대통령이 개인 욕심이 아니라 과잉 애국이라고 이해하고 싶다. 허나 이건 또 뭔가! 군부가 바통을 받다니. 아무래도 군의 나라가 오래 갈 것 같다. 그래도 믿고 싶다. 우리 젊은이들의 피는 정의와 애국을 염원한다는 것을. 젊은이들 가슴에 4·19 정신이 숨 쉬고 있다는 것을.

　내가 생각해도 가관이다. 이 지경에 먹히고 있는 몸으로 시들시들한 과수원에 앉아서 나라 걱정이라니.

　간밤에는 잠을 청하면서 좋았던 날만 더듬었다.

　그래도 기억에 남는 것은 내 손으로 시 「아침선박」을 낚았고, 소설 『광야』, 『알렉산드리아』를 세상에 내놓았다는 것이 그나마 뿌듯하다. 국내외 주요 전집 작업을 할 때 신났다. '만해 문학상' 제정도 뿌듯하다.

　결국, 建浩는 이름값을 못하고, 二生二死도 모르며 눈에 보이지도 않는 무지한 세포에게 먹히고 있는 못난이가 되어, 세상에 폐만 끼치고 가려나 보다.

　내가 살아오는 동안 이 시대에 제일 경멸하는 인간은 4·19 의거 때 자유당에 매수되어 학생들에게 잔인하게 방망이 휘두른 깡패들이다. 젊은이들이 생명과도 같은 자신의 정신(영혼)을 팔다니…. 청년들이여, 가난해서 굶을지언정 자신의 양심을 매수당하지 말고 소신껏 살기를 간절하게 소망한다.

　숨을 쉴 수 있는 그 날까지 무언가를 해야 한다는 생각에 가슴만 벅차다.

하늘도 내 마음을 아는지 오늘따라 노을이 맑다. 화려하지도 않고 밋밋하지도 않고 청량하다. 나도 머지않아 닥칠 죽음을 삶의 수순으로 받아들이고 싶다.

내 노동으로

펴 낸 날 2019년 10월 7일

지 은 이 오계자
펴 낸 이 이기성
편집팀장 이윤숙
기획편집 최유윤, 정은지, 한솔
표지디자인 이윤숙
책임마케팅 강보현, 류상만
펴 낸 곳 도서출판 생각나눔
출판등록 제 2018-000288호
주 소 서울 잔다리로7안길 22, 태성빌딩 3층
전 화 02-325-5100
팩 스 02-325-5101
홈페이지 www.생각나눔.kr
이 메 일 bookmain@think-book.com

• 책값은 표지 뒷면에 표기되어 있습니다.
  ISBN 979-11-90089-70-8(03810)
• 이 도서의 국립중앙도서관 출판 시 도서목록(CIP)은 서지정보유통지원시스템 홈페이지
  (http://seoji.nl.go.kr)와 국가자료공동목록시스템(http://www.nl.go.kr/kolisnet)에서
  이용하실 수 있습니다(CIP제어번호: CIP2019037530).

※ 이 책은 문예진흥기금의 지원을 받아 제작되었습니다.